Clara kümmert sich um alle schwangeren Frauen, so auch um die Dirne Elfie. Einige Glückstädter rümpfen darüber die Nase. Als die Hebamme von einer Reise nach Hamburg zurückkehrt, erzählt ihr der Stadtmedicus Olsen von einer unerklärlichen Seuche. Mit ihren Freundinnen und dem Büchsenschmied hilft sie den Erkrankten. Viele glauben allerdings, dass es sich um eine gerechte Strafe Gottes handelt und die Behandlung der Gotteslästerung gleichkommt. Wie schon in «Die Hebamme von Glückstadt» (rororo 22674) muss sich Clara selbstbewusst und erfindungsreich gegen alle Widerstände durchsetzen.

Edith Beleites, 1953 in Bremen geboren, studierte Anglistik und Politik sowie Diplompädagogik in Marburg. Seit 1980 lebt und arbeitet sie als freie Autorin und Übersetzerin in Hamburg.

Edith Beleites

Die Hebamme von Glückstadt
Claras Bewährung

Historischer Roman

Rowohlt Taschenbuch Verlag

Originalausgabe
Veröffentlicht im Rowohlt Taschenbuch Verlag,
Reinbek bei Hamburg, September 2004
Copyright © 2004 by Rowohlt Verlag GmbH, Reinbek bei Hamburg
Umschlaggestaltung any.way, Cathrin Günther
(Abbildung: akg-images/Vermeer)
Satz Janson PostScript bei
Pinkuin Satz und Datentechnik, Berlin
Druck und Bindung Clausen & Bosse, Leck
Printed in Germany
ISBN 3 499 23656 7

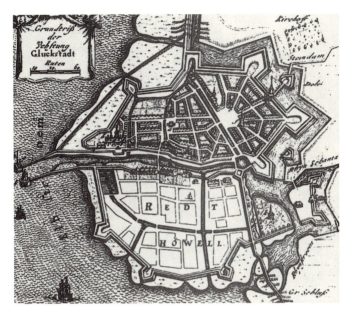

«Grundriß der Vehstung Glückstadt» 1642/44

Vorgeschichte

LONDON
September 1633

Der Schankraum im Boar's Head füllte sich in Sekundenschnelle, als ein unerwarteter Regenschauer über Hafen und Themse niederging. Wer seine Arbeit unterbrechen, seinen Straßenstand schnell genug abbauen oder seinen Botengang verschieben konnte, suchte Schutz in der geräumigen Schänke. Ein gutes Dutzend Männer drängte lärmend zur Tür herein und schüttelte den Regen aus Hüten und Kleidern. Ein kalter Luftstrom ließ das Kaminfeuer aufflackern und wehte die Gerüche des Hafens herein. Die Aromen von Schlick, Gewürzen, Tabak und Holz vermischten sich mit dem Dunst von Hammeleintopf und Bier, der im verrauchten Gebälk der Schänke hing.

Erfreut klatschte der Wirt auf die Lederschürze, die sich über seinem Kugelbauch wölbte, und er bedeutete seiner Frau und dem Küchenjungen, unverzüglich an die Theke zu gehen. «Zapft auf Vorrat und bedient die Neuankömmlinge», zischte er ihnen hinter vorgehaltener Hand zu. «Ich kümmere mich um die drei Herren dort drüben.» Schnell ging er auf den Tisch in einer Nische des Schankraums zu, wo die elegant gekleideten «Herren» saßen, rückte zwei bunt bemalte Galionsfiguren von der Wand und stellte sie links und rechts vor die Nische. Mit einer Kopfbewegung zur Tür gab er den drei ins Gespräch vertieften Männern zu verstehen, dass er sie davor bewahren wollte, von dem gemeinen Volk, das immer noch in die Schänke drängte, inkommodiert zu werden.

Der Wirt rieb sich die Hände, als er zur Theke zurückkehrte, denn die Herren hatten einen zweiten Krug Gin geordert. Er hatte recht daran getan, ihnen ungepanschte Ware vorzusetzen: Wer so nobel aussah, erkannte den Unterschied und orderte nur nach, wenn er etwas Gutes für sein Geld bekam.

«Hauptsache, es färbt kräftig gelb», hörte er einen der Herren sagen, als er wieder an ihren Tisch trat und den Gin brachte. Ein anderer lachte, und der dritte, der große Vornehme, zischte «Sch! Nicht so laut». Der Wirt entfernte sich katzbuckelnd, aber das Lachen und das «Sch!» klangen noch einen Moment lang in ihm nach. Irgendetwas daran gefiel ihm nicht, aber er hatte zu viel zu tun, um länger darüber nachzudenken. Außerdem: Was ging es ihn an? Es wäre nicht das erste krumme Geschäft, das in seiner Schänke erdacht wurde. Dafür, fand er, war er nun wahrlich nicht zuständig. Trotzdem legte er Wert darauf, weiter nichts von dem mitzubekommen, was die Herren besprachen. Von jetzt an würde er den großen Vornehmen mit dem herrischen Gesicht, der schon die ersten beiden Bestellungen aufgegeben hatte, im Blick behalten, falls er weitere Wünsche hätte, aber im Übrigen würde er der Nische fernbleiben. Nicht dass sich die Herren womöglich noch durch ihn inkommodiert fühlten!

Der große Mann mit dem herrischen Gesicht und dem üppigen, lockigen Haar, den der Wirt für sich als «den Vornehmen» bezeichnete, hatte sich den anderen beiden knapp zwei Stunden zuvor als Gerrit van Twieten vorgestellt, Kaufmann aus Amsterdam. Van Twieten hatte die Einlagerung von Waren in einem Speicherhaus an der Themse überwacht, als die beiden sich vom Lagermeister die Räume zeigen ließen, die sie für ihre Waren anzumieten gedachten. Sie stellten sich als Timothy Sutton und James Foreman vor, Kaufmänner aus Liverpool. Van Twieten begriff schnell, dass sie ihren Handelssitz nicht ohne Not nach London verlegten, denn ihre Wege hatten sich just in dem Moment gekreuzt, als die Engländer dem Lagermeister ihre Zwangslage erklärten. Beide redeten gleichzeitig, und beide sagten etwas anderes. In dem Moment hatte van Twieten beschlossen, sich mit den beiden bekannt zu machen. Sein untrügliches Gespür für Gewinnspannen, Gaunereien und willfährige Handlanger hatte ihm gesagt, dass hier etwas zu holen war. Deshalb hatte er nicht erst abgewartet, bis es zu regnen anfing, sondern die Engländer gleich ins Boar's Head eingeladen. Beide waren schon nicht mehr nüchtern, als sie die Schänke betraten, und van Twieten nutzte ihre Redseligkeit, um sich zu vergewissern, wes Geistes Kind und ob sie für seine Zwecke zu gebrauchen waren.

Schon bald lehnte er sich zufrieden zurück, schenkte nach Art des Gastgebers die Becher immer wieder voll und hoffte, dass die beiden noch mehr lukrative Geschäfte fern der Heimat zu tätigen gedachten. Als Sutton anfing, von «gestrecktem» Safran zu sprechen, leuchtete van Twieten der Mehrgewinn unmittelbar ein.

«Der Witz dabei ist», sagte Sutton und kniff amüsiert die Augen zusammen, «dass das Untermischen minderwertiger Substanzen nur bei gemahlenem Safran möglich ist, und gerade der gilt als der feinere, edlere. Teurer als die Fäden ist er selbstverständlich auch.»

«Für meinen Geschmack ist er überhaupt viel zu teuer»,

sagte Foreman. «Meine Meinung kennst du ja: Wenn es denn unbedingt Safran sein soll, wäre es einfacher und billiger, Crondykes Rat zu beherzigen. Ich habe vergessen, wie das Zeug heißt, das er als Safran verkauft, jedenfalls ist es kein Safran, und der Gewinn ist enorm.»

Ohne zu wissen, wer Crondyke war oder womit er handelte, machte van Twieten eine schnelle, abwertende Handbewegung. «Von derlei habe ich ebenfalls gehört. Ihr Crondyke ist wohl nicht der Einzige, der diesen Geschäftszweig für lohnend hält. Doch so etwas sind Dumme-Jungen-Streiche. Sie mögen einen Monat gut gehen, vielleicht zwei oder drei. Danach hat jeder Koch, der so erlesene Gewürze wie Safran benutzt und um seine Eigenschaften weiß, den Braten im wahrsten Sinne des Wortes gerochen, und das Geschäft ist im Handumdrehen gestorben. Da können die Crondykes dieser Welt von Glück sagen, wenn sie nicht gleich mit sterben. Nein, nein, ein gewisses Niveau, gewisse Qualitäten – und die damit verbundenen Kosten – sind unvermeidlich, wenn man langfristig Gewinn schöpfen will.»

Was van Twieten sagte, schien Foreman zu überzeugen. Unverhohlene Bewunderung sprach aus seinem Blick. Van Twieten wunderte es nicht, denn er besaß nicht nur äußerlich mehr Format als Foreman und Sutton zusammen. Seine stattliche Figur, seine prächtigen Kleider, seine Welt- und Redegewandtheit und vor allem seine Versiertheit in kaufmännischen Dingen hatten schon größeren Geistern als Foreman und Sutton Respekt eingeflößt.

«Da hörst du es!», trumpfte Sutton auf.

«Da hörst du es! Da hörst du es!», ereiferte sich Foreman. «Du wolltest es doch bloß anders machen als Crondyke, weil du nicht in direkte Konkurrenz zu ihm treten wolltest! Und außerdem weißt du noch nicht einmal, was für ein Zeug

Crondyke als Safran ausgibt. Das müsstest du ihn erst fragen. Aber das würdest du nie wagen.»

Van Twieten lehnte sich wieder zurück und lauschte dem Streit. Die beiden machten ihm Spaß. Sie würden ihm gewiss dabei nützlich sein, seine Geschäfte auszudehnen, aber sobald die ersten Schritte gemacht und die nötigen Verbindungen hergestellt waren, würde es ein Leichtes sein, diese beiden Schwachköpfe wieder loszuwerden.

«Bist du noch dabei oder nicht?», fragte Sutton schließlich.

Statt direkt zu antworten, sah Foreman fragend zu van Twieten auf. Der stellte noch einige Fragen über Herkunftsländer, Schiffspassagen, Verarbeitungs- und Vertriebswege, die von den Engländern hinreichend beantwortet wurden, und schließlich sagte er: «Küper, Verkoster, Warenprüfer – an wie vielen Leuten muss dieser ‹gestreckte› Safran gewinnmindernd vorbeigeschleust werden?»

«An keinem», sagte Foreman. «Das riskieren wir nie. Erst wenn die Ware in unseren eigenen Speicherräumen lagert, bearbeiten wir sie. Und selbst dann halten wir immer eine gewisse Menge reiner Ware bereit, um Kunden zu beruhigen, die sich noch im letzten Augenblick über die Güte ihres Kaufs vergewissern wollen.»

Van Twieten nickte. So war es gut. Aber eine Sorge hatte er noch. «Dieses Speicherhaus, in dem ich die Ehre hatte, Ihnen zu begegnen ... Ich selbst lagere eine Partie, ähm, einen Durchgangsposten für kurze Zeit darin. Ein ... Freund hat mich darauf verwiesen. Ich weiß darüber nur so viel, dass es keinem Handelshaus zugehörig ist, sondern dem Hafenamt untersteht und kurzfristigen Zwischenlagerungen für verfrühte, verspätete oder herrenlose Schiffsladungen dient. Können Sie mir Näheres darüber sagen? Ich bin ja nur auf der Durchreise hier und weiß den Rat von Einheimischen wohl zu schätzen.»

Foreman und Sutton lachten.

«Einheimische ist gut», sagte Foreman und schlug sich auf die Schenkel. «Aber keine Sorge!» Er zwinkerte van Twieten zu und stieß mit seinem leeren Becher auffordernd gegen den Krug. Van Twieten schenkte ihm ein und füllte auch Suttons Becher nach. «Ich weiß schon, wo Sie der Schuh drückt. Ist aber alles in bester Ordnung», sagte Foreman, als er einen Schluck getrunken hatte. «Das Hafenamt hat den alten Kasten nur übernommen, weil er schließlich irgendwem gehören musste, als ihn keiner mehr haben wollte. Aber die haben schnell einen Pächter gesucht, um die Verantwortung wieder loszuwerden. Freddy Jarvis hat ihn übernommen. Mit Kusshand.» Er lachte, genau wie Sutton.

Van Twieten seufzte, fasste sich aber in Geduld. Es war nicht der erste Geschäftsabschluss, bei dem er seine Handlanger betrunken machte, und er kannte das Stadium, in dem es unerfreulich und vor allem mühsam wurde, den Trinkern brauchbare Auskünfte zu entlocken. Diese beiden machten ihm allerdings ganz den Eindruck, als hätten sie noch nicht genug. Van Twieten erhaschte den fragenden Blick des Wirts. Inzwischen war es in der Schänke so laut geworden, dass es auf die Entfernung ratsam war, sich wortlos zu verständigen. Van Twieten hob den Ginkrug, und der Wirt nickte. «Ein guter Mann, dieser Jarvis?», sagte van Twieten wie nebenher.

«Jarvis?», wiederholte Foreman verständnislos.

«Er meint Freddy!», sagte Sutton und stieß Foreman vorwurfsvoll in die Seite. «Der Beste für diesen Posten», fuhr er dann an van Twieten gewandt fort. «Es war seine wohl letzte Chance, wieder festen Boden unter die Füße zu bekommen.

Und er hat natürlich nicht damit gerechnet, dass wir ihm nach London folgen würden.» Gierig griff er nach dem Krug, den der Wirt brachte, und bediente sich ungeniert.

Van Twieten füllte Foremans Becher auf und prostete den beiden mit seinem leeren Becher zu.

«Aber das ist eine lange Geschichte», sagte Sutton, als er seinen Becher geleert und sich mit dem Rockärmel übers Kinn gewischt hatte.

«Genau», sagte Foreman. «Lang und gut.» Er kicherte. «Ich kerro ... korrigiere mich: sehr lang und sehr gut. Oder, Tim?» Er hob die schweren Lider und blickte Sutton an.

Der nickte und sagte: «Es ist nämlich so: Vor zwei Jahren ...»

«Nein, Tim, das geht zu weit!», fuhr Foreman dazwischen. «Mach's kurz!» Er griff nach dem Ginkrug und füllte seinen Becher.

Van Twieten schaute die beiden nachdenklich an und fragte sich, ob es angesichts ihrer Trunkenheit wohl noch lohne, das Gespräch fortzusetzen, als Sutton plötzlich sagte: «Gut, dann eben kurz: Freddy schuldet uns noch einen Gefallen.»

Van Twieten hatte so etwas schon vermutet, und mehr wollte er fürs Erste gar nicht wissen. Zufrieden nickte er und schenkte sich ein wenig Gin nach. Für heute, fand er, hatte er genug getan, zumal der Tag eine ebenso unvermutete wie viel versprechende Wendung genommen hatte. Er hatte Sutton und Foreman gesagt, dass er sich noch zwei Tage in London aufhalten würde und wo sie ihn in dieser Zeit erreichen konnten. Sie würden sich ganz gewiss mit ihm in Verbindung setzen, denn sie brauchten ihn, sein Geld und seine Verbindungen in alle Welt.

Das hatte van Twieten bereits im Speicherhaus begriffen, als es um einen großen Posten Bettfedern ging, der, eingenäht in fertige Decken, von den beiden als Daunen ausgegeben wurde. In Wahrheit handelte es sich jedoch um Federabfälle, die ihren Preis nicht annähernd wert waren. Schon für dieses Geschäft reichte ihnen England als Markt nicht, und höchst interessiert hatten sie aufgehorcht, als van Twieten Orte und Länder in aller Welt nannte, mit denen er in Kontakt stand. Er bot ihnen genau das, was sie brauchten, und dass sie ihm außer der Beteiligung an dem einträglichen Bettfederngeschäft noch mehr zu bieten hatten, wurde ihm immer klarer. Sie waren seine Verbindung zu Freddy Jarvis, der einem guten Geschäft nicht abgeneigt war und zudem den beiden Dummköpfen einen Gefallen schuldete.

Der Lärm in der Schänke schwoll plötzlich an, weil die meisten Gäste jetzt so schnell, wie sie gekommen waren, wieder ins Freie drängten, weil es aufgehört hatte zu regnen. Als es dann wieder stiller wurde, stiller als vorher, sagte Foreman leise: «Richtig elegant wäre ein Dreh mit Taschkenter Seide.»

Sutton grinste benebelt.

Van Twieten merkte, wie sich sein Gespür für Abseitiges wieder regte, obwohl er noch nicht begriff, worum es ging. «Taschkenter Seide?», sagte er und schnalzte mit der Zunge. «Elegant, fürwahr.»

Foreman nickte langsam. «Von der echten kaum zu unterscheiden», lallte er.

Van Twietens Erregung stieg, aber er versuchte, sich nichts anmerken zu lassen, zumal er immer noch nicht wusste, worum es ging. «Schweres Geschütz», murmelte er einer Eingebung folgend.

Sutton wollte gerade nach dem Krug greifen, hielt dann aber inne und sah van Twieten erstaunt an. «Ach?», sagte er. «Sie wissen davon?»

Um seine Ahnungslosigkeit zu verbergen, hob van Twieten den Becher und sagte: «Mehr, als Sie ahnen.»

Sutton stieß Foreman in die Seite und sagte: «Wusste ich's doch!»

«Was?» Foreman hatte die Augen vor Trunkenheit halb geschlossen und schreckte nun hoch.

«Taschkenter Seide! Van Twieten weiß Bescheid.»

«Ach?», sagte Foreman müde. «Ich dachte, er handelt nur mit guter Ware.»

«Jetzt reiß dich zusammen!», fuhr Sutton seinen Kumpanen an. «Darum geht's doch gerade! Oder sind wir an Taschkenter Seide je rangekommen?» Dann sah er van Twieten erwartungsvoll an.

«Sie stecken da ganz groß mit drin, was?», raunte er und sah verstohlen an den Galionsfiguren vorbei in den Schankraum, um zu prüfen, ob einer der wenigen verbliebenen Gäste lauschte. Als van Twieten unbehaglich die Sitzposition verlagerte, fügte er hinzu: «Wir sprechen doch beide von feinen Baumwolltuchen, die, nun ja, weder aus Taschkent noch aus Seide sind?»

Foreman musste lachen, verschluckte sich und sagte dann hustend: «Der große Sutton! Hält sich für den Einzigen, der weiß, was Taschkenter Seide ist!»

Van Twieten beschloss, das Geschäftliche für heute endgültig ruhen zu lassen. Aus den beiden Betrunkenen würde er an diesem Abend gewiss nichts Brauchbares mehr herausbekommen, denn weder schienen sie Genaueres zu wissen, noch war der stille Schankraum der rechte Ort für dieses Gespräch. Die Hinweise, die er bekommen hatte, genügten ihm fürs Erste. Er würde seine eigenen Erkundigungen anstellen; darauf würde gewiss mehr Verlass sein als auf das trunkene Gefasel dieser beiden. Ob er dann den Handel mit dieser

Taschkenter Seide allein aufnehmen und ob er es mit den zwei Engländern tun würde, wollte er entscheiden, wenn er mehr über den Handel und über die Männer wusste. Zunächst einmal hatten sich die beiden seinen Erwartungen und seiner Einladung als würdig erwiesen. Van Twietens harte, fadendünne Lippen zuckten erwartungsvoll, als er an den erpressbaren Speicherverwalter Freddy Jarvis, an das Bettfedern- und Safrangeschäft und an die Möglichkeiten der Taschkenter Seide dachte. Er verteilte den restlichen Gin auf die drei Becher und wollte den Engländern zum letzten Mal zuprosten, als Sutton zweifelnd den Kopf wiegte.

«Wer etwas von Stoffen versteht, bemerkt den Unterschied natürlich sofort», sagte er. «Wir müssten ...»

«Sch!», machte van Twieten und blickte sich viel sagend zum Schankraum um. «Welchen Weg die Ware nimmt, Zwischenhändler, Lagerstätten, Zollpapiere ... all das lasst meine Sorge sein!»

So vage diese Aussage auch war, so verfehlte sie doch nicht die gewünschte Wirkung. Sutton und Foreman schienen von Gin und Freude über die unverhoffte Bekanntschaft mit einem so potenten Mann gänzlich eingelullt zu sein und nickten.

Van Twieten hob seinen Becher. «Aufs Geschäft», sagte er, «und Ihren Beitrag dazu.» Er lächelte breit, hauptsächlich über die gelungene Formulierung, die keinen Falsch enthielt und doch so anders gemeint war, als Sutton und Foreman es ahnen konnten.

«Aufs Geschäft», sagten sie und leerten ihre Becher.

Dann hieb Foreman eine Faust auf den Tisch. «Das muss gefeiert werden», sagte er und zwinkerte Sutton zu.

«Aber gewiss doch», erwiderte der und beugte sich zu van Twieten vor. «Drüben in Southwark gibt es ein Bordell, wo wir unserem Handel einen würdigen Abschluss verleihen können.»

Van Twieten lachte. «Dagegen wäre so weit nichts einzuwenden», sagte er. «Nur leider setze ich seit gut zwanzig Jahren keinen Fuß mehr ans südliche Themseufer.»

Sutton und Foreman blickten sich verdutzt an.

«Da entgeht Ihnen aber das Beste, was in dieser Gegend zu haben ist», sagte Sutton. «Jedenfalls, was die Weiber angeht.»

«Mag sein», räumte van Twieten ein. «Aber wegen eines Weibes meide ich das Gebiet.»

«Seit zwanzig Jahren?», fragte Sutton ungläubig. «Das muss ja ein Teufelsweib gewesen sein.»

«Ein Teufelsweib?» Van Twieten lachte dröhnend auf. «Das kann man wohl sagen. Ein Teufelsweib, mit einer Teufelsbrut noch dazu, in einer teuflischen Sturmnacht geboren.»

Im selben Moment klapperten die Fensterläden, die Tür der Schänke flog auf, und ein Windstoß erstickte das Kaminfeuer im Nu. In der plötzlichen Dunkelheit fühlte sich van Twieten ganz gegen seinen Willen in die Nacht von damals zurückversetzt und blickte sich nervös um. Ihm war, als hörte er das Stöhnen und Schreien seiner Gefährtin. Er sah die blutigen Laken vor seinem inneren Auge und wie er hastig seine Sachen packte und das Wirtshaus verließ, in dem seine Geliebte ein Kind gebar, von dem er nicht einmal sicher wusste, ob es sein eigenes war. In Gedanken ging er die Namen durch, die er zu benutzen pflegte. Welcher war es damals gewesen? Als wen hatte man ihn nach seinem Verschwinden gesucht, damit man ihm das Balg unterschieben konnte – falls es denn lebend geboren worden war? Von Stetten oder Roselius? Roselius, ja, Roselius klang richtig. Oder doch Von Stetten?

Er schreckte aus seinen Gedanken hoch, als der Wirt die Tür zuschlug und dessen Frau und der Küchenjunge Kerzen auf der Theke und den Tischen verteilten.

Van Twieten fuhr sich mit der Hand über die Augen und schlug dann auf den Tisch. «Nein, nach Southwark bringen mich keine zehn Pferde», sagte er entschlossen. «Hier im Hafen gibt es doch genug Röcke, die sich nur zu gerne heben lassen.» Er machte eine anzügliche Geste, und, wie erwartet, konnten sich die Engländer vor Lachen kaum halten. «Kommt, dieser Abend geht auf meine Kosten.»

Eins

GLÜCKSTADT
Mai 1634

Willem ten Hoff stand in dem kleinen Garten hinter seinem Haus an der Hafenstraße und hängte die letzten bunten Papierlampions in Bäume und Büsche. Dann trat er einige Schritte zurück, strich sich die dichten, hellblonden Haare aus der Stirn und betrachtete sein Werk. Anschließend ging er hoch zufrieden zu seiner Werkstatt zurück, die er zum Garten hin geöffnet hatte, und blickte auf die vorbereiteten Speisen und Getränke. «Waldmeisterpunsch, die Fischplatte, Grießpudding mit Beerenkompott», murmelte er und nickte. «Becher, Teller, Löffel. Perfekt. Fehlen nur noch die Gäste.»

Er freute sich auf alle, aber besonders auf Clara – schon allein, weil sie die Einzige war, für die das Fest eine Überraschung sein würde.

«Hoffentlich wird der Sommer auch so schön», hatte Clara mit einer weit in Richtung Elbstrom ausholenden Geste vor einigen Tagen zu ihm gesagt, als sie und der Büchsenschmied über das Königsbollwerk auf die Rhinmündung zugingen. «Sonnig, aber nicht heiß, frisch, aber nicht windig, und der Himmel über und über mit weißen Wölkchen besprenkelt, die keinen Regen bringen.»

«Genau das mag ich so an dir», hatte Willem erwidert.

«Was? Meine Liebe zum Sommer?»

«Nein, deine Bescheidenheit.»

Beide hatten gelacht und das Gespräch auf ernsthaftere Themen zurückgeführt.

Eine Stunde später war Willem auf dem Heimweg an einem Schiff vorbeigekommen, aus dem beim Entladen eine Partie chinesischer Lampions teils auf die Kaimauer, teils ins Hafenbecken fiel. Fasziniert war er stehen geblieben, und plötzlich war ihm der Gedanke gekommen, Clara mit einem Gartenfest zu überraschen, damit sie das Sommergefühl dieser Tage besser in Erinnerung behalten könnte. Auf Nachfrage hatte er erfahren, dass die Lampions in Glückstadt nur umgeschlagen und bald nach Amsterdam weiterverschifft werden sollten.

«Aber mit den Dingern», der Lagermeister, der die Löscharbeiten überwachte, hatte auf die beschädigte Ware gezeigt, «lässt sich wohl kein anständiger Handel mehr treiben.»

Willem hatte Interesse an ‹den Dingern› bekundet, und der Lagermeister war geradezu erleichtert, dass er sie loswurde. Von dem Moment an hatte das Gartenfest in Willems Vorstellung Gestalt angenommen. «Dann soll sie ihren Sommer haben», hatte er gemurmelt, dem Lagermeister gedankt und noch am selben Tag mit den Festvorbereitungen begonnen.

Zuerst trafen der Medicus Jesper Olsen und der Drucker Andreas Koch bei Willem ein und brachten Claras Freundin Lene mit. Koch hatte zur Feier des Tages einen mit Spitzen besetzten hohen Kragen angelegt, während Olsen, wie immer, einen strengen schwarzen Rock trug. Lene hatte in aller Eile lediglich die Schürze abgebunden, die sie im Wirtshaus ihres Vaters beim Bedienen trug. Allerdings hatte sie schon am Nachmittag ihr neues, rot und blau gestreiftes Kattunkleid darunter angezogen. Es war nicht elegant, aber die frischen Farben passten gut zu Lenes lebhafter Art.

«Hat dich dein Vater also gehen lassen?», fragte Willem, der Lenes gehetzten Blick und die zerzausten Locken, die unter ihrer Haube hervorlugten, zu deuten wusste.

Der Drucker berichtete, wie er und der Medicus die Wirtstochter unterwegs mühsam aus dem Wirtshaus am Fleth losgeeist hatten.

«Hätte mein Vater nicht seit Tagen von der Einladung gewusst, hätte er mich bei diesem Durstwetter, wie er es nennt, gewiss nicht gehen lassen», sagte Lene. «Dennoch hat es einiger strenger Blicke von Olsen und süßer Worte von Koch bedurft, ehe er mich ziehen ließ.»

Willem merkte, dass Lene immer noch ein schlechtes Gewissen plagte, als sie die Schüssel Kartoffelsalat, die sie mitgebracht hatte, zu den anderen Speisen auf den Gartentisch stellte, sich übers Kräuterbeet bückte und die ersten frischen Liebstöckelblätter auszupfte, um sie als Würze und Verzierung auf den Salat zu legen.

Als sich Lene wieder aufrichtete, hielt sie mitten in der Bewegung inne und weitete die ohnehin großen blauen Augen. «Was ist das denn?», rief sie fast erschrocken.

«Die Lampions?», fragten Olsen und Koch wie aus einem Munde, die nur darauf gewartet zu haben schienen, dass jemand von den Neuankömmlingen die Lampions bemerkte. Sie selbst kannten diese kleinen Wunderwerke aus Büchern und Illustrationen, hatten aber bis vor wenigen Minuten noch nie welche aus der Nähe gesehen. Lenes Staunen bot ihnen einen offenbar willkommenen Anlass, ihr Wissen auszubreiten.

Willem ließ sie gewähren und ging durch die kleine, mit Arbeitsgeräten, Konstruktionszeichnungen und halb fertigen Werkstücken voll gestopfte Werkstatt und den engen Hausflur zum Vordereingang, um in der Hafenstraße nach Amalie und Clara Ausschau zu halten. Die Hebammenhelferin sollte Clara unter einem Vorwand hierher locken. Da sich Clara jedoch erfahrungsgemäß auf nichts Ungewisses einließ, wusste niemand, ob ausgerechnet Amalie das Vorhaben gelingen würde, denn sie war nicht mehr die Jüngste und musste sich seit dem Tod ihres Mannes erst wieder fangen.

«Das Einzige, worauf sie, ohne zu zögern, losspringt, ist ein Notfall», hatte Amalie zu Willem gesagt, als der sie in seinen Plan einweihte. «Und so weit will ich wirklich nicht gehen. Wenn es sein muss, kann ich ein wenig schwindeln, aber lügen kann und werde ich nicht.»

Die gute Amalie, dachte Willem, ob sie bei Clara wohl etwas hatte ausrichten können? Doch schon im nächsten Augenblick sah er die beiden Frauen schnellen Schrittes vom Fleth aus um die Biegung der Hafenstraße auf sein Haus zukommen. Clara gestikulierte heftig, wie im Streit, und zeigte auf Willems Haus, als ahne sie, wohin Amalie sie brachte. Trotz der Entfernung sah Willem Claras rotbraune Röcke und die weißen Ärmelbesätze an ihren Handgelenken flattern, während Amalie die Arme unter einem grauen Schultertuch abwehrend vor der Brust verschränkte. Als er den Frauen zuwinkte, blieb Clara kurz stehen, stemmte erbost die Arme in die Seite und fuhr zu Amalie herum, die aber stur weiterging. Willem schüttelte amüsiert den Kopf. Nur zu gut verstand er, warum sich Clara so gegen einen abendlichen Gang zu seinem Haus sträubte.

Seit zwei Jahren schon war Willem mit Clara befreundet und wusste, dass diese Freundschaft seither mehr und mehr ins Gerede gekommen war. Zwar waren Freundschaften zwischen Männern und Frauen nicht verboten, aber wenn der Mann und die Frau allein stehend und einander innig verbunden waren, ohne diesen Bund unter Gottes Segen zu stellen und einen gemeinsamen Hausstand zu gründen, wurde die Sache brenzlig. Wenn beide dazu noch Berufe ausübten, die sie bisweilen bis spät in die Nacht beschäftigten, und wenn sie einander zu Zeiten besuchten, wo anständige Leute längst schliefen, wurde die Sache umso anstößiger.

So hatte es Gerede gegeben, als Willem eines Nachts gegen ein Uhr an Claras Haustür geklopft hatte, um ihr eine selbst gefertigte Stützvorrichtung für eine Wöchnerin zu bringen. Die Leute fragten sich, was ein Mann mit Hebammenarbeit zu tun hatte, und schüttelten ahnungsvoll die Köpfe. Doch das Getuschel war verebbt, als die junge Mutter – und es handelte sich um keine Geringere als die Frau des hoch angesehenen Tuchhändlers Dubois – wieder unter Leute ging und ungeniert berichtete, wie sehr ihr Willems Erfindung geholfen hatte, als Clara mitten in der Nacht damit zu ihr gekommen war. Kaum eine Stunde länger hätte sie die Schmerzen ausgehalten.

Trotzdem galt das Verhältnis dieses merkwürdigen Paares den Glückstädtern als «außer der Reihe», wenn auch von allem aufgebrachten Gerede am Ende meist nicht mehr übrig blieb als Staunen und ein gewisses Unwohlsein. Doch immer wieder keimten Zweifel an der Redlichkeit dieser Verbindung auf. Und Willem wusste, dass Clara mehr darunter zu leiden hatte als er, denn sein Ansehen war gefestigter als Claras. Während sein Nutzen für die Stadt völlig außer Zweifel stand, musste sich Clara ihren Stand als Hebamme immer wieder neu erarbeiten. Kaum ein Glückstädter Gewerbe hatte nicht früher oder später von einer seiner Erfindungen profitiert, sodass er kaum noch als Büchsenschmied tätig war. Seit Clara in der Stadt war, hatte er zudem etliche medizinische Geräte für sie und Olsen gefertigt. Mittlerweile galt er weniger als Handwerker denn als Erfinder, obwohl es ihm vollkommen gleichgültig war, wie man ihn titulierte.

Doch während er sich vor Aufträgen kaum retten konnte, erging es Clara anders. Man stellte keine Erwartungen an sie. Immer wieder erwiesen sich ihre ungewöhnlichen Unterweisungen und Maßnahmen zwar als hilfreich und bisweilen gar als lebensrettend, aber die meisten Glückstädter waren davon jedes Mal aufs Neue überrascht. Während also niemand bestreiten konnte, dass ihre Arbeit für die Stadt von Nutzen war, verschaffte sie ihr nur bei wenigen Ansehen. Doch da zu diesen wenigen so einflussreiche und wichtige Leute zählten wie der Medicus Olsen und der Drucker Koch, der Bürgermeister, der Stadtgouverneur und gar der König, blieb den Glückstädtern gar nichts anderes übrig, als Clara und Willem gewähren zu lassen. Ihr Tun gutheißen oder auch nur verstehen konnte kaum jemand – außer der illustren kleinen Gesellschaft, die sich nun in Willems Garten zusammenfand.

Als er Clara so wütend auf sich zustapfen sah, beschloss Willem, ihr wie so oft mit einem Scherz den Wind aus den Segeln zu nehmen. Er ging den beiden Frauen einige Schritte entgegen, und als Clara, der immer mehr wippende braune Locken aus der Haube rutschten, etliche Schritte vor Amalie bei ihm war, sagte er mit tadelnder, hoher Stimme: «Wie konntest du Amalie für solch einen Schwindel missbrauchen?»

Clara blieb abrupt stehen und sah mit offenem Mund zu Willem auf. Ihre Wangen waren vor Erregung gerötet, und ihre flinken braunen Augen blitzten ihn streitlustig an. Willem wusste, dass sie ihn genau das hatte fragen wollen. Nun holte sie tief Luft und wandte sich ungehalten zu Amalie um, die nun bei ihnen angekommen war und sie begütigend am

Arm fasste. Die schmale, ernste Frau sah sie so bekümmert an, dass Clara ihr nicht böse sein konnte. Sie wandte sich wieder zu Willem um, der breit grinste, als er ihren nun erwartungsvollen Gesichtsausdruck sah. Eben noch war sie wütend gewesen, doch nun siegte ihre Neugier, als sie vertraute Stimmen aus Willems Garten hörte und den köstlichen Geruch wahrnahm, der aus derselben Richtung kam. Was hatte das wohl zu bedeuten? Willem trug auch nicht seine ölverschmierte Arbeitskleidung, sondern einen elegant geschnittenen Rock in demselben Blau wie seine Augen.

«Was gibt es denn zu feiern?», sagte sie, nun schon etwas versöhnlicher, und zeigte auf Willems Haus. «Das ist doch Lenes Stimme, und Olsen und Koch scheinen auch da zu sein!»

Willem antwortete nicht gleich, und Clara blickte streng auf Amalie. «Dann sag du's mir und lass meinen Arm los!» Sie zog ihren Arm fort. «Amalie, du hast mich geholt, du weißt Bescheid. Sag du es mir!»

Amalie lächelte schüchtern und zeigte auf Willem. «Er muss es dir erklären. Schließlich ist er der Gastgeber.»

«Der Sommer», sagte Willem nur. Seine Augen blitzten verschmitzt. «Was sonst?»

Willem berührte Claras Schulter und schob sie mit sanftem Druck aufs Haus zu. «Du hast dir doch neulich einen Sommer gewünscht, der genau so wird, wie es im Moment ist. Den kann ich dir leider nicht schenken. Also dachte ich: Machen wir das Beste aus der Sommerliebe, von der du sprachst.»

Da Clara vor Willem ging und es im Hausflur dunkel war, konnte Willem – gottlob! – nicht sehen, wie sie errötete. Clara erinnerte sich durchaus daran, dass sie davon bei ihrem Spaziergang gesprochen hatte, aber so, wie Willem es jetzt ausdrückte, schien es etwas anderes zu bedeuten. Sie war froh, darauf nicht eingehen zu müssen, denn sie hatten schon die Werkstatt erreicht, und Clara schritt weiter voran in den Garten. Dann blieb sie mit freudig überraschter Miene stehen. Willem hatte sich das wohl erhofft, denn er machte sogar einige schnelle Schritte um sie herum, um ihr ins Gesicht sehen zu können.

Niemand sagte etwas.

«Ihr habt … das ist ja …», stammelte Clara. «Himmel, ist das schön!» Den Gedanken, dass all das ihr galt, wagte sie gar nicht zu denken. Und doch gaben die Gesichter, in die sie blickte, eine eindeutige Auskunft.

Willem trat einen Schritt beiseite, deutete eine Verbeugung in die Runde an und sagte: «Willkommen zum Gartenfest! Im Grunde haben wir es Clara zu verdanken, dass wir hier beisammen sind, denn sie hat mich auf den Gedanken gebracht. Aber das tut nichts weiter zur Sache. Ich gehe jetzt ins Haus und hole die Suppe vom Ofen. Olsen, Koch, wenn ihr inzwischen die Lampions anzünden wollt?» Dabei zeigte er auf ein Talglicht, das neben den Speisen auf dem Gartentisch stand, und zog sich ins Haus zurück.

Clara stand noch ganz verdutzt da, als alle anderen begannen, sich nützlich zu machen. Lene zwinkerte ihr zu, als sie Willem ins Haus folgte, um ihm zur Hand zu gehen. Olsen faltete die Lampions auf, und Koch zündete die kurzen Wachskerzen in ihrem Inneren mit einem Holzspan an, den er an dem Talglicht entzündete, das Amalie ihm reichte.

«Ihr wart alle eingeweiht», sagte Clara mehr zu sich als zu den anderen und mühte sich immer noch zu verstehen, was hier gefeiert wurde und warum. Doch niemand schien geneigt, weitere Erklärungen abzugeben, und so beschloss Clara, diesen Abend so zu nehmen wie vieles, was sie mit Willem erlebte. Dazu musste sie ihre Neigung bezwingen, immerzu Fragen zu stellen und den Dingen auf den Grund zu gehen, und einfach nur genießen.

Das fiel ihr an diesem Abend nicht schwer. Die ersten Lampions illuminierten den Garten. Um diese Jahreszeit setzte die Abenddämmerung schon recht früh ein, und der Anblick war einfach bezaubernd.

Trotzdem wandte sich Clara fast vorwurfsvoll an Lene, als diese mit einer Suppenkelle und einem Stapel irdener Schüsseln aus dem Haus kam. «Wenigstens du hättest mir doch sagen können ...», begann sie.

Doch Lene lachte nur und sagte: «Hätte Willem nicht so ein verschwörerisches Getue gemacht, hätte ich womöglich gar nicht kommen können», sagte sie. «So aber hat selbst mein Vater eingesehen, dass du einmal etwas Schönes brauchst. Sei dankbar und iss!» Damit drückte sie Clara eine Schüssel in die Hand und deutete auf den Suppenkessel, den Willem in die Mulde eines großen Steins stellte.

«Kommen Sie», sagte Olsen zu Clara, als der letzte Lampion angezündet war. «Ich habe so selten Gelegenheit, unter Menschen zu weilen, die nicht krank sind oder meinen Rat suchen. Deswegen bin ich entschlossen, diesen Abend zu genießen. Geben Sie sich einen Ruck und tun Sie's mir gleich! Außerdem habe ich einen Riesenhunger.»

«Wohl gesprochen», sagte Koch, der mit Amalie nun auch von den Lampions zurückkam. Er stellte das Talglicht auf den Gartentisch und zwinkerte Clara und Olsen zu. Seine Brille war ihm auf die Nasenspitze gerutscht und gab seinem gutmütigen Gesicht etwas Schalkhaftes. «Ich sollte zu dieser Stunde in der Druckerei stehen. Morgen um zehn muss die neue Hafenordnung ausgehängt werden, und sie ist noch nicht mal fertig gesetzt. Aber das hier will ich mir nicht entgehen lassen.» Er drehte sich zu den Lichtern in den Büschen um und bewunderte mit allen anderen den atemberaubend schönen Anblick.

Willem zog sich einen Moment lang zurück, und schon brach ein ohrenbetäubender Lärm los. Funkensprühende Geschosse zuckten durch den Garten, Feuerbälle und Feuerfontänen erleuchteten die Baumkronen. Als sich die Gäste vom ersten Schreck erholten, brachen sie in begeisterte Jubelrufe aus. Immer neue Lichtpfeile in immer neuen Formationen überraschten die Zuschauer, rieselten als Funkenregen auf sie herab, fingen sich in den Büschen und verglühten. Willem beobachtete die Gesichter seiner Gäste von der Gartenecke aus, in der er das Feuerwerk zündete. Ihre Mienen enttäuschten ihn nicht. Als das Schauspiel nach einigen Minuten vorbei war, hatten alle das Gefühl, eine kleine Ewigkeit sei vergangen, so sehr waren sie gebannt von dem Funkeln und dem Getöse. Nach einem Moment der Stille applaudierten sie begeistert.

Willem kam aus seinem Versteck und nahm den verdienten Beifall mit einer schüchternen Verbeugung entgegen. «Das war für Ohren und Augen», sagte er mit seinem jungenhaften Grinsen. «Wenn ich nun zu Tisch bitten dürfte, solange die Suppe noch dampft.»

Alle sagten etwas, um die Mühe zu würdigen, die er sich gemacht hatte, bedienten sich von den Speisen und strebten auf den Gartentisch zu, an dem Willem nun den Waldmeisterpunsch ausschenkte.

«Das erste Glas ist für Clara», sagte Willem. «Sie scheint es noch nicht ganz begriffen zu haben, aber manchmal werden Wünsche wahr.»

Stumm und sichtlich verlegen nahm Clara von Willem das Glas entgegen, wartete ab, bis alle eins bekommen und Platz genommen hatten, und sagte dann: «Was immer dies alles zu bedeuten hat, es ist wunderschön. Ich danke dir, Willem, ich danke euch allen. Und nun hört bitte auf, mich wie ein Prinzesschen zu behandeln. Auf einen schönen Abend und einen schönen Sommer!»

«Zum Wohl», sagte Olsen, erhob sein Glas und fügte hinzu: «Und auf Sie, Clara, denn ohne Sie wären wir jetzt nicht hier beisammen. Wie sonst kämen ein Buchdrucker, eine Schankwirtin, ein Büchsenschmied, eine Näherin und ein Arzt zu einem Lampionfest, wenn nicht eine Hebamme frischen Wind in ihr Leben gebracht und sie so innig miteinander verbunden hätte?» Clara machte eine abwehrende Handbewegung, doch Olsen fuhr fort: «Deswegen wäre unser Willem hier wohl gar zu enttäuscht, wenn wir nicht auf Sie unser Glas erhöben.»

«So ist es», sagte Willem. «Und nun kein Wort mehr, außer: Zum Wohle!»

Alle hoben die Gläser, nickten sich gegenseitig zu und tranken von dem köstlichen Punsch, während Lene schon anfing, die Speisen auf Teller zu verteilen.

Willem beobachtete Clara beim Essen. Die Beklemmung über ihre Sonderstellung an diesem Abend schien langsam von ihr zu weichen, und darüber war er froh. Schließlich hatte Olsen wirklich Recht: Hätte Clara nicht vor zwei Jahren auf Anregung des Druckers begonnen, heilkundliche Schriften unter das Volk zu bringen, und hätte sie nicht Olsen als Arzt und ihn selbst als Zeichner in die Arbeit einbezogen, wäre seine Verbindung zu den beiden Männern nie so weit gediehen, dass sie zusammen hätten feiern können. Und da Lene als Freundin und Amalie als gelehrige Hebammenschülerin aus Claras Leben ohnehin nicht mehr wegzudenken waren, gehörten sie genauso mit dazu. Trotzdem war es das erste Mal, dass sie alle ohne einen unmittelbaren Anlass zusammengekommen waren.

Sie kannten sich mittlerweile so gut, dass sich ein lebhaftes Tischgespräch entspann – über die Lampions und China, über das Feuerwerk und die Brandgilde, über das Wetter, die Speisen, die Nachbarn und Lenes neues Kleid.

«Wie gut, dass wenigstens eine Person den Ernst der Lage nicht aus den Augen verliert», sagte Willem plötzlich mit einem Blick auf Claras nachdenkliches Gesicht. «Oder hast du gerade ein Haar in der Suppe gefunden?»

Clara lachte und schüttelte den Kopf. «Ich dachte nur gerade, dass wir so etwas viel öfter tun sollten», sagte sie. «Ich danke dir wirklich sehr, Willem. Ich habe mich schon lange nicht mehr so wohl gefühlt.»

«Dem kann ich nur zustimmen», sagte Olsen und nickte ernst. Koch und Amalie pflichteten ihm bei. Besonders Lene konnte man anmerken, wie sehr sie es genoss, selbst einmal Gast zu sein.

«Gute Idee, Clara. Aber du musst nicht jedes Mal den Gastgeber spielen, Willem», sagte Lene in ihrer praktischen Art. «Im Winter treffen wir uns in Claras Gartenzimmer. Der Ofen hält uns dort schön warm. Keine Sorge, Clara, ich helfe dir bei den Vorbereitungen. Aber im Sommer oder wenn das Wetter im Frühling schon so schön ist wie jetzt ...» Sie blickte in den Garten, wo in der Dunkelheit nun nur noch die bunten Lampions zu sehen waren. «Schöner als hier haben wir es nirgendwo.»

«Abgemacht», sagte Willem. «Gartenfest im Frühsommer bei mir, winterliches Ofenhocken bei Clara. Was sagst du dazu?» Er schaute Clara fragend an.

«An mir soll es nicht scheitern», sagte Clara. «Schließlich war es mein Vorschlag, so etwas öfter zu machen.»

«Aber ich habe gesagt, wie es gehen kann», warf Lene ein.

«Und ich habe den Anfang gemacht», trumpfte Willem auf.

«Wollt ihr euch jetzt darüber streiten, wie es dazu kam, dass wir unsere Freundschaft besser pflegen wollen?» Die stille Amalie schüttelte missbilligend den Kopf, verzog den schmalen Mund aber zu einem milden Lächeln. «Lasst uns lieber die Hände reichen und Gott danken – für die reiche Tafel und unser Wohlergehen.»

Als das geschehen war, schossen Clara Tränen in die Augen. Willem sah, dass ihr helles Braun zu einem glitzernden Schwarz wechselte. Er sah aber auch, dass Clara versuchte, Haltung zu bewahren und sich nicht anmerken zu lassen, wie bewegt sie war.

«Na, na!», ertönte jedoch sogleich die sonore Stimme des Druckers, der dasselbe gesehen haben musste. «So schlimm? Sie tun ja gerade, als bekämen Sie sonst keine Anerkennung. Dabei ließ sich Ihre letzte Schrift doch ganz gut unters Volk bringen.»

Clara lächelte tapfer und nahm dankbar das Tuch entgegen, das Amalie ihr reichte. Nachdem sie sich geschnäuzt hatte, sagte sie: «Schon, aber was Wunder, schließlich ist es die erste vollständige Darstellung der Kindesentwicklung im Mutterleib. Es ist nicht nur etwas gänzlich Neues, sondern etwas, worauf auch die Männer erpicht sind nach der Tragödie bei den Nickels, die ja ...», Clara holte Luft und sah Olsen ernst an, «auch etwas mit unseren ungenügenden Vorstellungen vom Ungeborenen zu tun hatte.»

Olsen schaute unbehaglich auf seinen Teller. Auch Willem konnte sich nur zu gut an den Vorfall erinnern. Er wusste, dass Olsen damals von einer «falschen» Kindslage gesprochen hatte. Erst dadurch hatte er den sonst so vernünftigen

Nickels auf den Gedanken gebracht, seine Frau kräftig zu schütteln und das Kind dadurch in die rechte Lage zu bringen. Die ganze Stadt hatte am Tod der Nickelschen und des Kindes und an dem anschließenden Streit Anteil genommen. Viel böses Blut war entstanden, und manch einer war ganz erpicht darauf gewesen, Clara zur Hauptschuldigen zu erklären, obwohl sie in jener Nacht selbst gar nichts getan hatte. Willem wusste auch, dass Clara die Sache nie losgelassen hatte. Deswegen hatte sie mit Hilfe von Olsens Verbindungen zu Universitäten und Gelehrten überall herumgeforscht, bis sich bestätigte, was ihre Erfahrungen und sorgfältigen Beobachtungen von Schwangeren bereits nahe gelegt hatten. Als alles zusammengetragen war, hatte sie zusammen mit Olsen und ihm eine der Koch'schen Schriften daraus gemacht. Diese Schrift war in Glückstadt auf viel Widerhall gestoßen.

«Wir können doch nicht jedes Mal so ein großes Thema aufgreifen», sagte Clara, «und schon gar nicht auf Wissbegier hoffen, die sich aus einem so furchtbaren Unglück speist.»

Das war eine freundliche und verharmlosende Umschreibung dafür, dass die anderen heilkundlichen Schriften – außer in Fachkreisen, die weit über Glückstadt hinausreichten – kaum jemand hatte lesen wollen. Dabei waren sie doch gerade fürs gemeine Volk gedacht.

Der wechselhafte Erfolg dieser Schriften war nicht Claras einzige berufliche Sorge, aber die einzige, von der sie an diesem Abend sprach. Seit sie vor zwei Jahren hierher gezogen war, hatte sie sich schon oft bei Willem darüber beklagt, dass sie den Siedlergeist in der neu gegründeten Stadt irrtümlich mit Familiengeist gleichgesetzt und entsprechend hohe Geburtenzahlen erwartet hatte. Dabei stand den Leuten der Sinn zunächst nur nach Etablierung ihres Gewerbes in der neuen Umgebung. Das betraf sogar die Frauen, die hier oft –

wenn auch eher im Verborgenen – am Geschäftsleben ihrer Männer teilnahmen. Kinder zu bekommen schien ihnen erst ratsam, wenn sie hier ein gesichertes Leben führten. Deswegen hatte es Clara leider mehr mit Fragen zu tun, die auf das Vermeiden von Geburten und Schwangerschaften hinausliefen. Das betraf auch die Unterweisungsstunden, die sie in ihrem Haus anbot. Vor allem darüber, dass diese schlecht besucht waren, beklagte sich Clara oft. So hatte sich der Neuanfang, den sie in Glückstadt gesucht hatte, alles in allem viel mühseliger gestaltet, als sie erwartet hatte. Mit diesem Fest wollte Willem sie zumindest für einige Stunden von ihren Schwierigkeiten ablenken.

Schallendes Gelächter riss ihn aus seinen Gedanken.

«Ist das wahr?», fragte Koch und sah Clara vergnügt an. «Der König hat gesagt, so schlimm könne es nicht sein, eine Frau zu sein, wenn man von Ihnen betreut wird?»

Clara zuckte mit den Schultern. «Ihr kennt ihn doch und wisst, wie er manchmal so daherredet. Außerdem ...» Unbehaglich verzog sie das Gesicht. «Stellt euch unseren C IV mal als Frau vor!»

Eine amüsante Vorstellung, die alle erneut zum Lachen brachte.

«Aber hat er es nun gesagt oder nicht?», hakte Koch nach.

«Sie wollen es doch wohl nicht publizieren, was?», fragte Olsen scherzhaft.

«Wer weiß.» Koch schmunzelte. «Ein Kompendium von Aussprüchen dieses Königs wäre gewiss kein Ladenhüter.»

«Dafür wären Sie dann aber ein Kerkerhüter», sagte Lene und hob drohend den Zeigefinger. «C IV besitzt zwar viel Humor, aber derlei würde er gewiss nicht dulden.»

«Keine Sorge», sagte Koch. «Noch gehen meine Geschäfte gut genug, als dass ich Volksbelustigungen drucken müsste. Dennoch würde ich nun endlich einmal gerne wissen, ob er es tatsächlich gesagt hat.»

Alle in der Runde wussten, dass König Christian großen Wert darauf legte, eine gut ausgebildete Hebamme in der Stadt zu haben, und Clara erst kürzlich zu seiner Frau gerufen hatte. So brauchte Clara mit ihrer Erklärung nicht weit auszuholen.

«Als seine Wibke hochschwanger war, litt sie so sehr unter Wassereinlagerungen, dass ihr der Ring des Königs regelrecht in den Finger schnitt, und wenn sie sie Schuhe auszog, zeichneten sich auf ihren Füßen Nähte und Schnürsenkel ab. Ich habe ihr eine Kräutermischung mit viel Brennnessel- und Zinnkraut sowie Birkenblättern gebracht und ihrer Köchin gesagt, sie soll den Tee mit Zitrone und Honig abwürzen, nicht nur wegen des Geschmacks. Die Ödeme ... Verzeihung, das Wasser bildete sich schnell zurück, und Wibke fühlte sich wieder ganz so frisch, wie der König es schätzt. Und da ... nun ja ...»

«Da hat er gesagt, wenn er wüsste, dass Sie ihn betreuen, wäre er gern eine Frau», vervollständigte Koch den Satz.

«Also wirklich!», protestierte Clara. «Selbstverständlich hat er das nicht gesagt.»

«Aber gewiss etwas Ähnliches», beharrte Lene. «Ich hab's von der Hutmacherin, und die hat's von Wibkes Magd. Und wisst ihr, was C IV neulich zu meinem Vater gesagt hat?»

Damit begann ein munteres Zitieren von Aussprüchen des Königs. Christian IV. hielt sich oft in Glückstadt auf und suchte bei diesen Gelegenheiten den Kontakt mit den Einwohnern, sodass alle etwas dazu beisteuern konnten, bis jemand aus einem der umliegenden Fenster rief, er habe nichts gegen Gelächter, aber langsam sei es wohl an der Zeit, sich zur Nachtruhe zu begeben.

«Ist recht, Herr Nachbar», rief Willem zurück. «Schlafen Sie gut.» Dann sah er seine Gäste bedauernd an. «Das soll's dann wohl gewesen sein.»

«Für heute, mein Lieber, für heute», sagte Olsen, der den Abend sichtlich genossen hatte.

Alle halfen noch mit, die Kerzen in den Lampions zu löschen, Geschirr und Speisen in Willems Küche zu bringen, Tisch und Stühle ins Haus zurückzutragen, und Willem ließ keinen der Gäste gehen, ehe er allen eine Schüssel mit dem übrig gebliebenen Essen in die Hand gedrückt hatte.

Nur Lene weigerte sich, etwas anderes als die leere Schüssel wieder mitzunehmen, in der sie den Kartoffelsalat gebracht hatte. «Ich stehe doch morgen um zehn schon wieder in der Küche und koche fünfzig Essen», sagte sie und verteilte ihren Salat auf die Schüsseln der anderen Gäste.

Als alle kurz darauf Willem überschwänglich für den wunderbaren Abend dankten, wusste er, dass niemand übertrieb. «Es war mir eine Freude», sagte er und sah dabei besonders Clara an. Dann winkte er den Freunden nach, die sich gut gelaunt unter einem sternenklaren Himmel Richtung Fleth auf den Heimweg machten.

Auf dem Nachhauseweg summte Clara leise die Melodie vor sich hin, die sie schon gehört hatte, als sie am Ende der Hafenstraße zum Fleth abgebogen waren. Sie war laut auf die Straße herausgedrungen, als Lene die Schanktür zum Wirtshaus geöffnet hatte, und Koch hatte sie anschließend leise gepfiffen, als sie am Fleth entlanggingen. Als Amalie und er sich an der Marktbrücke verabschiedet hatten, um weiter geradeaus zu gehen, überquerte sie mit Olsen die Brücke Richtung Marktplatz. Bis zu Olsens Haus am Markt war es dann still gewesen, und nachdem sich auch Olsen verabschiedet hatte, summte Clara die Melodie weiter. Sie ging an der Kirche vorbei, durch den Kirchgang und dann die paar Schritte durch die enge Nübelstraße auf ihr Haus zu. Sie hatte diesen Umweg genommen, statt gleich am Ende des Hafens das Fleth zu überqueren, weil sie das Glücksgefühl dieses Abends und das Zusammensein mit den anderen so lange wie möglich auskosten wollte. Sie lauschte ihrem eigenen Gesang und war überdies so in Erinnerung an das Fest versunken, dass sie die junge Frau, die vor ihrer Tür kauerte, erst bemerkte, als diese sich laut stöhnend aufrichtete, um sogleich wieder unter noch lauterem Stöhnen zusammenzusacken.

«Um Himmels willen», entfuhr es Clara. Sie umfasste die Schultern der schwankenden Frau und verhinderte, dass sie auf die Straße schlug. Sie brauchte nicht zu fragen, was die Unbekannte hierher geführt hatte, denn noch als sie sie in den Armen hielt, setzte eine Wehe ein.

Clara begann tief und ruhig zu atmen. Das hatte sich schon oft als wirkungsvoller erwiesen als die klügsten Erklärungen. Die Frauen atmeten dann erfahrungsgemäß so mit, wie Clara es vormachte, merkten schnell, wie gut das tat, und machten dann von allein so weiter. So auch diese junge Frau, die gewiss noch keine zwanzig Jahre alt war.

Als die Wehe vorüber war, öffnete Clara die Haustür und führte die Gebärende durch die Diele und an der Küche vorbei ins Gartenzimmer und legte sie auf die eingebaute – und gottlob gepolsterte – Sitzbank. Dann eilte sie zurück in den vorderen Teil des Hauses und holte den Gebärstuhl aus ihrem Arbeitszimmer. Sie half der Frau von der Bank auf und sagte, sie solle sich so auf den Gebärstuhl setzen, wie es ihr am angenehmsten sei. Dann wollte sie schnell noch einige Dinge herbeiholen, die sie bei Geburten gemeinhin benutzte, doch da setzte schon die nächste Wehe ein.

Nicht umsonst hatte Clara darauf verzichtet, die Frau in diesem Zustand mit Fragen zu überschütten. Doch dass die Geburt schon so weit fortgeschritten war, hatte sie nicht geahnt. Die Frau begleitete diese Wehe mit einem tiefen, fast animalischen Brummen. Dann stockte ihr der Atem. Clara sah sie erschrocken an und wusste, dass es nun ans Pressen ging. Die Frau musste das Kind nur noch austreiben, und Clara wusste nicht, wie viel Kraft sie dafür hatte. Sie hockte sich vor die Frau, legte deren Hände auf die seitlichen Griffe des Gebärstuhls und sagte: «Ordentlich festhalten!» Als sie ihr unter die Röcke griff, fühlte sie, dass alles nass war. Es war ein Schwall von Fruchtwasser. Ihr war nun klar, *wie* weit fortgeschritten diese Geburt war.

«Ganz ruhig!», sagte Clara und merkte, dass der Frau immer noch der Atem stockte.

«Hoi!», rief sie.

Die Frau zuckte zusammen, atmete ein, und augenblicklich begann Clara wieder, tief und laut zu atmen, und wieder erreichte sie, dass die Frau es ihr gleichtat. Doch schon im nächsten Moment lehnte sie sich ruckartig nach hinten und verkrampfte sich.

«Drücken! Ganz fest drücken. So!», sagte Clara und stieß nun selbst ein kräftiges Brummen aus, indem sie mit aller Kraft in den Unterbauch atmete. Unwillkürlich machte die Frau mit, bis auch diese Presswehe vorbei war.

«Gut machen Sie das», lobte Clara und tastete sich ohne große Erklärungen mit beiden Händen dorthin vor, wo das Kind jeden Moment kommen konnte. «Bald haben Sie es geschafft.» Dann fiel sie wieder in die entspannende Atmung, die die Frau zur Erholung brauchte, und die Frau machte mit.

Schon zwei Wehen später hatte sie die Fremde von einem sehr kleinen, aber gesunden Mädchen entbunden. Seit sie die

Frau vor ihrer Tür gefunden hatte, war keine Stunde vergangen. Doch auch als die Frau den Säugling in den Armen hielt, war nicht der rechte Augenblick, um sie zu fragen, wer sie war, woher sie kam und warum sie erst zu ihr gekommen war, als es fast schon zu spät war. Dieser Moment gehörte ganz allein der Mutter und dem Nachspüren des Wunderbaren, das gerade geschehen war – dem Begrüßen des neuen Menschen.

«Miranda», flüsterte die junge Frau selig und wischte sich die verschwitzten langen Haare aus dem Gesicht. Sie konnte ihren Blick gar nicht von dem Kind abwenden. «Miranda.» Es lag so viel Liebe und Hingebung in dem Wort und in ihren Blicken, dass Claras Ungehaltenheit über diese Art, eine Geburt zu meistern, plötzlich wie verflogen war. Sie gönnte Mutter und Tochter noch einige Minuten für sich und begann in aller Stille, das Blut vom Boden zu wischen.

Als die Frau wieder einen Sinn für ihre Umgebung hatte, sah sie Clara mit ihren klaren grünen Augen verschämt an, dankte ihr und stellte sich vor. «Elfie Sandmann», sagte sie. «Ich bin erst vorgestern aus Hamburg gekommen. Gewiss hätte ich die Reise nicht gemacht, wenn ich geahnt hätte, dass Miranda so schnell ...»

Clara schüttelte den Kopf über so viel Unverstand. «Die Schwangerschaft stand ja nicht gerade am Anfang», sagte sie streng. «Das zumindest wussten Sie. Und durch die Reise haben Sie die Geburt womöglich noch beschleunigt. Warum mussten Sie gerade jetzt auf Reisen gehen?» Sie schaute Elfie forschend ins Gesicht. Doch die mied Claras Blick und schaute abwechselnd zu Boden und auf das Kind in ihren Armen. «Und wie haben Sie den Weg zu mir gefunden, wenn Sie hier noch so neu sind?»

«Ach», sagte Elfie nun etwas lebhafter, «Sie kennt doch jeder. Sie und Ihre Mutter, Henriette Cordes. Gott sei ihrer Seele gnädig!»

Mit einem Mal wusste Clara, was geschehen war und mit wem sie es hier zu tun hatte. Ihre Ziehmutter war in Hamburg eine hoch angesehene Hebamme gewesen und hatte sich, was die wenigsten wussten, stets mitfühlend um die Dirnen am Hafen gekümmert, wenn dort die Hilfe einer Hebamme gebraucht wurde. Deswegen also trug Elfie Sandmann auf den rotbraunen Haaren keine Haube, deswegen kannte sie Henriette: Sie war selbst eine Dirne. Doch statt sich alles selbst zusammenzureimen, begann Clara nun, Elfie zu befragen.

Es war jedoch mühevoll, der jungen Frau ihre Geschichte zu entlocken. Erst als Clara ihr auf der Bank im Gartenzimmer ein bequemes Lager bereitet, Miranda gewaschen, gewickelt und der jungen Mutter zum ersten Mal an die Brust gelegt hatte, begann Elfie, nach und nach Auskunft zu geben. Es war, wie Clara vermutet hatte.

«Lange konnte ich meinen Zustand verbergen», endete die Geschichte. «Aber nun ging es nicht mehr, und da dachte ich, ich fange einfach ein neues Leben an, in Glückstadt, wo es alle tun.»

Clara schüttelte missbilligend den Kopf. «Einfach ein neues Leben anfangen», wiederholte sie. «Das ist nicht *einfach*, meine Liebe. Und dazu mit einem Säugling. Viel darüber nachgedacht haben Sie wohl nicht. Wovon wollen Sie leben, wo wohnen? Haben Sie überhaupt schon eine Wohnung?»

Die junge Frau sah Clara so verständnislos an, dass diese sofort begriff, wie überflüssig die letzte Frage gewesen war. Elfie Sandmann mochte wohl den Wohnort gewechselt haben, nicht aber ihre Lebensweise. Auch in Glückstadt würde sie sein, was sie in Hamburg gewesen war, und untergekommen war sie offenbar auch schon. Die einschlägigen Häuser lagen vor dem Hafen, und Clara fragte, ob sie dort wohne.

Elfie nickte.

Der Umgang mit Dirnen war Clara von Hamburg her vertraut, und auch hier hatte sie gelegentlich mit welchen zu tun. Falls sie, wie so viele andere, je Abscheu vor ihnen empfunden hatte, so erinnerte sie sich nicht mehr daran. Zudem fragte sie sich, warum sie Dirnen verabscheuen sollte, während man vor vielen, die ihre Dienste in Anspruch nahmen, ehrerbietig knickste.

«Wie steht's mit dem Vater?», fragte Clara, ohne eine befriedigende Antwort zu erwarten, aber sie musste diese Frage stellen. Das gehörte zu den Pflichten einer Hebamme. Da Clara mit Olsen so kollegial zusammenarbeitete, war bislang darauf verzichtet worden, eine spezielle Hebammenordnung für die Stadt zu formulieren. Doch auch hier duldeten Sitte und Anstand keine vaterlosen Bastarde. Der Pastor hatte Clara schon bald nach ihrem Eintreffen in Glückstadt klar gemacht, dass er bei unehelichen Kindern eine entsprechende Meldung von ihr erwartete. So etwas war jedoch noch nicht vorgekommen, und Clara fragte sich bang, was daraus für Mutter und Kind wohl folgen mochte.

«Ein feiner Herr», sagte Elfie zu Claras Überraschung. «Selbstverständlich weiß er nichts davon», fügte sie leise hinzu und warf einen ängstlichen Blick auf das Kind. «Es weiß ja überhaupt niemand davon.» Dann begann sie plötzlich zu schluchzen. Erschöpfung und Ratlosigkeit brachen aus ihr heraus.

Clara beruhigte sie und versuchte, die Nachblutung zu stillen, die mit dem Weinen heftiger wurde, schließlich gab sie der jungen Mutter einen Tee aus Frauenmantel und Himbeerblättern zu trinken.

«Weiß es auch niemand in Ihrem neuen Zuhause?», fragte Clara und machte sich auf das Schlimmste gefasst.

«Ich weiß nicht», sagte Elfie leise. «Gesagt habe ich jedenfalls nichts.»

«Aber Augen wird der Wirt wohl haben», sagte Clara. «Wie viele Frauen wohnen denn noch da?»

«Drei. Und eine hat sogar ein Kind. Es wird bald drei Jahre alt. Und die Wirtsleute haben drei. Sie sind ein, drei und vier Jahre alt.»

Nun wusste Clara auch, wo und bei wem Elfie Sandmann wohnte. Diese Nachricht gefiel ihr gar nicht. Sie kannte die Leute und seufzte. Doch statt sich über deren erbärmliche Lebensverhältnisse zu äußern, versuchte sie, Elfie Mut zu machen, und sagte: «Die Leute sind kinderlieb und haben Erfahrung. Und sonst bin ja auch ich noch da.»

Elfie hatte sich so weit von der Geburt erholt, dass sich Clara um die Nachgeburt kümmern konnte, die nicht von allein kommen wollte. Zuerst holte sie aber ein warmes, gepolstertes Körbchen für Miranda, die an Elfies Brust eingeschlafen war, bettete sie und stellte das Körbchen neben die Mutter. Dann legte sie eine dicke Lage Tücher unter Elfie und half ihr durch kräftiges Drücken, die Nachgeburt auszupressen.

Als das getan und die Tücher im Ofen verbrannt waren, sagte Clara: «Nun schlafen Sie erst einmal. Morgen bringe ich Sie nach Haus und helfe Ihnen, sich zu erklären. Gewiss werden die anderen Sie tatkräftig unterstützen, auch wenn sie nicht erwartet hatten, dass zwei zusätzliche Esser ins Haus kommen statt einer weiteren Arbeitskraft. Aber Sie können sich in den ersten Wochen ja auch anderweitig nützlich machen, indem Sie die anderen Frauen bei der Kinderbetreuung entlasten und im Haushalt helfen. Wir finden schon einen Weg. Machen Sie sich keine unnützen Sorgen. Wenn man Sie hätte aus dem Haus jagen wollen, wäre das längst geschehen.»

«Meinen Sie wirklich?», murmelte Elfie müde und war schon eingeschlafen, ehe Clara ihr antworten konnte.

Sie blieb noch eine Weile bei Elfie stehen und fragte sich, was sie in den letzten Tagen wohl durchgemacht haben musste und ob sie den Aufgaben gewachsen war, die nun auf sie zukamen. Dann merkte sie, wie müde sie selbst war.

Als sie sich gründlich gewaschen hatte und endlich im Bett lag, dachte sie: Es stimmt tatsächlich – eine Überraschung kommt selten allein. Erst das Fest, und dann ... Doch da war sie auch schon eingeschlafen.

Am Morgen ließ sich Clara viel Zeit mit Elfie und Miranda. Beiden ging es gut, aber Clara merkte schnell, dass sie der jungen unerfahrenen Mutter ungeheuer viel erklären musste: vom Wickeln bis zum Stillen, von der Ernährung bis zur Reinlichkeit für Mutter und Kind. Je mehr sie von ihr sah und hörte, umso erleichterter war sie bei dem Gedanken, dass sie in ihrem neuen Zuhause immerhin von erfahrenen Müttern umgeben war. Überdies wusste Cara, dass die Frauen dort recht vertraut im Umgang miteinander waren, und in diesen Umgang würden sie auch die Neue einbeziehen. Nach und nach merkte sie, dass sie gerade dabei war, die Dirnen in einem ganz anderen Licht zu sehen. Allerdings streifte sie kurz der Gedanke: Plötzlich denke ich genauso wie Henriette. Aber im Moment war keine Zeit für irgendeinen Gedanken, der nicht unmittelbar darauf gerichtet war, Mutter und Kind gut über die ersten Tage zu bekommen. Die Fragen und Unsicherheiten der jungen Mutter offenbarten so viel Unkenntnis, dass Clara bald begriff, wie gründlich Elfie die Schwangerschaft nicht nur vor ihren Mitmenschen verheimlicht hatte, sondern dass sie auch sich selbst nicht klar gemacht hatte, was auf sie zukam.

Als Amalie gegen zehn Uhr zu Clara kam, um ihre Ausbildung zur Hebamme voranzutreiben, war Clara mehr als erleichtert. Schnell war Amalie über die Geschehnisse der Nacht ins Bild gesetzt, sah, wie erschöpft Clara war, und nahm ihr so viel Arbeit ab, wie sie konnte. Zuerst trug sie das Kind auf dem Arm, das die junge Mutter, außer wenn sie saß oder lag, kaum zu halten wagte, aus Sorge, etwas falsch zu machen. Amalie zeigte ihr, wie sie das Köpfchen halten musste, und legte die Kleine dann im Wiegegriff in ihre Armbeuge. Als sie den Ofen nachfeuerte, um Badewasser für das Kind zu erhitzen, während Clara im Arbeitszimmer einige Kräuter und Öle zusammensuchte, legte sie das Kind auf eine Decke neben sich und sagte: «Sehen Sie? Solange Miranda Sie sieht, ist sie zufrieden. Sie müssen sie schön warm halten und sollten sie nicht stocksteif auf den Rücken legen. So, sehen Sie? So ist es gut, so können Sie Ihren Verrichtungen nachgehen, und die Kleine ist trotzdem zufrieden.»

Amalie schien selbst zu merken, dass sie etwas zu viel plapperte, aber es war offensichtlich, dass es Elfie half, wenn eine ältere und erfahrene Frau etwas Beruhigendes sagte.

Amalie füllte in der Küche einen Bottich mit warmem Wasser, badete das Kind und zeigte Elfie, dass Miranda dabei nicht ertrinken, keinen Hitze- oder Kälteschock erleiden und auch auf keine andere Art zu Schaden kommen würde. Dann wickelte sie das Kind sorgsam in ein Laken, das sie zuvor über dem Ofen gewärmt hatte.

Clara unterzog die Wöchnerin derweil einer eingehenden Untersuchung. Das tat sie nicht immer, aber in diesem Fall hielt sie es für ihre Pflicht. Sie fragte Elfie, von der sie inzwischen wusste, dass sie neunzehn Jahre alt war, nicht einmal um Erlaubnis, sondern tat so, als sei es üblich. Erleichtert stellte sie fest, dass zumindest körperlich alles in Ordnung war. Und was ihre Unerfahrenheit, ihre Naivität und Sorglosigkeit anging ... Gewiss würde sie lernen. Amalies und ihre eigene Betreuung und die Frauen in Elfies Umgebung würden ihr den Weg weisen. Und die große Liebe, die sie ihrem Kind offenbar entgegenbrachte.

So hoffnungsfroh Clara gegen Mittag mit Amalie, Elfie und Miranda den Gang zum Haus vor dem Hafen antrat, so entsetzt war sie, als sie dort ankam. Zwar wurden sie herzlich empfangen, herzlicher noch, als Clara es erwartet hatte, aber schon die Küche, in der sie sich zuerst aufhielten, bot ein wüstes Durcheinander von sauberem und schmutzigem Geschirr, frischen und verdorbenen Lebensmitteln, Putz- und Arbeitsgeräten, die hier nichts zu suchen hatten. Es stank erbärmlich, und auf dem von Dreck verkrusteten Fußboden tummelte sich allerlei Getier.

Clara sah besorgt zu der hageren Amalie hinüber, die plötzlich noch blasser, schmaler und grauer wirkte als sonst, und gab ihr mit einem mäßigenden Blick zu verstehen, dass sie den Mund wieder zumachen und nicht den Schrei ausstoßen solle, der ihr schon auf den Lippen lag. Alle setzten sich, bewunderten das Kind, beglückwünschten die Mutter und redeten darüber, wer welche Aufgaben übernehmen könnte. Clara freute sich zu sehen, dass Elfie und Miranda in diesem Haus wirklich willkommen waren. Alles andere würde sich finden.

«Darf ich einmal deine Kammer sehen, Elfie?», fragte Clara in vertraulichem Ton.

«Sicherlich», antwortete die Wirtin an Elfies Stelle, tätschelte dem Kind die Wange und fügte hinzu: «Du Winzling musst jetzt schlafen, nicht wahr?» Dann schickte sie die

Magd, die verstohlen an der Küchentür stand, zu einer Abseite, um eine Wiege zu holen, die dort gewiss noch stehen müsse. Die solle sie flugs auf Elfies Zimmer bringen.

«Wie lange steht diese Wiege denn schon in der Abseite?», fragte Clara.

«Ein paar Monate erst», sagte die Wirtin und fügte stolz hinzu: «Und als wir sie geschenkt bekamen, sah sie aus wie neu.»

«Dann sollte sie aber trotzdem erst einmal gereinigt werden», sagte Clara.

Die Wirtin runzelte die Stirn, rief der Magd dann aber gleich hinterher: «Und wisch sie vorher ab!»

«Womit denn?», rief das Mädchen zurück.

«Mit deiner Schürze, wenn du nichts anderes findest.»

Clara ließ sich ihr Entsetzen über das Reinlichkeitsverständnis der Wirtin nicht anmerken. Die rundliche Frau mit dem lückenhaften Gebiss und den ausgefransten, fleckigen Röcken machte es Clara mit ihrer befehlsgewohnten Art nicht leicht, so vehement für eine saubere Umgebung von Elfie und Miranda zu sorgen, wie sie es richtig fand. Zugleich strahlte die Hausherrin viel Herzlichkeit aus, und Clara wollte sie nicht brüskieren. Sie beschloss, die Reinlichkeit erst anzusprechen, wenn sie Elfies Kammer gesehen hatte, und dabei wollte sie äußerst taktvoll vorgehen.

Was Clara dann in Elfies Kammer sah, entsprach ihren schlimmsten Erwartungen. Auf dem Bett lagen verschmutzte Decken, die von einigem Alter zeugten. Der Fußboden war gefegt, aber in den Ecken lagen Dreckhäufchen, und auch hier tummelte sich allerlei Getier. Das Bettgeschirr hätte am besten sofort gegen ein neues ausgetauscht werden müssen. Dabei vermutete sie sogar, dass diese Kammer sauberer war als manch andere im Haus, weil Elfie gerade erst eingezogen war und die Wirtin aus diesem Anlass bestimmt angeordnet hatte, dass auch hier alles einmal abgewischt würde – mit einer Schürze oder was sich sonst gerade fand.

Als sich die ganze Prozession, bestehend aus der Wirtin, Elfie, den drei anderen Dirnen, Clara, Amalie und sämtlichen im Haus lebenden Kindern – außer Miranda, die oben in ihrer schmutzigen Wiege schlief –, wieder in der Küche einfand, warf Clara ihre guten Vorsätze in puncto Takt über Bord und sagte ohne jede Vorrede: «Noch heute Nachmittag schicke ich zwei Mädchen vorbei, die zuerst Elfies Kammer und dann diese Küche hier putzen sollen. Bis Ende Juni werde ich dafür sorgen, dass zweimal die Woche ein Mädchen – ich weiß noch nicht, welches – weiterhin zum Putzen kommt. Sind Sie damit einverstanden?» Dabei schaute sie der Wirtin direkt in die Augen und hoffte, dass diese ihr nicht anmerkte, wie sehr sie ihre Antwort fürchtete.

Die Wirtin riss den fast zahnlosen Mund auf, hob verdutzt die Hände und stieß dann einen spitzen Schrei aus. «Aber das ist ja wunderbar!», rief sie. «Habt ihr das gehört, Mädels? Ewig und drei Tage sag ich euch: Hier sieht es aus wie in einer Spelunke, achtet mehr auf Reinlichkeit! Und was tut ihr? Nix tut ihr!» Überwältigt sah sie Clara an. «Und nun das!» Sie hob die Hände, als sei ihr diese Hilfe vom Himmel geschickt worden.

Clara tauschte einen schnellen Blick mit der um Fassung bemühten Amalie, dann erhoben sich beide.

«Gut», sagte Clara. «Ich werde täglich nach Elfie und Miranda schauen, eine Woche, vielleicht zwei. Aber ...» Sie lächelte und sah die Dirnen an. «Sie sind ja da und wissen Bescheid. Wahrscheinlich brauche ich nur die erste Woche zu kommen. Trotzdem: Wenn Sie mich brauchen, holen Sie mich. Ich meine: Wenn Elfie Fragen oder Sorgen hat und Sie zu tun haben ... also ... Sie haben Ihre Arbeit und ich meine. Es ist in Ordnung, wenn Sie mich jederzeit rufen. Ja?»

Kaum hatte sie dieses Gestammel von sich gegeben, ärgerte sich Clara über ihre Unsicherheit. Dabei machten die Frauen gar nicht den Eindruck, als fühlten sie sich von Clara bevormundet. Vielmehr schienen sie ganz begeistert zu sein über die zugesagte Unterstützung.

«Sehr schön», sagte Clara im Hinausgehen und wehrte die Dankesbezeugungen ab.

Der vierjährige Sohn der Wirtin hatte sich in ihre Röcke verkrallt und war mit ihnen zur Haustür gegangen. Er lächelte bewundernd an Clara hoch und entblößte faulige Zähne. Sie sah freundlich zu ihm hinab, schloss kurz die Augen und vergegenwärtigte sich, dass sie während des gesamten Besuchs hier den Eindruck bekommen hatte, dass alle im Haushalt lebenden Kinder einen fröhlichen und zufriedenen Eindruck machten, obwohl sie schmutzig und schlecht gekleidet waren. Nachdenklich fuhr sie dem Jungen mit der Hand durchs Haar, was sie umgehend bereute, da es ganz verfilzt und womöglich verlaust war. Sie drehte sich noch einmal zu den Frauen um. «Mir kommt da gerade ein Gedanke», sagte sie. «Wollen Sie nicht in meine Unterweisungsstunden kommen? Ich glaube, ich kann Ihnen einiges über Säuglingspflege und Haushaltsführung sagen, was Sie noch nicht wissen. Wenn ich Elfie und Miranda in den nächsten Tagen besuche, können wir besprechen, worum es dabei im Einzelnen gehen soll. Dann können Sie es sich genau überlegen.»

Sie gab Amalie einen Wink, schnell mit ihr aus dem Haus zu kommen, ehe womöglich eine überstürzte Antwort auf ihr Ansinnen gefunden wurde, denn sie wusste selbst noch nicht recht, was sie sich eigentlich vorstellte. Sie wusste nur: Es musste etwas geschehen. So wie diese Leute sollte niemand leben, und eine Wöchnerin mit einem Neugeborenen schon gar nicht.

Amalies Einwände trafen Clara nicht unerwartet. «Sie werden uns Ungeziefer ins Haus schleppen», hatte sie prompt gesagt, als Clara und sie die frische, reine Luft auf dem Heimweg in vollen Zügen einatmeten. «Und sie werden unseren Ruf ruinieren.»

«Ach, was!», erwiderte Clara und bemühte sich, ihre Worte unbesorgter klingen zu lassen, als ihr zumute war. Genau wie Amalie hatte sie, kaum waren sie aus dem Haus getreten, ihre Röcke ausgeschüttelt und die Kleider ausgeklopft. «So schlimm wird's schon nicht werden. Im Übrigen wissen wir ja wohl beide, wie man Ungeziefer bekämpft, sofern es überhaupt bekämpft gehört, und was unseren Ruf angeht ... Muss ich dich wirklich daran erinnern, dass Hebammen ohnehin den denkbar schlechtesten genießen? Mancherorts gelten wir immer noch als Hexen. Man misstraut uns, weil manche von uns zu viel und andere zu wenig wissen. In jedem Ort herrschen andere Bestimmungen für uns. Mit jedem Handschlag, jedem Rat riskieren wir, unseren Ruf zu ruinieren. Wenn du dir darum Gedanken machst, solltest du lieber Näherin bleiben. Oder dich freuen, dass wir in Glückstadt leben, mit einem klugen König, einem klugen Magistrat und einer klugen Hebamme.»

Während sie redete, merkte Clara, wie erregt sie war und dass sie versuchte, nicht nur Amalie, sondern auch sich selbst Mut zu machen. Sie musste sich eingestehen, dass ihr die Tuchfühlung mit den Dirnen offenbar noch mehr von der inneren Ruhe genommen hatte, die ihr bei ihrem mühseligen Geschäft ohnehin abhanden zu kommen drohte.

Amalie hingegen schien viel zu sehr mit ihren eigenen Gedanken beschäftigt zu sein und merkte nicht, wie unsicher Clara war. Sie wusste, dass Clara Recht hatte. Trotzdem beharrte sie darauf, dass niemand von ihnen verlangen könne, sich so eingehend mit den Dirnen zu befassen oder sie sich gar ins Haus einzuladen. «Und wie willst du die Mädchen entlohnen, die dort den gröbsten Dreck beseitigen sollen? Aus der Stadtkasse wirst du keinen Schilling dafür bekommen, also musst du sie selbst bezahlen. Das ist doch nicht deine Aufgabe!»

Clara sagte nichts, denn sie wusste selbst nicht, woher sie die Mädchen nehmen und wie sie sie bezahlen sollte. Schweigend gingen die Frauen ums Hafenbecken Richtung Fleth, als Amalie plötzlich fortfuhr: «Ich wüsste allerdings, wer sich gerne etwas dazuverdienen würde: die Schwestern vom Hufschmied. Der alte Geizhals hält sie viel zu kurz. Und sie sind Schmutz gewöhnt. Aber die Zustände in diesem Haus ... Da wird man ihrer Putzlust in blanker Münze nachhelfen müssen. Aber das kannst du doch unmöglich auf deine eigene Kappe nehmen!»

So einfallsreich kannte Clara die sanfte Frau sonst gar nicht. Sie blieb stehen und sah Amalie mit hochgezogenen Augenbrauen an. «Ach nein?», sagte sie schärfer als nötig. «Und wie können wir sonst dafür sorgen, dass Elfie und Miranda die erste Woche bei guter Gesundheit überstehen?» Dann legte sie versöhnlich einen Arm um Amalies Schulter. «Ich glaube, wir sind beide ein wenig mitgenommen. Hast du noch Zeit, mit zu mir zu kommen? Wir haben uns beide ein Mittagessen verdient, und es sind ja noch die Sachen von Willems Fest da.»

Amalie willigte zögerlich ein, machte aber ein fast ängstliches Gesicht und schien sich zu fragen, was nun wohl auf sie zukommen werde. Sie hatten die Stelle erreicht, wo das Hafenbecken auf das Fleth traf, und Amalie blickte über die Wasserstraße, in der Händler auf ihren Booten und Kähnen Waren aller Art anboten. Clara wusste, dass sich Amalie jetzt lieber unter das Volk gemischt hätte, das hier mitten in der Stadt verkehrte, statt sich weiter mit denen zu befassen, die am Stadt- oder gar Hafenrand lebten. Auch ihr wäre das lieber gewesen. Aber sie waren nun einmal mit diesen Menschen in Berührung gekommen und hatten gesehen, dass es dort einiges zu tun gab, und Clara war entschlossen, sich dieser Aufgabe zu stellen. Ohne Amalies Hilfe würde ihr das schwer fallen.

«Ich habe mich gewiss nicht danach gedrängt, diese Elfie zu entbinden, das weißt du ja», begann sie, als sie kurz darauf den Küchentisch gedeckt und sich mit Amalie zum Essen gesetzt hatte. «Aber nachdem sie nun mal hier aufgetaucht ist und wir gesehen haben, wie sie haust, dürfen wir die Augen nicht davor verschließen. Stell dir nur vor, ihre offene Wunde entzündet sich oder sie hält ihre Brüste nicht rein oder das Kind liegt in fauligem Stroh! Würdest nicht auch du dir die schwersten Vorwürfe machen?»

Amalie nickte, aber Clara hatte ihr noch etwas zu sagen: «Es gibt viel, was du als Hebamme lernen musst, und du lernst es gut und schnell. Aber du darfst dich nicht darauf ausruhen, nicht warten, bis jemand kommt und dich um Rat oder Beistand fragt. Das Wissen, das du erwirbst, ist eine Verpflichtung. Du darfst es nicht behandeln wie einen Schatz, der nur dir gehört, den du wegschließt, solange niemand danach fragt. Du musst es mit dir herumtragen, wo du gehst und stehst, und es nutzbringend anwenden.»

«Aber wenn die Leute das gar nicht wollen?», sagte Amalie abwehrend.

«Ich sage ja nicht, dass du dich ihnen aufdrängen sollst. Aber überlege einmal, wo die Welt wäre, wenn jeder sein Wissen für sich behielte. Auf welchem Stand, glaubst du, wäre die Hebammerei dann heute? Nicht auszudenken! Wenn wir wollen, dass die finsteren Zeiten des Unwissens und des Aberglaubens endgültig vorbei sind, dürfen wir nicht warten, bis jemand selbst erkennt, dass er Hilfe braucht, sondern wir müssen Hilfe anbieten, wenn wir meinen, dass sie vonnöten ist.»

Amalie sah Clara schüchtern an. «*Du* kannst das», sagte sie leise, «aber ob ich das auch kann ...?»

«Das musst du mit dir selbst abmachen», sagte Clara aufrichtig. «Ich will nichts von dir verlangen, was dich unglücklich macht.»

Eine Weile saßen die beiden Frauen schweigend da. Das Gespräch war viel zu ernst, um dabei zu essen. Der Fisch und der Kartoffelsalat standen unberührt auf dem Tisch.

«Ich mag mich nicht mit diesen Dirnen abgeben», sagte Amalie und schob mit einer für sie erstaunlich heftigen Geste ihren leeren Teller beiseite. «Trotzdem finde ich, dass du recht handelst. Kann ich dir nicht helfen, Elfie und das Kind zu versorgen, ohne dass es jemand merkt?»

«Wasch mich, aber mach mir den Pelz nicht nass! Amalie, Amalie!» Clara schüttelte den Kopf und lachte, fügte dann aber versöhnlich hinzu: «Ich kann dich ja verstehen. Doch ich fürchte, du wirst dich entscheiden müssen. Fürs Erste danke ich dir, dass du bereit bist, wenigstens im Verborgenen für das Wohl dieser Frauen mit zu sorgen. Der Rest kommt schon noch. Und jetzt lass uns etwas essen. Wir helfen ja niemandem, wenn wir nicht mal für uns selber sorgen.» Sie schob Amalie den Teller wieder hin.

Zögerlich und mit unglücklicher Miene bediente sich

Amalie von den angebotenen Speisen, und auch Clara aß nur wenig. Anschließend verstauten sie die Reste in einem kühlen Tontopf und stellten ihn in die zugige Nische zwischen Küche und Gartenzimmer, die Clara als Speisekammer nutzte.

«Lauf nur heim», sagte Clara, die merkte, wie unruhig Amalie war. «Für heute hast du dich nützlich genug gemacht. Aber denke darüber nach, was ich dir gesagt habe.»

«Das will ich tun», sagte Amalie ernst, und im Hinausgehen fragte sie noch: «Und die Schwestern des Hufschmieds entlohnst du von deinem eigenen Geld?»

«Ich wüsste nicht, wer es sonst tun sollte», erwiderte Clara. «Manchmal muss man eben Opfer bringen, wenn man seine Profession ernst nimmt.»

Als Amalie gegangen war, trug Clara einen kleinen Tisch in den Garten, stellte ihn vor die zierliche Gartenbank, holte sich Schreibzeug und begann unverzüglich, sich Notizen für die Unterweisung der Dirnen zu machen. Ohne nachzudenken, schrieb sie «Reinlichkeit» auf die linke Seite des Papierbogens, unterstrich das Wort und notierte «Empfängnis verhindern» auf der rechten. Auch diese Worte unterstrich sie. Dass es hauptsächlich darum gehen würde, lag auf der Hand. Doch dann wusste sie nicht weiter. Wo sollte sie anfangen? Welches Wissen, welche Kenntnisse konnte sie voraussetzen?

Als sie merkte, dass sie geraume Zeit dagesessen und nichts Neues niedergeschrieben hatte, schüttelte sie ungehalten den Kopf. Sie wollte schon das Schreibzeug nehmen und ins Haus zurückgehen, als ihr plötzlich klar wurde, dass sie den Frauen genau diese Fragen stellen musste. Sie konnte sich nicht in irgendeiner Studierstube ausdenken, wie die Frauen lebten oder welche Nöte sie hatten, sondern sie musste abwarten, bis sie mit den Frauen reden konnte. Clara seufzte leise und beklagte zum wiederholten Mal, mit welch einer heiklen Situation sie es in dieser Stadt zu tun hatte. Am meisten aber ärgerte sie, dass sie für den Augenblick zur Untätigkeit verdammt war. Sie musste abwarten. Und das war bei ihrem Tatendrang und ihrem Hang zur Ungeduld gar nicht einfach.

Zwei

GLÜCKSTADT,
Ende Mai 1634

Die Wochenbettbesuche in den nächsten Tagen machte Clara allein oder mit Amalie zusammen. Zu einigen Besuchen hatte sich Amalie überwinden können. Doch allein ging sie nicht in das Haus am Hafenrand, obwohl schon bald zu sehen war, dass die Putzmädchen ihre Arbeit gut machten. Mutter und Kind waren wohlauf und fanden in den anderen jungen Dirnen und der resoluten Wirtin ein, wie Clara fand, erstaunliches Maß an Unterstützung. Dennoch war Clara mit vielem nicht einverstanden, was die Frauen Mutter und Kind angedeihen ließen.

Gleich bei ihrem ersten Besuch konnte sie nur noch in letzter Sekunde verhindern, dass dem Kind Rhabarbersaft eingeflößt wurde, denn es herrschte große Aufregung um den ersten Stuhl, das Kindspech, das nicht kommen wollte und nach Meinung der Frauen überfällig war. Clara kam gerade ins Haus, als lautstark darüber gestritten wurde, ob man dem Kind Honig, alten Wein oder eben Rhabarbersaft geben sollte. Als Clara in die Kammer eilte, stieß sie fast mit einer Frau zusammen, die soeben einen Krug Rhabarbersaft brachte. Sie hoffte, dass auch hier die Rede fruchtete, die sie schon so oft gehalten hatte: Geduld, Geduld und nochmals Geduld!

Bei ihren nächsten Besuchen verbot sie den Frauen rundheraus, der Wöchnerin Alkohol einzuflößen, um die Schmerzen der Nachwehen zu lindern, obwohl dieser Brauch – nicht nur in diesem Hause – durchaus üblich war. Nur etwas Dünnbier gegen den Durst ließ sie zu. Die Mästkur, der man die Wöchnerin unterzog, setzte sie ab und erklärte, Elfie werde sich viel wohler fühlen, und ihre Körpersäfte könnten viel besser fließen, wenn sie nicht genötigt werde, sich voll zu stopfen. Das Körbchen, das man in eine dunkle Ecke gestellt hatte, damit das Kind seine Ruhe habe, rückte Clara an das kleine Kammerfenster, durch das ein wenig Licht fiel.

Es überraschte Clara, wie dankbar und lernbereit die Frauen für alles waren, was sie ihnen sagte. Sie fragte sich, ob sie vielleicht einfach nur froh waren, dass Clara sie nicht mied, anders als die anderen Glückstädter – außer denen, die bei Nacht kamen. Vielleicht lag ihre Wissbegier aber auch daran, dass sie bisher vom Leben nicht viel mitbekommen hatten, da sie immer schon in dieses Verhältnissen gelebt hatten und sich nun darüber freuten, dass sich ihre enge Welt ein wenig öffnete. Jedenfalls kam sie gut mit ihnen zurecht, und schon beim dritten Besuch war es eine der Frauen, die auf Claras Anregung zurückkam.

«Sind das hier jetzt die Unterweisungen, von denen Sie sprachen, oder wie haben Sie das vorgestern gemeint?», fragte sie ganz unverblümt. Sie hieß Jenny, war groß und kräftig und die älteste der Dirnen, vielleicht fünfundzwanzig Jahre alt, also drei Jahre älter als Clara. So forsch, wie sie ihre Frage gestellt hatte, fühlte sie sich aber offenbar nicht, denn verlegen drehte sie ihre schwarzen Locken um die Finger. Dennoch hatte Clara sie längst als die Wortführerin ausgemacht. Sie war es auch gewesen, die den Streit um das Hervorlocken des Kindspechs ganz praktisch mit dem Herbeiholen des Rhabarbersafts entscheiden wollte.

Clara hielt kurz mit der Nabelpflege des Säuglings inne

und sah Jenny freundlich an, arbeitete dann aber ruhig und konzentriert weiter. «Ich freue mich, dass Sie darauf zurückkommen», sagte sie. «Aber wie ich schon sagte: Zuerst muss ich wissen, was Sie wissen wollen. Und ich muss einiges darüber erfahren, wie Sie gewisse Dinge bislang zu handhaben pflegten. Ich habe schon darüber nachgedacht, wie wir am besten zusammenkommen können, und ich möchte Ihnen vorschlagen, dienstags oder donnerstags um drei für eine Stunde zu mir zu kommen. Am besten ohne die Kinder, damit wir in aller Ruhe und dort, wo ich meine Unterlagen und Kräuter habe, alles Wichtige besprechen können.»

Clara zitterten fast die Knie, als sie sich so reden hörte. Warum dienstags oder donnerstags? Warum eine Stunde? Warum überhaupt bei ihr und nicht hier? Wollte sie die Frauen überhaupt in ihrem Haus haben?

Sie wandte den Blick von Miranda und sah unsicher zu den Frauen hinüber, die, wie immer bei ihren Besuchen, alle in Elfies kleiner Kammer zugegen waren. Die Frauen schienen im ersten Moment verblüfft zu sein, doch dann strahlten sie. Schnell wandte Clara ihre Aufmerksamkeit wieder dem Kind zu und verband seinen Nabel.

«Dürfen wir wirklich?», fragte Jenny.

Aha, dachte Clara, sie fürchten, woanders nicht gut gelitten zu sein. «Ich würde mich freuen», sagte sie.

Die zwei jüngeren Dirnen begannen ganz aufgeregt durcheinander zu reden, aber Jenny fuhr ihnen über den Mund. «Dienstag ist heute», sagte sie. «Unsere Stadtkleider hängen zum Trocknen vorm Fenster, die können wir um drei noch nicht anziehen. Dann kommen wir donnerstags.» Sie blickte die anderen an, die nun beschämt zu Boden schauten, und fügte vorsichtshalber hinzu: «Aber erst in der nächsten Woche.»

«Abgemacht», sagte Clara. «Wer möchte Miranda heute wickeln? Und denken Sie bitte daran: nicht zu fest!»

Als Clara nach Haus ging, war sie ganz durcheinander, denn noch etwas hatte ihr Jenny mit auf den Weg gegeben, als sie Clara zur Tür begleitete: ob sie sich beim Pastor dafür einsetzen könne, dass Miranda getauft würde. Das sei Elfies innigster Wunsch. Und listig hatte sie hinzugefügt: Gott dulde in Glückstadt das Nebeneinander so vieler Religionen, da werde er gewiss keinem unschuldigen Kind seinen Segen verweigern. Sollte sich der Pastor jedoch stur zeigen, werde sich in der Stadt wohl irgendjemand finden, der Miranda taufen wolle.

Clara hatte dem Pastor Wördemann die Geburt inzwischen gemeldet, und statt eine Taufe ins Auge zu fassen, hatte er davon geredet, dass vaterlose Bälger den Müttern andernorts weggenommen und die Mütter mit Kirchenstrafen und anderen Sanktionen belegt würden. Wördemann würde das Ansinnen, Miranda zu taufen, nicht nur rundheraus ablehnen, sondern Clara eine ganz persönliche Predigt halten, sie gottlos und pflichtvergessen schimpfen, wenn sie um eine Taufe bat. Obwohl sich Clara der Vergeblichkeit ihres Bemühens schon jetzt gewiss war, wollte sie diesen unerfreulichen Gang antreten. Genau wie ihre Ziehmutter Henriette war sie der Überzeugung, dass Kinder nicht unter den Sünden der Eltern leiden sollten. Diese Überzeugung teilte der Pastor gewiss nicht, und so machte sich Clara auf eine unangenehme Begegnung gefasst.

Aber auch das andere Begehren der Dirnen machte Clara Unbehagen. Hatte Amalie Recht? Arbeitete sie an ihrem Ruin? Lief sie Gefahr, selbst von der Gesellschaft ausgestoßen zu werden, wenn sie denen half, die bereits verbannt waren? Würden die gläubigen Bürgerfrauen ihr noch vertrauen, ihre Hilfe annehmen, wenn sie die Hebamme der Dirnen und Hafenspelunken war? Dann fiel ihr ein, dass der König ihr einst zu verstehen gegeben hatte, er habe unterschätzt, was es bedeute, Hunderte Soldaten in der Stadt einzuquartieren, und sie möge sich ruhig um die kümmern, die mit den Folgen zu kämpfen hatten. Im Grunde nahm sie jetzt also eine Arbeit auf, die sie – und er – schon seit zwei Jahren für wichtig erachtet hatten, und sie fragte sich, warum erst jetzt. Gewiss, es hatte sich bislang keine rechte Gelegenheit ergeben, aber hatte sie nicht gerade von Amalie verlangt, von allein auf die anstehende Arbeit zuzugehen? Gib's zu, Clara, schalt sie sich schließlich in Gedanken, als sie ihre Straße erreichte, du hast dich davor gescheut, mit diesen Leuten in Berührung zu kommen – genau wie Amalie! Aber wo hast du je eine Wöchnerin besucht, die so umsorgt war wie diese Elfie? Und die in so viel Unrat lebte, dachte sie gleich dazu. Trotzdem musste sie diesen Frauen in gewisser Weise Respekt zollen. Fast hatte sie das Gefühl, ihnen Abbitte leisten zu müssen.

Clara ging ins Haus, geradewegs bis zum Garten durch und ließ sich auf die Bank fallen. Viel Arbeit hatte sie heute nicht gehabt, und sie hatte sich nicht besonders anstrengen müssen. Trotzdem fühlte sie sich wie ausgelaugt. Es war schon drei Tage her, dass sie Elfie entbunden hatte, aber immer noch litt sie unter der durchwachten Nacht. Eine Geburt zollt doch immer ihren Tribut, dachte sie noch, als ihr die Augen zufielen, auch von der Hebamme, und vor allem, wenn sie einen so plötzlich und zur Unzeit ereilt.

Jäh wurde sie von lautem Rufen geweckt. Es war eine Männerstimme. «Neues aus Hamburg», verstand sie nur, aber aus dem ungeduldigen Tonfall zu schließen, musste der Mann schon länger gerufen haben.

«Die Tür ist offen», rief Clara und stand schnell von der Gartenbank auf. Sie strich sich die braunen Locken aus dem Gesicht, rückte die Haube zurecht, die im Schlaf verrutscht war, und warf einen prüfenden Blick in den kleinen Spiegel in der Diele, als sie auf die Haustür zueilte.

Ein junger, baumlanger Seemann stand vor der Tür. «So groß sind die Häuser hier ja an sich nich, dass man nix hören täte, wenn geklopft wird», sagte er grinsend und hielt Clara einen Brief entgegen.

«Danke», sagte Clara noch ganz verschlafen.

«Da nich für», sagte der Seemann. «Und scheun Gruß von Käpten Vollertsen.»

«Ist der Brief von ihm?», fragte Clara.

«Nö, nur mit sein Schiff gekomm», sagte der Seemann. «Aber der scheune Gruß sollte mit abgeliefert werden. Tschüs denn auch.» Er wandte sich zum Gehen, aber Clara hielt ihn zurück, und seine langen Arme und Beine schlackerten, als er sich wieder umdrehte.

«Worum geht es denn?», fragte sie. «Soll ich Ihnen nicht ...»

«Ham Sie noch nie n Brief gekricht?», unterbrach sie der junge Mann. «Wundert mich nich weiter, in diesem Kaff. Aber is so! Das da», er zeigte auf den Brief, «is ein Brief. Und ich hier», er zeigte auf sich, «ich hab ihn gebracht. Das heißt aber nich, dass ich weiß, was drinsteht. Ich bin bloß Hilfsmaat inne Mannschaft von Vollertsen sein Schiff. Vollertsen konnte nich selbst komm, weil wir nur zwei Stunden hier liegen, weil wir noch mitte Flut wieder auslaufen, weil wir noch nach Antwerpen hin müssen. Bei sone kurze Liegezeit kann der Käpten ja nu mal schlecht von Bord. Und nun nix für ungut, aber das mit den Brief, das is ja nun erledigt. Und nun noch mal tschüs.» Er tippte an die Kappe, die in einem verwegenen Winkel auf seinem Kopf saß, und drehte sich um.

Clara wollte sich gerade bei ihm bedanken, als sie ihn im Gehen murmeln hörte: «In son Kaff möcht ich nich tot übern Zaun häng!»

«Ja, bitte!», rief Clara. «Versuchen Sie auf jeden Fall, auf einem anderen Zaun zu sterben! Trotzdem schönen Gruß zurück an Vollertsen, wenn's nicht zu viel Mühe macht!» Dann knallte sie die Tür zu und ging in den Garten zurück.

Sie setzte sich wieder auf die Bank und murmelte: «Blödmann!» Dann drehte sie den Brief, um zu sehen, von wem er war. «Johanna!» Clara presste sich den Brief an die Brust.

Im Winter hatte sie nicht viel Kontakt mit der lieben Freundin gehabt. Bei Eisgang, rauer See und schwerem Wetter waren die Schiffer nicht sehr erpicht darauf, auch noch Briefe zu befördern. Aber seit das Wetter wieder besser war, hatten Clara und Johanna rege korrespondiert.

Johannas Schreiben war kurz und enthielt im Grunde nur eine Einladung. Sie schrieb, dass sie, seit sie wieder mehr von Clara höre, sie umso mehr vermisse. Und da sich Clara über Mangel an Arbeit beschwert habe, sei sie in Glückstadt doch sicher für eine Weile abkömmlich. Kurz und gut: Ob sie nicht für einige Wochen nach Hamburg kommen wolle, vielleicht den Juni dort verbringen wolle, dann könne man sogar Claras Geburtstag zusammen feiern.

Clara wurde ganz heiß vor Freude, und gleichzeitig dachte sie: Nein! Unmöglich kann ich mich hier wegstehlen, nur weil sich nicht alles so angelassen hat, wie ich es erwartet hatte. Gewiss, es stehen gerade keine Geburten an, aber was soll aus den Unterweisungsstunden werden? Wenn die Dirnen ab nächster Woche zu mir kommen und ich gleich danach verreise, sieht es ja geradezu so aus, als hätte ich nur auf die Dirnen gewartet und sei nur für sie da. Außerdem muss ich dringend den Kräutergarten auf Vordermann bringen.

Clara ließ den Blick durch den kleinen Garten schweifen. Den Boden hatte sie schon im März bestellt, und was überwintert hatte, machte sich ganz prächtig bei dem schönen Wetter. Aber aus Furcht vor den letzten Nachtfrösten hatte sie ihre im Haus vorgezogenen Kräuter noch nicht ausgepflanzt, und die kahlen Stellen waren von allerlei wilden Sprösslingen übersät, die sie samt und sonders jäten musste, um den wenigen Platz gut zu nutzen.

Dennoch war die Vorstellung, sich nach zwei Jahren wieder einmal in Hamburg umzusehen, Freunde und Kollegen zu besuchen, sehr verlockend. Sinnend schloss Clara die Augen und dachte an das schöne große Haus der Groots mit der geräumigen Apotheke zu ebener Erde. Seite an Seite mit anderen repräsentativen Kaufmanns-, Bürger- und Kapitänshäusern säumte es den Nikolaifleet. Und hinterm Haus der hübsche Garten, direkt am Wasser gelegen – wie viele unbeschwerte Stunden hatte sie von Kindesbeinen an dort verlebt! Ja, gerne wollte sie die Groots einmal besuchen. Sie gab sich einen Ruck und beschloss, sich eine starke Tasse Tee zu machen, um die Müdigkeit abzuschütteln. Danach wollte sie einen langen Spaziergang machen, mindestens einmal auf den Wällen rund um die Stadt, um in Ruhe nachzudenken. Mit der Gartenarbeit würde sie morgen in aller Frühe beginnen.

Noch am Abend beantwortete Clara Johannas Brief: Ja, gerne werde sie kommen. Etwa bis Johanni habe sie eine Wöchnerin mit ihrem Neugeborenen zu betreuen und einige Unterweisungsstunden zu geben. Aber Ende Juni könne sie, wenn alles gut gehe und sie dann abkömmlich sei, ein geeignetes Schiff nach Hamburg nehmen. Welcher Art die Unterweisungsstunden waren, wer Mutter und Kind, schrieb sie nicht. Das, so fand sie, war kein geeigneter Gegenstand für einen Brief. Aber ein Gespräch darüber wollte sie mit Johanna und womöglich auch deren Vater, dem alten Apotheker Groot, sehr gern führen. Die Vorstellung, die geliebten Menschen wieder zu sehen und sich so vertraut wie früher mit ihnen zu unterhalten, erfüllte sie mit Vorfreude. Lächelnd faltete sie den Brief zusammen und küsste das Papier, ehe sie es versiegelte.

In den letzten Tagen hatte sie einige Male mit Lene über Elfie und die anderen Dirnen gesprochen, vielmehr, sie hatte es versucht. Aber auch der Wirtstochter konnte sie nicht erklären, warum sie sich so sehr um eine unvoreingenommene Haltung zu diesen Frauen bemühte. Mit Willem konnte sie darüber gar nicht sprechen. Der Einzige, der geneigt war, in den Frauen ebenso hilfsbedürftige Wesen zu sehen wie in allen anderen Menschen auch, war Medicus Olsen. Aber auch das reichte ihr nicht, denn im Grunde ging es ihr darum, diese Frauen nicht ausschließlich als Hilfsbedürftige zu sehen, sondern als Frauen, die ihr Leben in die Hand nahmen, so dürftig es auch sein mochte. Doch das hatte sie noch niemandem verständlich machen können. Vielleicht würde es ihr bei Johanna gelingen.

Bei der Gartenarbeit machte sie eine erschreckende Entdeckung. Einige Pflanzen, die sie zum Überwintern in ihr kühles Arbeitszimmer gestellt hatte, und etliche Jungpflanzen, die sie dort vorgezogen hatte und jetzt nach draußen setzen wollte, waren in den letzten warmen Tagen vertrocknet.

Frauenmantel, Melisse, Johanniskraut, Geranie, Fenchel, Kamille, Ringelblume, Baldrian, Arnika, Lavendel, Majoran standen sauber aufgereiht nebeneinander und waren tot, tot, tot. So etwas war ihr noch nie passiert. Sie musste die Temperaturen unterschätzt haben, und Elfies Betreuung hatte sie in den letzten Tagen so in Anspruch genommen, dass sie das Wohl der Pflanzen aus den Augen verloren hatte. Schnell trug sie diejenigen, von denen sie glaubte, sie könnten sich noch erholen, in den Garten und entfernte dort, wo sie wachsen sollten, das Unkraut. Dann setzte sie sie sorgsam in die frisch aufgegrabene Erde und goss die schwachen Setzlinge vorsichtig an. Sie kniete sich vor die schlappen, dürren Pflanzen und richtete einzelne Stängel und Blätter auf, die aber gleich wieder abknickten.

Als sie wieder aufstand, hatte sie Tränen in den Augen und stampfte zornig mit dem Fuß auf. Ihr Kräutergarten, ihr ganzer Stolz! Wie oft sprach sie davon, dass sie die Kräuter, die sie für die Arbeit brauchte, selbst zog, damit sie sie immer frisch zur Hand hatte, sie zur rechten Zeit ernten und sie nach eigenen Rezepturen verarbeiten konnte. Und nun das!

Sollte sie das ganze nächste Jahr über etwa für alles, was sie brauchte, zur Apotheke gehen, vielleicht gar die Frauen mit einer Empfehlung dahin schicken? Caspar Rumpf würde sich ins Fäustchen lachen!

Der Gedanke an den Apotheker ließ Clara die Zornesröte ins Gesicht steigen. Immer wieder betonte er in seiner anmaßenden Art, nur er besäße das königliche Privileg zum Herstellen und Lagern von Arzneien für die Zivilgemeinde. Zwar hatte er sich bislang davor gescheut, vom Magistrat ein Machtwort über Claras Kräutergarten zu verlangen, weil ihm Olsen, der Garnisonsapotheker, der Stadtgouverneur und der Königliche Gärtner einer nach dem anderen zu verstehen gegeben hatten, Claras Arbeit genösse gleichfalls Privilegien, aber er ließ keine Gelegenheit ungenutzt, um sein Missfallen an Claras Tun zu verbreiten. Und es gab nicht wenige, denen das gerade recht war: Da sah man es wieder einmal, dass sich diese Hebamme jeglicher Ordnung widersetzte und einfach tat, was immer ihr beliebte!

Clara ging ins Arbeitszimmer zurück, um noch einmal genau zu prüfen, ob einige Pflanzen nicht doch noch zu retten waren. Niedergeschmettert schüttelte sie den Kopf, wandte sich um und ging nochmals in den Garten. Mit einem Blick auf die gerade gesetzten Pflanzen musste sie sich eingestehen, dass es auch um diese schlecht bestellt war.

Eine Weile stand sie ganz still da, und als sie merkte, wie mutlos sie sich fühlte, hob sie trotzig das Kinn und murmelte: «Was soll schon sein? Ein paar Pflanzen kaputt. Na und? Besorge ich mir eben Samen!» Und schon nahm sie ein Schultertuch vom Haken in der Diele, um sich gegen die Morgenkühle zu schützen, und schlug den Weg zum Marktplatz ein, um dem Apotheker in der Kremper Straße einen seltenen Besuch abzustatten.

Als sie forschen Schritts an der großen Kirche mit dem streng aufragenden, mächtigen Turm vorbeiging und daran denken musste, wie sehr ihr das Gespräch mit dem Pastor bevorstand, das sie heute noch führen wollte, fragte sie sich, ob sie ausgerechnet jetzt auch noch zu Rumpf gehen sollte. War die Begegnung mit *einem* Widersacher pro Tag nicht genug? Sollte sie sich nicht besser an den Königlichen Gärtner wenden? Twietemeier hatte immer ein offenes Ohr für sie und würde ihr sicher gern helfen. Doch diesen Gedanken verwarf sie gleich wieder. Der Königliche Garten auf dem Rethövel war eine wahre Pracht, und Twietemeier baute dort etliche Raritäten an, seit einem eingehenden Gespräch zwischen

Clara und dem Garnisonsapotheker sogar einige Heilkräuter, aber bei Claras Kräutergarten ging es um Frauenheilkunde. Darauf war Twietemeier nun wahrlich nicht eingerichtet – worauf Clara im Grunde selbst großen Wert legte. Dieses Privileg gebührte ihr. Also setzte sie entschlossen ihren Weg zur Rumpf'schen Apotheke fort.

Caspar Rumpf war ein kräftiger, untersetzter Mann mittleren Alters. Clara hörte ihn in einem Verschlag unter der Treppe zu ihrer Rechten rumoren, als sie den dunklen Raum betrat. Sie konnte zunächst kaum etwas in dem Halbdunkel ausmachen, außer dass überall Körbe, Kisten, Schalen, Krüge, Phiolen und Töpfe herumstanden, die einen würzig strengen Geruch verbreiteten. Direkt vor ihr stand ein großer Mörser auf einer Truhe, die mit einer daumendicken Schicht von Kräutern, Samenkapseln, Stängeln und verschrumpelten Blättern bedeckt war – Zutaten, die der Apotheker im Laufe mindestens eines Monats benutzt haben musste. Clara schüttelte missbilligend den Kopf. Als der Apotheker gebeugt aus dem Verschlag hervorkam und sich aufrichtete, wurde er kaum größer. Erstaunt sah er zu Clara auf. Sein buschiges Haar wölbte sich rings um die Ränder seiner Kappe. Auch das war etwas, das Clara nicht leiden konnte. Ein Apotheker, fand sie, hatte sein Haar zu bändigen und unter eine Kopfbedeckung zu stecken.

«Welch seltene Ehre», sagte er spöttisch und rieb sich die schmutzigen Hände am Arbeitskittel ab. «Was verschafft mir das Vergnügen?»

Clara hatte keinen besonders freundlichen Empfang erwartet, aber Rumpfs Ton gefiel ihr ganz und gar nicht. Es war schon ärgerlich genug, dass sie ausgerechnet bei ihm etwas kaufen musste, um den ihm so verhassten Kräutergarten aufzustocken. Da hätte er wenigstens freundlich sein können. Trotzig hob sie das Kinn und erklärte dem Apotheker mit knappen Worten, was sie von ihm wollte.

Rumpf zeigte unverhohlene Schadenfreude und machte allerlei abfällige Bemerkungen über Claras Befähigung als Gärtnerin, bis sie ihn unterbrach.

«Bekomme ich die Samen nun?»

«Was für einen Sinn soll das haben?», fragte Rumpf dagegen. «Wenn ich die gewünschten Dinge führe, kann ich Ihnen genauso gut die fertigen Mixturen verkaufen, hübsch abgepackt und in der jeweils benötigten Menge. Vorratshaltung lohnt sich für Sie bei Ihren wenigen Kunden doch ohnehin nicht.»

Clara hielt es für besser, ihn nicht zurechtzuweisen, wenn sie die Samen bekommen wollte. Grimmig schluckte sie ihre Entgegnung hinunter.

Als wolle er seine reichen Vorräte präsentieren, wanderte Rumpf beim Sprechen durch den dunklen Raum, fuhr mit den schmutzigen Händen über Körbe, Krüge und Topfdeckel.

Clara durchfuhr ein Schauder. Was für ein Umgang mit Dingen, die mit äußerster Reinlichkeit behandelt werden sollten, dachte sie. Sie ging hinter ihm her und sah, dass bei einigen Behältern, die Rumpf berührt hatte, Deckel und Verschlüsse verrutschten. Ohne nachzudenken, behob Clara den Schaden und unterbrach dann doch kurz entschlossen Rumpfs Tirade. «Lassen Sie das meine Sorge sein! Ich kann schließlich nicht jedes Mal, wenn ich etwas benötige, hierher gelaufen kommen. Und im Übrigen variieren meine Mixturen je nach Bedarf. Es ist eben eine ganz eigene Profession, die ich betreibe, aber wenn Sie das bis heute nicht verstanden haben, hat es wohl keinen Sinn, Ihnen das noch einmal zu sagen. Also bekomme ich nun die Samen?» Im hinteren Teil des Raumes, der praktisch stockdunkel war, stand Clara nun genau vor dem gedrungenen Mann, so als habe sie ihn gestellt.

«Was für eine Dreistigkeit!», sagte Rumpf erregt. «Sie wollen also Ihre vermaledeiten Krüppelkräuter mit Samen aus meiner Apotheke ziehen? Wozu hat mir der König das Privileg ...»

«Das fragen Sie besser den König», unterbrach Clara ihn. «Und dann fragen Sie ihn auch gleich, wie viel Wert er auf *meine* Arbeit und *meine* Kräuter legt.» Sie wandte sich schon zum Gehen. «Mir ist das hier zu bunt. Ich werde selbst zu ihm gehen und ihn fragen, was er davon hält, dass Sie meine Arbeit behindern. Seine Antwort wird Ihnen nicht gefallen. Guten Tag!»

Schnell ging sie durch die Dunkelheit zurück. An der Tür blieb sie stehen, als ihr Blick auf einen schmalen, langen Tisch fiel, der sich an der Stirnseite des Raums unter den kleinen Fenstern entlang bis zur Seitenwand zog. Lauter flache irdene Schüsseln waren dort aufgereiht, in denen Proben von Kräutern und Gewürzen aller Art lagen. Davor standen grobe Säcke. Einige waren offen, bei anderen war das Sackende locker übergeschlagen, wieder andere waren lose zugebunden. Fest verschlossen war keiner. Jeder Sack war mit dem Namen eines der Kräuter und Gewürze beschriftet, die auf dem Tisch präsentiert wurden.

«Was ist das?», fragte Clara und zeigte auf Schüsseln und Säcke. «Das wollen Sie doch wohl nicht verkaufen, was? Welche Wirkstoffe sollen darin denn noch enthalten sein, wenn Sie die Sachen so offen lagern?» Clara wedelte mit den Armen und fächelte sich die würzige Luft zu. «Alles Wertvolle verflüchtigt sich und schwirrt hier durch den Raum, und was Sie Ihren Kunden verkaufen, ist nur verdorrtes Gestrüpp.»

Wütend schlug sie die Tür hinter sich zu. Auf dem Heimweg ärgerte sie sich noch mehr über sich selbst als vorhin. Nun hatte sie sich wohl der letzten Möglichkeit benommen, mit Rumpf ins Geschäft zu kommen. Aber war es nicht allein seine Schuld gewesen? Und was war es überhaupt für eine Art, eine Apotheke zu führen, wenn die wertvollen Substanzen nicht geschützt wurden? Auch die größeren Behälter im hinteren Teil der Apotheke wären noch wer weiß wie lange offen geblieben, hätte sie sie nicht wieder verschlossen. Das alles hatte doch keine Ordnung! Zwar wollte sie nicht einfach zum König laufen und sich beschweren, aber so konnte es nicht weitergehen. Vielleicht war es am besten, zunächst in aller Ruhe mit Olsen darüber zu reden. Und um ihre Kräuter, fiel ihr plötzlich ein, brauchte sie sich keine Sorgen zu machen. Sie würde sich aus Hamburg Vorräte mitbringen und wieder einmal eine Bestellung in London aufgeben. Die Betreiber des Kräutergartens in Holborn konnten ihr sogar vorgezogene Pflanzen schicken, die kräftig und gesund waren und gewiss viel besser und rascher gedeihen würden als alles, was sie von Rumpf bekommen konnte. Wenn sie so vorging, musste sie sich zwar noch einige Wochen gedulden, bis sie ihren Garten neu anlegen konnte, aber die Wartezeit würde sich lohnen.

Clara wollte in ihrer Stimmung keinem begegnen, deshalb eilte sie nun am Marktplatz entlang, auf dem jetzt etliche Buden und Stände aufgebaut waren, weil Markttag war. Im Vorbeigehen starrte sie auf das von allerlei abgefallenem Grünzeug, Pferdeäpfeln und anderem Unrat bedeckte Pflaster und schüttelte den Kopf über ihr Ungestüm. Warum hatte sie nicht gleich daran gedacht, wie sie die zu erwartenden Unannehmlichkeiten mit Rumpf vermeiden konnte? Doch nur, weil sie wieder einmal ihrem Impuls nachgegeben hatte, einfach loszustürmen und für sofortige Abhilfe zu sorgen.

Als sie auf einem Kohlstrunk ausrutschte und ins Straucheln geriet, merkte sie, dass sie vor lauter Erregung viel zu schnell ging. Ungehalten murmelte sie etwas vor sich hin, strich sich die Röcke glatt und raffte sie ein wenig, als sie von hinten angesprochen wurde.

«Nur keine Eile! Wir kriegen Sie doch.»

Clara drehte sich verdutzt um. Die Stimme hatte alles andere als freundlich geklungen. Clara sah auch gleich, warum. Greetje Skipper hatte gesprochen, ihre alte Widersacherin und die wohl ruppigste Laienhebamme, die ihr je untergekommen war. Und Greetje war nicht allein. Drei andere Frauen, die sich oft in Greetjes Gesellschaft befanden, waren bei ihr, und alle schauten Clara grimmig an. Das hatte ihr noch gefehlt!

«Mich kriegen? Eher kriegen Sie Runzeln und Schrunden, wenn Sie solche Fratzen ziehen.» Noch ehe Clara den Satz beendet hatte, bereute sie ihre Forschheit. Schließlich wusste sie, dass Ruhe und Gelassenheit, ja besser noch Sturheit und Weghören, im Umgang mit Greetje und ihren Gefährtinnen am wirkungsvollsten waren.

«Das ist ja unerhört», ereiferte sich eine der Frauen. *«Fratzen!»*

«Sprechen Sie lieber von den Fratzen, mit denen Sie sich neuerdings gemein machen», griff eine andere das Stichwort auf.

Beide waren beim Sprechen mit erregt erhobenen Fäusten auf Clara zugekommen. Nun drängte sich Greetje vor. Mit ihren knochigen Armen schob sie die anderen beiseite und reckte ihr hageres, zornrotes Gesicht mit dem spitzen Kinn vor.

«Genau!», rief sie. «Und was Wunder! Da hab ich schon lange drauf gewartet, dass unsere feine Hebamme, die vor nix zurückscheut, noch anfängt, sich mit Dirnen abzugeben!»

Clara war längst klar geworden, worum es ging. Kühl und mit einer zur Schau getragenen Sicherheit, die sie in Wahrheit nicht empfand, trat sie einen Schritt auf die aufgebrachten Frauen zu. «Wissen Sie denn nicht, dass Hebammen gehalten sind, Frauen ohne Ansehen ihres Standes zu helfen? Meinen Sie, ich sollte lieber nur die Damen bei Hofe betreuen?» Ohne eine Antwort abzuwarten, drehte Clara sich um und ging weiter.

Aber so schnell war Greetje nicht abzuschütteln, wenn sie in Streitlust war. «Da hört sich doch alles auf!», schimpfte sie. Dann hob sie die Stimme und schrie in die Richtung, wo die Marktstände aufgestellt waren und Käuferinnen umhergingen: «Hört mal alle her! Unsere feine Clara hier erdreistet sich, C IV seine Frau und die Dirnen vom Hafen in einem Atemzug zu nennen. Für das Hebammenflittchen sind sie alle gleich.»

Das war so starker Tobak, dass tatsächlich einige Frauen über den Marktplatz auf die Gruppe der Streitenden zukamen. Clara warf Greetje einen ärgerlichen Blick zu und machte sich gefasst auf das, was kommen würde. Während die Frauen näher kamen, wiederholte Greetje Mal um Mal ihre bösartige Verdrehung von Claras Worten. Clara las die Empörung in den Gesichtern der Frauen, und sie konnte sie verstehen. So, wie Greetje es darstellte, klang es wirklich sehr despektierlich. Die neugierigen Frauen gesellten sich zu der Gruppe, und Greetjes Gefährtinnen redeten laut auf sie ein.

Nach einer Weile legte sich das Gezeter. Clara blickte ruhig in die ablehnenden Gesichter der Versammelten. Nun war es an ihr, etwas zu sagen, sollten sie nicht Recht behalten.

«Greetjes spitze Zunge ist ja stadtbekannt», begann sie.

«Und sie kann jeden treffen. Besonders gerne trifft sie jedoch mich. Und das hat gute Gründe. Ich beurteile in der Tat vieles anders als sie.» Clara blickte den Frauen fest in die Augen. Sie merkte, dass sie gute Chancen hatte, sie für sich zu gewinnen. «Und dennoch hat Greetje Recht, wenn sie sagt, für mich seien alle Frauen gleich.»

Damit war sie jedoch zu weit gegangen. Eine Frau machte eine wegwerfende Handbewegung und sagte: «Tüdelkram!» Eine andere lachte.

Ehe sich alle wieder erregen konnten, sagte Clara schnell: «Was Greetje jedoch ganz speziell zu bemängeln hat, ist, dass ich vor einigen Tagen eine Dirne entbunden habe, die ich in Wehen vor meiner Haustür anfand. Wenn eine von euch einen Vorschlag machen möchte, was ich stattdessen hätte tun sollen, so möge sie jetzt sprechen.»

Niemand sagte etwas. Die meisten sahen betreten zu Boden.

Clara fand, dass es genug war. Von den anderen Dirnen sagte sie lieber nichts.

«Ein Bastard!», geiferte Greetje. «Sie hilft einem Bastard ins Leben. Gottlosigkeit und Verderbtheit durch und durch! So handelt keine Hebamme, so handelt eine Teufelsmagd!»

Ein Raunen ging durch die Menge, die sich langsam um die Frauen herum sammelte. Das ermutigte Greetje.

«Jawohl, eine Teufelsmagd, sag ich! Den Kopf voller nie da gewesener, unerhörter Einfälle. Kein Wein für die Schmerzen, kein vernünftiges Essen für die Wöchnerin und schon gar kein Antreiben und Drücken für eine zügige Geburt. Unsere so genannte Hebamme tut und macht unentwegt Dinge, die nicht von dieser Welt sind, sag ich euch! Und warum? Weil sie selbst nicht von dieser Welt ist!»

Clara stieg die Zornesröte ins Gesicht. Sie musste an sich

halten, um sich ihre Erregung nicht anmerken zu lassen, denn sie wusste, wie wichtig es war, jetzt gefasst zu bleiben und auf die Gaffer einen respektablen Eindruck zu machen.

«Da hört ihr es», sagte sie laut und vernehmlich. «So denkt unsere Greetje – wie im letzten Jahrhundert.» Sie bemühte sich, einen mitleidigen Ausdruck in ihr Gesicht zu legen, als sie zu Greetje hinübersah. «Ich glaube nicht, dass eine von euch nach Glückstadt gekommen ist, um ausgerechnet hier das letzte Jahrhundert aufleben zu lassen. Oder dass eure Männer der Handwerkskunst des letzten Jahrhunderts frönen. Wir Glückstädterinnen sind doch zu Recht froh, nicht nur in einer neuen Stadt zu leben, sondern in allen Belangen auf der Höhe der Zeit zu sein.» Clara blickte in ernste Gesichter. Die Frauen hörten ihr aufmerksam zu. Dann setzte sie wieder jenen mitleidigen Blick auf und sah Greetje an. «Nur unsere Greetje hier wähnt es an der Zeit, den alten Teufels- und Hexenwahn zu beschwören.»

In das Schweigen hinein rief eine Frau: «Hexenwahn ist eine Sache, ein gottloser Bastard eine andere», und erntete lebhaften Zuspruch.

Clara seufzte und nickte. «Richtig», sagte sie, als sich die Menge wieder beruhigt hatte. «Deswegen ziehe ich auch nicht durch die Gegend und ermutige ledige Frauen, sich mit den Soldaten oder anderen Kerlen einzulassen. Ganz im Gegenteil. Doch wenn das Unglück bereits geschehen ist und so eine Ledige – Dirne oder nicht – meine Dienste braucht, werde ich sie ihr nicht verweigern. Das darf ich so wenig, wie unser Medicus einen Dieb oder sonstigen Schurken verbluten lassen darf.»

«Wer sagt das?», erhob sich eine Stimme. «Soll sich Glückstadt mit Bastarden füllen, die alle durch Sie eine angenehme Geburt hatten?»

«Selbstverständlich soll sich Glückstadt nicht mit Bastarden füllen», erwiderte Clara. «Aber ich werde mich keinem Bedürftigen verweigern. Und wenn ihr fragt, wer das sagt: Das sagt Jesus Christus. Und unser irdischer König, Christian IV., sagt es auch. Es geht um christliche Nächstenliebe, gute Leute, um christliche Nächstenliebe!»

Niemand wagte, darauf etwas zu erwidern. Niemand außer Greetje. Wie gerade Clara es wagen könne, den Namen des Herrn in den Schmutz zu ziehen, zeterte sie, das werde ein Nachspiel haben, zur Not werde sie eine Eingabe beim Magistrat machen.

Die anderen Frauen teilten ihre Empörung offenbar nicht und begannen, zu zweit oder in kleinen Grüppchen lebhaft miteinander tuschelnd, auseinander zu gehen. Die meisten wussten, dass sich der Magistrat schon einmal einhellig für Clara und gegen Greetje ausgesprochen hatte, als es um die tragische Nickels-Geburt gegangen war.

Clara hätte zu gern gewusst, was die Frauen da redeten, aber sie konnte nur Greetjes Geschrei verstehen, als diese den anderen hinterhertrottete. Greetje interessierte sie ganz und gar nicht. Doch die anderen Frauen – was dachten sie?

Nachdenklich sah Clara ihnen nach und wollte sich gerade zum Gehen wenden, als zwei Frauen laut rufend von den Marktständen her auf sie zugelaufen kamen. Clara fürchtete einen erneuten Angriff, hörte aber bald, dass die Rufe sehr dringlich und ängstlich klangen. Schnell ging sie den Frauen entgegen.

«Kommen Sie, Clara, kommen Sie schnell!», rief Annegret Simon, die Frau eines Käsemachers, im Näherkommen. «Eine Kundin ist an unserem Stand zusammengebrochen. Ich weiß nicht, sie sieht so merkwürdig aus, als ob sie … Kommen Sie!»

Clara eilte zum Stand des Käsemachers, wo sich etliche Leute um eine junge Frau bemühten, die blass auf dem Schemel des Käsemachers saß und Clara unglücklich entgegenblickte. Es schien ihr sehr unangenehm zu sein, dass so viel Aufhebens um sie gemacht wurde, und überdies schien sie sehr in Sorge zu sein.

Clara bat den Käsemacher, die Menge zu zerstreuen, und erklärte ihm: «Vor allem brauchen wir jetzt Ruhe.» Dann ließ sie sich von Annegret den Krug reichen, der neben einer Proviantdose auf einer Holzkiste stand und den Käsemachern dazu diente, den langen Marktvormittag zu überstehen. Clara gab der jungen Frau ein wenig zu trinken und begann leise, ihr Fragen zu stellen.

Schon bald war Clara klar, dass Meike Steevens einen Schwächeanfall erlitten hatte, weil sie eine Woche hinter sich hatte, in der eine Feierlichkeit die nächste abgelöst hatte. Zwei Familiengeburtstage, ein Richtfest und eine Geschäftseröffnung in der Nachbarschaft und immer so weiter. Das alles war über ihre Kräfte gegangen, aber sie befürchtete, dass mehr dahinter steckte. Es gehörte zu Claras jüngst erworbenem Wissen um den Schwangerschaftsverlauf, auch einige Zustände der ersten Wochen zu kennen, und sie fragte gezielt danach. Doch Meike Steevens hatte keine verspannten Waden, keinen «Blutstau» (Clara überwand sich, dieses unzutreffende Wort zu verwenden, weil Meike Steevens sie nur so zu verstehen schien), und übel war ihr morgens nur, wenn sie tags zuvor zu viel Branntwein getrunken hatte.

Dennoch war Meikes größte Sorge immer noch, sie könne «guter Hoffnung» sein. «Wir sind doch erst kürzlich aus Maasdam gekommen und wissen noch gar nicht, ob wir bleiben können. Mein Mann ist Tuchmacher, und seine Geschäfte laufen noch nicht so gut. Wie soll ich da ein Kind ...» Ganz verzagt brach sie ab.

«Ich kann nicht hellsehen», sagte Clara. «Aber mir scheint nicht, dass Sie guter Hoffnung sind. Seien Sie vorsichtiger mit dem Feiern. Und sagen Sie das auch Ihrem Mann. Vielleicht gehen dann seine Geschäfte besser. Wenn Sie mich doch noch brauchen sollten, finden Sie mich in der Kleinen Nübelstraße, das Fachwerkhaus.»

Meike sah Clara fragend an. Clara zeigte quer über den Marktplatz. «Sie lassen die Kirche links liegen, durch den Kirchgang und dann rechts. Das brauchen Sie sich aber nicht zu merken. Jeder hier kann Ihnen den Weg weisen. Und nun stehen Sie einmal auf.»

Meike stand auf.

«Und?», fragte Clara. «Geht's? Oder wird Ihnen wieder schwindelig?»

«Nein, es geht schon», sagte Meike verschämt. «Vielen Dank.»

«Nicht so schnell! Mit solchen Dingen ist nicht zu spaßen. Gehen Sie am besten zu Medicus Olsen. Wissen Sie, wo er zu finden ist?»

Meike nickte.

«Gut. Sagen Sie ihm, was geschehen ist, und lassen Sie sich von ihm etwas Stärkendes geben.»

Meike machte bereits wieder einen recht munteren Eindruck und schien Claras mahnende Worte nicht recht ernst zu nehmen. Clara legte ihr die Hände auf die Schultern und drückte sie wieder sanft auf den Schemel. Dann beugte sie sich zu ihr hinunter. «Das meine ich ernst», sagte sie. «Sie sind jung und kräftig, und wenn Ihnen trotzdem so etwas widerfährt, stimmt etwas nicht. Sehen Sie mir in die Augen! Werden Sie zu Olsen gehen?»

Meike nickte gehorsam.

«Gut», sagte Clara. «Ich werde ihn fragen. Und nun gehen Sie zu ihm. Sie haben es mir versprochen.»

Am liebsten hätte Clara nach allem, was sie an diesem Morgen erlebt hatte, den kürzesten Weg nach Hause genommen. Da die Marktstände – es waren heute nicht so viele wie sonst oft – näher am Fleth als an der Kirche aufgebaut waren, hätte der kürzeste Weg am Fleth entlanggeführt. Doch sie entschied sich für den Umweg über die Kirche, sodass sie zuerst über den bevölkerten Marktplatz zurückgehen musste. Dort würden sie viele Leute sehen, von denen einige womöglich immer noch über Greetjes Verteufelungen und Claras großes Wort von der Nächstenliebe debattierten. Und wer weiß, was Rumpf inzwischen über mich erzählt, dachte sie. Lass dich bloß nicht einschüchtern! Sie wollte sich zeigen und nicht auf dem schnellsten Weg nach Hause fliehen.

Mit geradem Rücken, zurückgezogenen Schultern und erhobenem Kopf nahm sie ihren Weg, grüßte nach links und rechts.

Sie hatte den Marktplatz bereits hinter sich gelassen und erleichtert aufgehört, sich in Pose zu setzen, als ihr Pastor Wördemann hinter der Kirche entgegenkam. Nein, dachte sie, nicht jetzt! Der Pastor schien das Gleiche zu denken. Mit gerunzelter Stirn blickte der hoch gewachsene hagere Mann abfällig auf Clara herab. Doch was sie miteinander zu besprechen hatten, drängte, und so blieben sie gleichzeitig stehen und begrüßten sich höflich.

«Schön, dass wir uns hier begegnen», hörte Clara sich sagen. «Ich wollte Sie nämlich um ein Gespräch bitten.»

«Das haben Sie wohl auch nötig», erwiderte der Pastor. «Aber vielleicht sollten Sie sich lieber gleich an eine höhere

Instanz wenden.» Er wandte den Blick gen Himmel. «Ich denke, die ledige Mutter wird um ihre gerechte Strafe nicht herumkommen. Leider liegen mir für einen solchen Fall keine speziellen Anweisungen des Königs vor. Ich hoffe, ihn noch heute in der Sache befragen zu können.»

Clara war vollkommen verblüfft, weil sie in Gedanken bei der Taufe war und nicht mehr damit gerechnet hatte, dass tatsächlich noch an eine Bestrafung Elfies gedacht wurde.

«Bei der Gelegenheit werde ich ihn gleich fragen, wie mit Hebammen verfahren werden soll, die solch gottlosem Tun Vorschub leisten», fuhr der Pastor fort.

Clara schlug die Augen nieder und dachte: Ich hätte es wissen müssen! Ihr sank der Mut, denn auf eine Taufe war unter diesen Umständen wohl endgültig nicht zu hoffen.

«Herr Pastor», begann Clara geduldig. «Wo steht geschrieben, dass ...»

«Wollen Sie mir die Bibel erklären?», unterbrach sie Wördemann.

«Nein», erwiderte Clara und blickte ihrem Gegenüber geradewegs ins Gesicht, was sie sogleich bereute. Der ohnehin so strenge Mann mit der stets verschlossenen, fast grimmigen Miene wirkte härter und entschlossener denn je. Clara schloss kurz die Augen und atmete tief durch, ehe sie fortfuhr: «Nein, ich denke, das wird nicht nötig sein. Ich wollte nur ein Gespräch fortsetzen, das ich gerade mit Greetje Skipper und ihresgleichen hatte.» Sie zeigte hinter sich in Richtung Marktplatz. «Dabei ging es – jedenfalls aus meiner Sicht – hauptsächlich um christliche Nächstenliebe. Und das ist es, was ich von Ihnen ...»

«*Sie* wollen *mir* von christlicher Nächstenliebe sprechen?»

Mit erhobener Stimme machte der Pastor seiner Empörung Luft und wiederholte: «Sie mir?»

Clara blickte sich erschrocken um und hoffte, dass sie nicht schon wieder zum Mittelpunkt eines erregten Stadtgesprächs würde. Mit dem Pastor als Gegner würde sie nicht so glimpflich davonkommen wie bei Greetje und den Frauen. Glücklicherweise war niemand in Sicht. Sie sagte sich, dass es keinen Sinn hatte, jetzt noch etwas von der Taufe zu sagen. Zwar wusste sie nicht, wie sie Elfie gegenübertreten sollte, ohne mit dem Pastor darüber gesprochen zu haben, aber im Moment war ein Nein von ihm so gewiss, dass sie es klüger fand, wenn sie es gar nicht erst zu diesem Nein kommen ließe.

«Wissen Sie was?», sagte sie. «Sprechen Sie mit dem König. Ich werde es auch tun. Gestärkt von seiner Weisung, sollten wir uns in Kürze weiter unterhalten.»

«Jederzeit», erwiderte der Pastor bemüht höflich und hob die Papiere an, die er unter dem Arm trug. «Ich bin ohnehin in Eile.»

«Gott befohlen», sagte Clara und deutete eine leichte Verbeugung an.

«Wagen Sie nicht, den Namen des Herrn zu missbrauchen», brauste der Pastor auf und setzte seinen Weg so abrupt fort, dass sein langes Gewand flatterte.

Clara wandte sich von ihm ab und setzte schnell ihren Weg fort.

Wütend und enttäuscht ließ sich Clara wenige Minuten später auf die Küchenbank fallen und schlug mit der Hand auf den Tisch.

«Nein!», sagte sie laut. «So kriegt ihr mich nicht!»

Sie stand auf, holte sich einen Becher Most und überlegte, was eigentlich geschehen war. Dass der Pastor Miranda nicht taufen würde, hatte sie im Grunde vorher gewusst. Dass er ihre Arbeit und ihre ganze Person kritisch beäugte, war auch nicht neu. Greetje war Greetje. Und schon immer hatte es Frauen gegeben, die für Greetjes Gift empfänglich waren, und selbst die kamen meist wieder zur Vernunft, sobald sich Clara öffentlich äußerte. Auch von Rumpf war nichts anderes zu erwarten gewesen. Und dennoch … Warum musste alles so schwierig sein? Die immer gleichen Kämpfe, wieder und wieder! Bedrückt ging Clara mit dem Most in den Garten. Inzwischen war es wieder warm geworden. Trotzdem trug der Anblick des Gartens nichts dazu bei, Clara aufzumuntern. Sie stellte den Becher auf den Gartentisch und beschloss, wenigstens mit dem Jäten fortzufahren und noch ein wenig Torf um die neuen Pflanzen zu harken, die jetzt etwas kräftiger aussahen, aber noch nicht erkennen ließen, ob sie sich ganz erholen würden.

Kopfschüttelnd betrachtete Clara das Fleckchen Erde, auf das sie so stolz gewesen war, und war drauf und dran, in Selbstmitleid zu verfallen. Doch plötzlich wusste sie, was sie brauchte: ihre Freunde, oder wenigstens Menschen, die nicht so gegen sie eingenommen waren wie die meisten, denen sie an diesem vermaledeiten Morgen begegnet war. Sie überlegte, ob sie zu Lene gehen sollte. Wenn sie Glück hatte, erwischte sie die Freundin in der ruhigen Zeit zwischen Frühstück und Mittagsvorbereitungen. Aber dafür war es eigentlich noch zu früh. Willem, so er denn in der Werkstatt war, würde seine Arbeit jederzeit für ein Gespräch mit ihr unterbrechen, und Clara wusste, dass er all ihre Sorgen und Nöte mit zwei, drei launigen Bemerkungen wegwischen konnte. Das verschaffte ihr immer eine vorübergehende Erleichterung. Aber war es das, was sie jetzt suchte? Sollte sie nicht lieber zu Olsen gehen und mit ihm über alles sprechen? Auf jeden Fall muss ich mich bewegen und kann mich hier nicht verkriechen, dachte Clara. Kurz entschlossen ging sie aus dem Haus, noch unschlüssig, wohin.

Vor der Tür musste sie sich für eine Richtung entscheiden. Sie merkte, wie sehr es ihr widerstrebte, Richtung Kirche und Markt zu gehen. «Also gut.» Clara seufzte. «Lene oder Willem.»

Als sie am Fleth Richtung Hafen entlangging und den Burschen der Zimmerleute zuschaute, die frische Baumstämme aus dem Fleth zogen und sich mit den Metzgerjungen stritten, die sich beim Auswaschen von Därmen und Eimern gestört fühlten, hörte sie Lene hinter sich rufen. Sie blieb stehen und drehte sich um. Lene eilte ihr rotwangig und mit fliegenden Röcken entgegen. Die Küchenmagd, die zwei volle Körbe trug, beeilte sich, mit ihr Schritt zu halten. Selten hatte sich Clara so gefreut, die Freundin zu sehen.

«Ich habe den ersten wirklich guten Rhabarber ergattert», rief Lene strahlend und zeigte auf einen der beiden Körbe. «Sieh nur, wie dick und saftig er ist. Du musst heute Abend unbedingt kommen und das erste frische Kompott essen, das magst du doch so gern.» Als sie von ihren Käufen aufsah und Clara ins Gesicht blickte, erschrak sie. «Was ist denn mit dir? Ist Miranda etwas zugestoßen?»

Clara schüttelte den Kopf. «Nein, Miranda geht es gut», sagte sie und wusste gar nicht, wie sie so schnell berichten sollte, was sie bedrückte. «Es ist nichts Schlimmes passiert. Das heißt ... Komm, ich begleite dich nach Hause. Wollte ohnehin zu dir. Hast du ein wenig Zeit für mich?»

«Ja. Die Zunftmeister sind da, um mit meinem Vater etwas zu besprechen. Da will er keine Weibersleute im Schankraum haben. Pedro hilft beim Bedienen. Und in der Küche wimmelt es heute von Helfern. Wollen wir auf mein Zimmer gehen?»

«Dafür ist das Wetter viel zu schön», sagte Clara. Und ehe sie sich's versah, fügte sie hinzu: «Wir gehen bei Willem vorbei und holen ihn zu einem Spaziergang ab oder setzen uns zu ihm in den Garten.»

«Wieso Willem?» Lene klang fast enttäuscht. «Ich dachte, du wolltest mit *mir* reden.»

«Ach, Lene, eigentlich weiß ich gerade gar nicht, was ich will. Ich hatte einen schrecklichen Morgen. Ich möchte einfach nur ein wenig unter Gleichgesinnten sein und mich von dem Schrecken erholen.»

«Erzähl!», sagte Lene sofort. «Wer war biestig zu dir?» Sie schien ganz begierig auf Stadtgetratsche zu sein.

Clara musste lachen, obwohl ihr gar nicht nach Lachen zumute war. Zudem hatte sie sich gerade bei dem Gedanken ertappt, dass sie Lenes Begleitung brauchte, wenn sie zu Willem gehen wollte. An diesem Tag sollte man sie nicht allein mit Willem sehen. Eine zusätzliche Anfeindung wegen ihrer unerklärlichen Freundschaft zu Willem wollte sie sich ersparen. Sie hoffte nur, dass Lene ihre Hintergedanken nicht erriet. Wie um ihr schlechtes Gewissen zu beruhigen, erzählte sie Lene von Greetjes Auftritt, und zwar so, dass Lene auf ihre Kosten kam.

«Und sie hat wirklich mit dem Magistrat gedroht?», nahm Lene das Gespräch wieder auf, als sie sich bei ihrem Vater vergewissert hatte, dass sie für eine Stunde entbehrlich war. «Was will sie da denn vortragen? Ihren Ärger darüber, dass die meisten Frauen lieber zu dir als zu ihr gehen? Sei ganz unbesorgt, Clara, das wird sie nicht wagen.»

Mit der Auskunft, dass Greetjes Gepöbele auf dasselbe hinauslief, was der Pastor ihr vorwarf, wartete Clara, bis sie bei Willem waren. Die Szene mit den Frauen auf dem Markt wollte Willem gewiss nicht in so stimmungsvollen Einzelheiten hören, wie sie sie Lene erzählt hatte, aber alles andere sollte auch er wissen. Glücklicherweise war der kurze Weg zu seinem Haus, um das Wirtshaus herum und dann am Hafen entlang, schnell zurückgelegt.

«Riecht ihr etwa, wo es was zu holen gibt?», rief Willem aus der Werkstatt, als die beiden Frauen ins Haus traten. «Gerade habe ich eine Bouillon fertig, um mich etwas zu stärken. Es ist genug da. Tragt Schüsseln und Löffel in den Garten und nehmt schon mal Platz. Ich bin hier gleich fertig.»

Schon jetzt war Clara froh, dass sie hergekommen war. Willems unbekümmerte Art war, wie so oft, einfach wohltuend. Es lag so viel Lebensfreude, Freundlichkeit und Güte darin, dass Clara nichts Unbotmäßiges darin erkennen konnte, genauso wenig wie in ihrer Freundschaft zu ihm. Sie richtete die Sitzgelegenheiten im Garten her, während sich Lene in der Küche zu schaffen machte. Auch das ist christliche Nächstenliebe, dachte Clara. Auch das. Ganz im Gegensatz zu dem missgünstigen, anprangerischen und offen feindseligen Gehabe, das sie heute über sich ergehen lassen musste.

Lene und Willem hatten kaum Schüsseln und Bouillon aufgetragen und sich an den Gartentisch gesetzt, als Clara zu erzählen begann. Die Begegnung mit dem Pastor, Elfies Not mit dem ungetauften Kind und einer drohenden Aussegnung, wovon die Kindsmutter noch gar nichts wusste, die Sorge, dass Greetjes Gerede noch weitere Kreise ziehen und das Stadtvolk gegen Clara einnehmen könnte, der Zustand ihres Kräutergartens und am Ende noch ihre Verärgerung über den Apotheker, das alles sprudelte nur so aus ihr heraus, während Lene und Willem beim Zuhören langsam aßen. «Als ob sich alle Welt gegen mich verschworen hätte», endete sie und sah die Freunde unglücklich an.

«Dann wollen wir mal sortieren», sagte Willem, schob seine Schüssel beiseite, lehnte sich zurück und zündete sich eine Pfeife an, als Lene und er fertig gegessen hatten und Clara gerade erst zaghaft ihren Löffel in die Bouillon tunkte.

Der Zwist mit dem Apotheker und das Missgeschick mit dem Kräutergarten waren schnell abgetan. Willem und Lene sahen wohl, dass diese Dinge Claras Arbeit hinderlich waren, fanden aber, dass sie nicht so schwer wogen wie der Vorwurf der Gottlosigkeit, der aus Claras Arbeit mit sündigen Menschen resultierte.

«Wenn sie in Not sind, so wie diese Elfie, dann finde ich es richtig, wenn du ihnen hilfst. Aber sie in ihrem sündigen Lebenswandel zu bestärken und sie zu unterweisen ... Nein, Clara, du darfst dich nicht mit ihnen gemein machen», sagte Lene, und Willem berief sich auf die Kirchenordnung, die dem Pastor vorschrieb, wie er vorzugehen habe.

«Aber der Pastor weiß es doch selbst nicht», wandte Clara ein. «Der König ist sein irdischer Dienstherr, und welchen Umgang C IV mit Menschen wie Elfie und Miranda vorsieht, ist dem Pastor noch nicht klar.»

«Worauf wartest du dann?», fragte Willem. «Willst du *ihm* diese Klärung überlassen? Nutze die Gewogenheit des Königs und sprich mit ihm, bevor es der Pastor tut.»

Als Clara und Lene eine Stunde, nachdem sie gekommen waren, wieder aufbrachen, fühlte sich Clara viel besser. Die Freunde hatten ihre Schwierigkeiten nicht wegreden können oder auch nur wollen, aber sie wusste jetzt, was sie tun musste.

Während Lene Willems Haus hafeneinwärts verließ, um zurück zum Fleth zu gehen, ging Clara noch ein Stück weiter hafenauswärts, wo das neue Königsschloss mit dem Doppelgiebel und den drei Türmen kurz vor der Rhinmündung lag. Die Schlosswache gewährte ihr sogleich Einlass und wies ihr den Weg in die schmucke, ganz mit Holz ausgetäfelte Amtsstube des Schreibers gleich hinter dem Schlosstor. Dort brachte sie in Erfahrung, dass der König in der Stadt weile, sich aber gerade bei der Admiralität auf der anderen Seite des Hafenbeckens aufhalte. Der freundliche Mann versicherte ihr, er werde dem König ausrichten, dass sie ihn zu sprechen wünschte, sie werde gewiss in Kürze Bescheid bekommen, wann er sie empfangen könne. Sein rundes Gesicht war während des kurzen Gesprächs ein einziges freundliches Lächeln, und Clara hatte das Gefühl, hier nicht die geringste Bittstellerin zu sein.

Als Clara gegen Abend Männerstimmen an ihrer Tür hörte, dachte sie, jemand sei gekommen, um ihr den Bescheid des Königs zu überbringen. Sie eilte durch die Diele und staunte nicht wenig, als es der König selbst war, der einem Burschen die Zügel seines Pferdes übergab und einem anderen die Reitgerte. Im nächsten Moment trat er auch schon in Claras Haus, wie schon bei früheren Gelegenheiten ohne jedes Zeremoniell. Und wie früher wirkte das Haus beim Erscheinen des stattlichen Mannes mit der gebieterischen Miene mit einem Male niedriger und enger.

«Nun ist es also geschehen», sagte er und legte seinen Federhut mit einer forschen Bewegung auf die Truhe in Claras Diele. «Wir haben den ersten Wechselbalg in Glückstadt.»

«Nun, jedenfalls der erste, von dem wir wissen», erwiderte Clara. Sie hatte sich längst daran gewöhnt, dass Gespräche mit dem König ohne Vorrede und oft sogar grußlos begannen. Trotzdem deutete sie einen höflichen Knicks an.

«Was wollen Sie damit sagen?»

«Nicht mehr und nicht weniger als das, was ich gesagt habe: Wir wissen es nicht.»

«Ich bin durstig», sagte der König, nahm auf der Küchenbank Platz, die am Ende der Diele um einen großen Holztisch lief, und bat Clara um einen Krug Dünnbier, um sogleich fortzufahren: «Ja, ja, die Soldaten ...»

Clara machte ein paar Schritte auf die Speisekammer zu, schöpfte Bier aus einem kleinen Fass, reichte es dem König und stellte einen Becher dazu. Dann setzte sie sich ihm schräg gegenüber und sagte: «Zum Wohle.» Wie durstig der König war, merkte sie an der Art, wie er trank. Als er den Becher absetzte und sich über den Bart strich, sagte sie: «In diesem Fall war es anders, Majestät. Die junge Mutter hat ihre Leibesfrucht aus Hamburg mitgebracht.»

«Tatsächlich?» Verdutzt schaute der König Clara einen Moment lang an, dann machte er eine ungeduldige Handbewegung und sagte: «Nun, das ändert nichts an den hiesigen Verhältnissen. Was gedenken Sie in dieser Angelegenheit zu unternehmen? Sie erinnern sich gewiss, dass wir bereits darüber sprachen.»

Clara sah den König verlegen an. «Gewiss erinnere ich mich», begann sie. «Und es ist mir auch selbst ein Anliegen. Aber diese Angelegenheit ist äußerst heikel, und ich stehe noch ganz am Anfang, was diese Dinge angeht.»

«Gewiss ist sie heikel. So heikel wie gang und gäbe.» Der König lachte kurz, aber laut auf. «Ich wollte auch keine Einzelheiten hören. Es genügt mir zu wissen, dass Sie sich der Sache annehmen.» Er sah Clara forschend ins Gesicht. «Das tun Sie doch?»

Clara nickte. «Aber ich muss vorsichtig sein. Die Leute sehen es nicht gern.»

«Mag sein. Aber sie sehen es auch nicht gern, wenn die Stadt wieder belagert wird und keine Soldaten zugegen sind, um sie zu verteidigen. Und ich sehe es nicht gern, wenn Bastarde in dieser Stadt überhand nehmen.» Er leerte den Becher, stand auf und klopfte Clara auf die Schulter. «Sie machen das schon.»

«Da ist noch etwas, worüber ich mit Ihnen sprechen wollte, Majestät», sagte Clara.

Der König blieb stehen, runzelte die Stirn und sah Clara fragend an. Er nahm nicht wieder Platz, war aber offenbar bereit, Clara anzuhören.

Clara berichtete ihm mit so knappen Worten, wie es ihr irgend möglich war, von dem Zwist mit dem Pastor und seiner Ungewissheit, ob der König eine Kirchenstrafe für Elfie wünsche.

«Unsinn!» Der König begann schon, zur Haustür zu gehen. «Wenn ich das wünschte, müsste ich Soldatenquartiere bauen lassen. Das habe ich nicht vor. Und da die Sache nun einmal ist, wie sie ist, werde ich auf schikanöse Bestrafungen verzichten. Vorausgesetzt ...» Er blieb stehen, drehte sich um und warf Clara einen bohrenden Blick aus seinen großen, fordernden Augen zu. «Vorausgesetzt, Sie dämmen diese Händel ein. Geben Sie mir einen Wink, wenn Sie Schwierigkeiten damit haben. Bis auf weiteres verlasse ich mich auf Sie.»

Auch Clara war aufgestanden und hinter dem König in die Diele gegangen. Jetzt knickste sie wieder leicht.

Der König nahm seinen Hut wieder an sich und drückte ihn sich so schwungvoll, wie er ihn abgelegt hatte, auf den Kopf.

«Da ist noch etwas, Majestät», sagte Clara. «Der Pastor will das Kind nicht taufen.»

«Das ist Sitte», sagte der König knapp.

«Ich weiß.» Clara blickte unglücklich zu Boden und wusste nicht, was sie sagen sollte, um dem König ein Abweichen von den Sitten nahe zu legen oder gar abzuringen. Jetzt, da der Moment für ihre Bitte gekommen war, fand sie, dass sie sie unmöglich äußern konnte.

Der König ging zur Haustür, und als er schon die Hand auf den Türgriff gelegt hatte, hielt er plötzlich inne. «Soll diese Stadt Bastarde zeugen, die immer Bastarde bleiben und eine Gemeinschaft der Ausgeschlossenen bilden?», überlegte er laut, wenngleich er dabei viel leiser sprach, als es sonst seine Art war. «Das Kind soll getauft werden. In aller Stille. Ob das allerdings ganz offiziell in der Stadtkirche geschehen sollte? Ich werde es mir überlegen.»

Mit gemischten Gefühlen ging Clara an diesem Abend zu Bett. Gewiss war es ein Triumph, auf direktes königliches Geheiß hin genau das tun zu können, was sie ohnehin tun wollte, aber am Unmut der Glückstädter würde das nicht viel ändern. Der König hatte hinreichend klar gemacht, dass kein großes Aufheben um diese Dinge gemacht werden sollte. Sie konnte nicht einfach losziehen und verkünden, sie handle im Auftrag des Königs. Möglicherweise würde kaum jemand erfahren, wie der König darüber dachte, und man würde sie weiterhin der Verruchtheit zeihen. «Dann muss ich eben damit fertig werden», murmelte Clara müde und versuchte, bis zum Einschlafen nur noch daran zu denken, was sie für Elfie und Miranda erreicht hatte, und sich darüber zu freuen.

Drei

GLÜCKSTADT
Juni 1634

Claras Geburtstage waren nie besonders gefeiert worden. Das war nicht ungewöhnlich. Clara kannte niemanden, dessen Geburtstag besonders gefeiert wurde, es sei denn im hohen Alter, zur Ehrung eines vollendeten oder fast vollendeten Lebens. Dennoch bekamen die Kinder, mit denen Clara als Mädchen gespielt hatte, zu ihren Geburtstagen – je nach Jahreszeit – etwas Naschwerk, frisches Obst, eine Mütze, ein Paar Strümpfe oder Ähnliches geschenkt. Nicht so Clara. Mit sechs Jahren war ihr dieser Unterschied zum ersten Mal aufgefallen, als ihre Freundin Mieke von ihrem Geburtstag erzählte und Clara zum ersten Mal begriff, was es bedeutete, Geburtstag zu haben, den Jahrestag, ab dem sie stolz sagen konnte: «Nun bin ich sieben.» Sie wunderte sich, dass sie sich so gar nicht daran erinnern konnte, schon jemals vorher Geburtstag gehabt zu haben, und erklärte es sich damit, dass sie dafür noch zu dumm und zu klein gewesen sei. Trotzdem hatte sie Henriette danach gefragt. Damals wusste sie noch nicht, dass Henriette Cordes nicht ihre Mutter war. Henriette hatte sie nur ernst angesehen und gesagt: «An dem Tag gehen wir in die Kirche, wie an jedem 6. Juni.» Clara hatte sich damit zufrieden gegeben. Mehr als das. Es hatte etwas Ehrfürchtiges in Henriettes Stimme gelegen, etwas, das diesen Kirchgang zu einem besonderen machte. Und so hatten sie es bis zu Henriettes Tod vor zwei Jahren gehalten. Danach war Clara dieser Geburtstagskirchgang in einem anderen Licht erschienen. Denn auf dem Sterbebett hatte Henriette ihr gestanden, dass Claras leibliche Mutter bei der Geburt in London gestorben war und dass sie, Henriette, sich dann Claras angenommen und sich schon bald wie ihre wirkliche Mutter gefühlt habe – außer an Claras Geburtstagen.

Einige Wochen nach Henriettes Tod und zwei Tage vor ihrer Übersiedlung nach Glückstadt hatte Clara diesen Geburtstagskirchgang zum letzten Mal angetreten – aus Gewohnheit, als Würdigung der Verstorbenen und um sich Segen für den neuen Lebensabschnitt zu holen. Seither hatte sie mit dieser Tradition gebrochen. Sie haderte mit der Ungewissheit ihrer Herkunft und mit Henriettes viel zu lange hinausgezögertem Geständnis. Und obwohl sie inzwischen verstand, dass Henriette sie aus Liebe vor der verstörenden Wahrheit bewahrt hatte, fand sie es doch nicht richtig, dass sie erst so spät alles erfahren hatte. So viele Fragen blieben offen, die nach ihren wirklichen Eltern etwa, und nichts konnte sie mehr mit Henriette bereden. Seit sie vor alledem davongelaufen und nach Glückstadt gekommen war, war sie an ihrem Geburtstag nicht mehr in die Kirche gegangen. Sie glaubte zu wissen, dass Henriette an diesem Tag etwas in der Kirche gesucht hatte, was Clara nicht für sie finden konnte. Clara hatte ihr das allzu lange Schweigen mittlerweile vergeben. Und was sie selbst in der Kirche suchte, konnte sie auch an allen anderen Tagen des Jahres dort finden.

Erst kurz nach ihrem ersten Geburtstag in Glückstadt hatte Lene einmal zu ihr gesagt: «Nun bist du fast seit einem Jahr hier, und ich weiß immer noch nicht, wann du Geburtstag hast.» Und Clara hatte scherzhaft erwidert: «Hast du wirklich so viel Kartoffelmus und Grütze im Kopf, dass du dabei das Rechnen vergisst? Ich bin schon länger als ein Jahr hier, nicht viel länger, aber gerade genug, um schon einmal in Glückstadt Geburtstag gehabt zu haben.» Lene hatte sie daraufhin gescholten und gesagt, als Freundin hätte sie gern davon gewusst, und ohnehin halte sie gar nichts davon, dass sich Clara immer nur um andere kümmere und darauf verzichte, sich selbst etwas Gutes zu tun. «Himmel, Lene, was soll ich denn für ein Aufhebens von mir machen? Du arbeitest an deinem Geburtstag doch genauso in der Schänke wie an allen anderen Tagen. Also lass bitte den Unsinn!»

«Den Unsinn redest doch wohl du», hatte sich Lene ereifert. «Gewiss arbeite ich auch an meinem Geburtstag in der Schänke. Aber du kanntest den Tag und warst da, und mein Vater hat Honigpunsch für uns gemacht, und am Abend ließ er mich fast eine Stunde lang mit dir und ein paar anderen am Tisch sitzen. Und du hast mir Lavendelkissen gebracht. Kannst du wirklich nicht verstehen, dass ich dir auch gern etwas Liebes tun würde?»

Beschämt hatte Clara die Freundin beschwichtigt und versucht, ihr zu erklären, dass sie es einfach nicht gewohnt sei, ihren Geburtstag groß zu beachten. Und dann hatte sie reumütig ihr Geburtsdatum genannt. Nun erwartete sie, dass Lene in diesem Jahr am 6. Juni zu ihr kommen und ihr etwas Nettes bringen würde. Honigpunsch hatte Clara im Gegenzug dafür nicht zu bieten, aber eine Schüssel mit den ersten Erdbeeren und etwas Rahm dazu.

Nun war der Tag da, und nichts geschah. Zum ersten Mal in ihrem Leben hockte Clara an einem 6. Juni den ganzen Tag zu Haus und wartete darauf, dass Lene kommen würde. Aber sie kam nicht. Um bei Lenes Ankunft ihre Arbeit nicht unterbrechen zu müssen, begann sie erst gar nichts Rechtes, und der Tag schien sich immer mehr in die Länge zu ziehen. Sie versuchte zu lesen, merkte aber bald, dass sie sich nicht recht konzentrieren konnte. Irgendwann resignierte sie und dachte, es werde doch niemand zu ihr kommen, und schließlich begann sie, einen gründlichen Hausputz zu machen. Die Sonne stand jetzt so schräg, dass der Staub sichtbar wurde, der sich seit dem Frühjahrsputz in den Ecken gesammelt hatte, und kaum hatte Clara angefangen zu putzen, fand sich immer mehr Staub.

Gegen sechs Uhr abends hörte sie beim Fensterputzen ihren Magen knurren. Bis auf das Fenster ihres Vorrats- und Lagerzimmers, das zur Straße hinausging, waren alle Fenster schon sauber, und Clara schob das verdiente Abendbrot noch auf, bis auch dieses Fenster geputzt war. Sie wischte gerade die geöffnete Scheibe von außen trocken, als sie Willem, der, von ihr unbemerkt, die Straße heraufgekommen war, hinter sich sagen hörte: »Hätte ich mir doch denken können, dass du ausgerechnet heute deine Fenster putzt.«

«Gibt es dagegen etwas einzuwenden?», fragte Clara, bevor sie sich zu ihm umdrehte. «Deine Fenster sind doch immer wie geleckt, weil du das Licht brauchst. Da werde ich meine doch wohl auch putzen dürfen, oder?»

«Zugegeben. Aber wir warten schon alle auf dich. Hat dir Lene denn nicht gesagt, was sie vorhat?»

Augenblicklich schoss Clara ein heißes, wohliges Gefühl durch den Leib, denn sie ahnte, was das zu bedeuten hatte. Darum also hatte sich der Tag so endlos dahingeschleppt: Lene hatte für den Abend etwas vorbereitet! Scheinbar ungerührt faltete Clara das Wischtuch und fuhr damit noch einmal über die Scheibe. «Ich weiß von nichts», sagte sie und versuchte, sich ihre Freude nicht anmerken zu lassen. Sie fühlte sich so überrumpelt, dass sie beschloss, nun auch Willem ein wenig zappeln zu lassen, und putzte einfach weiter, ohne sich zu ihm umzudrehen.

Im nächsten Moment sprach Willem so nah an ihrem Ohr, dass sie seine Wärme spüren konnte. «Ich wünsche dir von Herzen alles Gute», sagte er. Clara drehte sich zu ihm um, und ihre Schultern berührten sich kurz. Erschrocken trat sie einen Schritt zurück, senkte den Kopf und murmelte: «Danke schön.»

«Bist du nun fertig?», fragte Willem ungeduldig und zeigte auf das Fenster.

Clara schüttelte den Kopf und sah ihn bedauernd an. «Jetzt sind die Fenster im Obergeschoss dran.»

Für einen kurzen Moment huschte Enttäuschung über Willems selbstgewisses Gesicht, doch dann schien er den Schalk zu bemerken, der aus Claras Augen blitzte. «Das meinst du nicht ernst!»

Clara lachte und hörte auf, sich dumm zu stellen. «Die Überraschung ist Lene jedenfalls gelungen», sagte sie und warf das Wischtuch in den Putzeimer. «Eins musst du mir aber verraten: Gibt es etwas zu essen? Ich bin schrecklich hungrig, und in der Küche habe ich eine Schüssel Erdbeeren stehen ...»

«Komm einfach mit», sagte Willem geheimnistuerisch.

Das war für Clara Antwort genug. «Was macht ihr bloß immer für Sachen mit mir», murmelte sie und merkte jetzt, da sie sich freuen konnte, wie viel Enttäuschung sich den ganzen Tag über in ihr angesammelt hatte. Schnell hob sie den Putzeimer vom Boden, bat Willem, beiseite zu treten, und goss das Wasser auf die Straße. «Warte bitte einen Moment. Ich ziehe mir nur schnell noch ein Kleid an, das nicht nach Hausputz aussieht.» Sie ging ins Haus zurück und zwinkerte Willem vergnügt zu, als sie das Fenster schloss.

Eine Viertelstunde später saß Clara mit Willem, Lene, Amalie und Olsen im Wirtshaus an einem Tisch. Sogar Lenes Vater setzte sich für einige Minuten zu ihnen. Die Erdbeeren und der Rahm standen in der Mitte des Tisches. Geistesgegenwärtig hatte Willem dafür gesorgt, dass Clara sie als Nachtisch mitnahm. Zuerst aber machten sich alle über die Lachs-, Schinken- und Käsebrote her, die Lene vorbereitet hatte.

Beim Nachtisch fasste der Medicus in Worte, was Clara dachte: «Wer hätte geglaubt, dass wir schon so bald wieder zusammensitzen würden? Willems Gartenfest kann doch kaum drei Wochen her sein! Ich muss jedoch gestehen: Es gefällt mir.»

Lene wusste, wie sehr sich das Leben des ehemals einsamen alten Mannes verändert hatte, seit Clara nach Glückstadt übergesiedelt war, und sagte: «Geselligkeit kann man gar nicht genug haben.»

«Das stimmt», pflichtete ihr der Vater bei und klatschte in die tellergroßen Hände. Dann erzählte er voller Stolz, dass einige Handwerksämter ihre Feste dieses Jahr in seinem Wirtshaus feiern wollten, nämlich die der Böttcher, der Zimmer- und Mauerleute, der Schneider und Bäcker. Das war nicht nur gut fürs Geschäft, sondern auch eine große Ehre. «Und selbst die Schlossbediensteten wollen, dass ich eine Feier für sie ausrichte», sagte er und schaute zufrieden in die Runde.

Willem verzog das Gesicht zu einem schiefen Grinsen. «Es ist wirklich schlimm», sagte er. «Um diese Jahreszeit kommt man kaum zum Arbeiten.» Dann lachte er und legte Lenes Vater seine kräftige Hand auf die Schulter. «Es sei denn, man ist Wirt.»

Clara schaute Willem fragend an, und Lene sagte an seiner Stelle: «Während der Festwochen ist Willem zu fast allen

Festen eingeladen. Niemand will auf die Anwesenheit unseres großen Erfinders verzichten. Es könnte ja sein, dass er als Nächstes das doppelt schnelle Brötchenbacken erfindet oder ein doppelt stabiles Mauerwerk oder ...»

«Spotte du nur», sagte Willem und zwinkerte ihr gutmütig zu. Dann hob er das breite Kinn und schaute sie sehr von oben herab an, bevor er mit aufgesetztem Dünkel näselte: «Ich sage nur: Ehre, wem Ehre gebührt!»

Der Wirt stand schmunzelnd auf. «Angenehmen Streit wünsche ich den Herrschaften noch. Ich für meinen Teil höre die Arbeit rufen. Alles Gute, Clara, und beehren Sie uns bald wieder!»

Clara dankte ihm mit einer ausladenden Geste für die schmackhaften Dinge, die er spendiert hatte, und freute sich sehr über seine Worte. Die Vergewisserung, hier gern gesehen zu sein, tat ihr gut.

Als der Wirt zu einem der anderen Tische geeilt war, warf Lene Willem einen vernichtenden Blick zu. «Eitler Gokkel!», sagte sie und wedelte mit angewinkelten Armen auf und ab. «Bilde dir bloß nichts ein! Unser Medicus ist auch zu etlichen Festen eingeladen. Stimmt doch, oder?» Sie schaute Olsen auffordernd an.

Der Medicus fuhr sich verlegen durch die schütteren weißen Haarsträhnen, die aus seiner schwarzen Kappe hervorlugten, und nickte. «Und zu der großen Taufe beim Kremper Proviantmeister.»

Je mehr über die bevorstehenden Feierlichkeiten gesprochen wurde, desto mehr beschlich Clara ein beklemmendes Gefühl, denn sie war nie dabei, wenn in Glückstadt gefeiert wurde – außer natürlich in ihrem engsten Freundeskreis. Als die Kremper Taufe erwähnt wurde, beugte sie sich vor und sagte: «Aber *ich* habe doch die Frau des Proviantmeisters entbunden! Außerdem: Warum jetzt eine Tauffeier? Das Kind ist doch bereits getauft.»

Schon im März war sie zur Entbindung der Proviantmeisterin in die Festung Krempe, unweit von Glückstadt, gerufen worden. Der Bursche des Proviantmeisters hatte sie mit einem unbequemen Holzwagen abgeholt, und vier Tage und Nächte hatte sie in dem engen, kalten Wohnbereich der Proviantmeisterei zugebracht. In der ersten Nacht und den größten Teil des ersten Tages hatte sie der Proviantmeisterin über eine qualvolle Geburt geholfen, bei der sie wünschte, sie hätte die Geburtszange dabei gehabt, weil sich das Becken der Frau partout nicht weit genug öffnen wollte. Dann hatte sie noch drei Tage dort ausgeharrt, bis sie von der Lebensfähigkeit des zunächst winzigen, schwachen Jungen überzeugt war. Noch am Tag der Geburt war jedoch nach dem Glückstädter Pastor geschickt worden, damit er eine Nottaufe vornehmen könne, die gar nicht nötig war, weil sich Clara so beharrlich um Mutter und Kind kümmerte. Und das war nun der Dank dafür?

«Getauft ist es wohl», sagte Olsen. «Aber damals wurde nicht gefeiert. Das soll jetzt nachgeholt werden.» Olsen vermied es, Clara anzusehen, denn er ahnte, was sie so empörte. Aber jetzt hob er den Blick. «Der Proviantmeister hat einige Male nach mir geschickt, aber ich brauchte gar nichts zu tun. Das Kind ist eben sehr klein, aber sonst kerngesund. Alles, was zu tun war, haben Sie getan.»

«Das möchte ich meinen», sagte Clara und konnte nicht vermeiden, alle merken zu lassen, dass sie sich übergangen fühlte.

«Clara!» Olsen beugte sich über den Tisch und legte ihr beschwichtigend eine Hand auf den Arm. «Das ist doch nichts Neues: Die Leute sind um so dankbarer, wenn einer wie ich zu ihnen kommt, nur wohlgefällig lächelt, nichts weiter zu tun braucht und sie nicht mit einer schmerzhaften Behandlung quält. Was soll ich denn tun? Die Einladung ausschlagen?»

«Selbstverständlich nicht», sagte Clara kleinlaut und machte sich klar, dass Olsen nicht derjenige war, der sie überging. «Amüsieren Sie sich nur!»

«In Krempe?» Olsen räusperte sich. «Ich kenne das Haus des Proviantmeisters ja nun, und ich versichere Ihnen, dass ich die Einladung nur aus Höflichkeit annehme.»

Clara erinnerte sich lebhaft an die muffige Enge des Quartiers und musste sich eingestehen, dass sie auf eine Einladung dorthin gut verzichten konnte. Dennoch wurde sie das Gefühl nicht los, viel weiter außerhalb des gesellschaftlichen Lebens zu stehen als alle anderen an diesem Tisch – mit Ausnahme von Amalie, und auch die war Hebamme oder wollte es zumindest werden. Wahrscheinlich liegt es an diesem Beruf, dachte Clara. «Komm, Lene!», sagte sie. «Schenke uns noch etwas von dem köstlichen Malzbier ein!»

«Du bist doch ohnehin längst in Hamburg, wenn wir hier von Fest zu Fest hetzen», sagte Willem, als sich alle mit dem frischen Malzbier zuprosteten. «Erzähle uns etwas von deinen Reiseplänen.»

Clara beschrieb gerade Haus und Apotheke der Groots am Nikolaifleet, als eine Frau auf sie zutrat, die ihren Umhang tief ins Gesicht gezogen hatte.

Clara hielt inne, als sie Jenny erkannte. Die anderen beäugten die Fremde misstrauisch, die zu Clara trat und ihr etwas zuflüsterte.

Unverzüglich erhob sich Clara. «Es tut mir Leid, aber ich muss nach einer Wöchnerin sehen, Geburtstag hin oder her. Ich danke euch von Herzen. Es war ein sehr schöner Abend.

Unterhaltet euch noch gut, aber bitte nicht über mich!»
Dann beugte sie sich zu Amalie hinab, die ebenfalls aufstehen wollte, und flüsterte ihr zu, sie solle sich nicht stören lassen, es werde genügen, wenn sie allein zu Elfie gehe.

Die anderen waren es inzwischen gewohnt, dass Clara zu allen Tages- und Nachtzeiten zur Arbeit gerufen wurde. Wenn sie es nicht selbst mit erlebten, so wie jetzt, so waren sie damit aus Claras Erzählungen vertraut. Es mochte wohl sein, dass Clara nicht viel oder zumindest nicht genug zu tun hatte, aber wenn es für sie etwas zu tun gab, dann oft unvorhergesehen und so, dass sie alles andere stehen und liegen lassen musste. So nickten sie nur, verabschiedeten sich von Clara und hätten sich bei alledem nicht viel gedacht, hätte sich die Fremde nicht so offenkundig verborgen. Doch da es nur eine Art von Frauen gab, die sich in der Stadt nicht frei bewegte, war den dreien klar, worum es sich handelte.

«Es muss etwas mit Elfie oder Miranda sein», sagte Lene leise.

«Aber gewiss nichts Schlimmes, denn Clara machte keinen sehr besorgten Eindruck», sagte Amalie.

Was Clara zu sehen bekam, als sie in Elfies Kammer kam, war jedoch schlimm genug. Elfies Brüste hatten sich entzündet, und die Entzündung hätte nicht so weit fortschreiten müssen, hätte man Clara früher geholt – oder hätten die Frauen die Unterweisungsstunden nicht um eine Woche verschoben. Wären sie, wie geplant, bereits am letzten Donnerstag zu Clara gekommen, hätten sie wahrscheinlich auf eine Brustbehandlung nach eigenem Gutdünken verzichtet. Clara fragte sich vorwurfsvoll, warum sie nicht noch einmal nach Elfie gesehen hatte. Dennoch war es nach ihrem Dafürhalten nicht zu spät, die Brüste nun so sorgsam zu behandeln, dass Elfie die kleine Miranda weiter stillen konnte. Der Säugling schrie ganz verzweifelt, und mit viel Geduld verhalf Clara der Kleinen dazu, sich noch einmal richtig satt zu trinken. Währenddessen sah sich Clara um und beschloss, dass angesichts der Verhältnisse in diesem Haus mit dem Stillen Schluss sein müsse.

So guten Willens Elfie und die anderen Dirnen auch waren, und obwohl die Schwestern des Hufschmieds das Haus schon deutlich gereinigt hatten, mangelte es den Frauen doch durchweg an Verständnis dafür, was sie für ihre eigene Reinlichkeit tun mussten. Offenbar genügte es nicht, wenn Clara Elfie sagte, sie müsse die Brüste rein halten. Sie musste ihr erklären, wie oft und womit sie sie waschen und wann sie das Brusttuch wechseln sollte, welche Dinge nicht an den Mund des Säuglings gehörten und derlei mehr. Und dann müsste Clara ständig überwachen, ob ihre Anweisungen befolgt wurden. Sie fürchtete, dass sie das nicht allein leisten konnte, schon gar nicht bei dem schlimmen Zustand, in dem sich Elfies Brüste befanden. Obwohl die Entzündung nicht durch Verunreinigung entstanden war, sondern nach Elfies Schilderung durch einen Milchstau, war nun höchste Reinlichkeit geboten. Sie hoffte, dass die anderen Frauen auf sie hörten und die heißen, schmerzenden Brüste nicht weiter mit kalten, sondern mit heißen Umschlägen behandelten.

Elfie das Abstillen nahe zu legen war weit weniger schwierig, als Clara erwartet hatte. Sie liebte ihr Kind sehr, aber die Aussicht, nicht mehr so eng daran gebunden zu sein, gefiel ihr ausnehmend gut. Auch dass dann die anderen Frauen das Füttern mit übernehmen konnten, fand Elfies Wohlgefallen.

«Ich werde Ihre Brust dreimal täglich mit dem Saft der roten Zaunrübe einreiben», sagte Clara und sah sich in Gedanken schon dreimal am Tag den Gang zu diesem Haus antreten, als ihr ein Geistesblitz kam. «Dazu müssen Sie aber zu mir kommen. Der Saft ist sehr gefährlich, wenn er falsch angewendet wird. Deswegen darf ich ihn Ihnen nicht zum eigenen Hantieren überlassen, sondern muss die Behandlung selbst durchführen.» Das könnte sie zwar durchaus hier tun, aber Clara sagte sich, dass die anderen Dirnen vielleicht endlich zu den Unterweisungsstunden kämen, wenn Elfie ihnen mit häufigen Besuchen in ihrem Haus die Scheu nahm, sich dorthin zu begeben. Denn die Dirnen hatten die Unterweisungsstunden nur aus diesem Grund verschoben, dessen war sich Clara gewiss.

«Sehr gefährlich?», wiederholte Elfie erschrocken. «Kann ich davon sterben?»

«Eigentlich hatte ich beabsichtigt, Sie gesund zu machen», sagte Clara und lächelte zuversichtlich. «Was nun das Abstillen angeht, so müssen wir behutsam vorgehen. Wenn Sie Miranda jetzt gar nicht mehr anlegen, verstärkt sich natürlich der Milchstau, und die Entzündung bleibt oder wird gar schlimmer. Deswegen müssen wir ...»

«Ich weiß», unterbrach Elfie sie. «Jenny und die Wirtin haben mir schon alles erzählt, aber ich habe gesagt: Ich mach nur, was die Hebamme sagt!» Vertrauensselig sah sie Clara an.

«Das haben Sie gut gemacht», bestätigte Clara. «Was haben Jenny und die Wirtin denn gesagt?»

Jenny, die auf einem Schemel vor Elfies Bett saß, wollte ihr Wissen umgehend preisgeben, als Clara ihr zu verstehen gab, dass sie es von Elfie hören wollte.

«Dass ich es langsam und in kleinen Schritten machen muss», sagte Elfie unsicher. «Stimmt das?»

«Das stimmt.» Clara blickte Jenny anerkennend an. Dann fragte sie Elfie: «Und was haben sie noch gesagt?»

«Was Miranda zu trinken bekommen soll, jetzt schon immer zwischendurch und in einigen Tagen dann ausschließlich. Die Wirtin sagt, sie mischt verdünnte Milch mit Kartoffelstärke, etwas Zucker und Öl und setzt noch Wurzelsaft zu.» Elfie lachte. «Klingt wie ein Festessen, was?»

Clara nickte. «Das ist es auch, jedenfalls für Miranda.» Wie man Säuglinge ernährte, wusste man in diesem Haus offenbar. Aber würde die Wirtin so regelmäßig für diesen Trank sorgen, wie ein so kleines Kind ihn brauchte? Unregelmäßiges Anlegen musste ein wesentlicher Grund für den Milchstau gewesen sein. Clara erklärte Elfie, wie gewissenhaft sie Miranda füttern sollte, und schaute dabei immer wieder Jenny an, um auch ihr zu bedeuten, wie ernst es ihr war. Dann riet sie Elfie: «Schauen Sie der Wirtin in der Küche zu, damit Sie diesen Trank auch selbst zubereiten können. Sie wird Sie doch in die Küche lassen, oder?»

«Gewiss. Ich will ihr auch nicht mehr zur Last fallen als nötig.»

«Sehr schön. Dann kümmern wir uns jetzt um die Brüste.»

Die Wirtin war gerade in die Kammer gekommen und brachte einen Topf mit heißem Quark und einige Tücher, worum Clara sie gleich zu Beginn des Besuchs gebeten hatte.

Clara begann, den Quark in dicken Placken auf Elfies Brüste zu legen, umwickelte das Ganze, gab Anweisung, alles wieder zu entfernen, wenn es sich deutlich abkühlte, und mahnte Elfie, gleich am nächsten Morgen zu ihr zu kommen.

«Und übermorgen kommen wir dann alle?», sagte Jenny in fragendem Ton.

Clara triumphierte innerlich, tat aber überrascht. «Ja, gewiss doch. So war es vereinbart. Sie wollten Ihr Kommen doch nicht um eine weitere Woche verschieben, oder?»

«Nein, nein», erwiderte Jenny rasch. «*Wir* nicht.»

Clara schüttelte schmunzelnd den Kopf. «*Ich* auch nicht. Und machen Sie sich keine Gedanken darüber, was die Leute sagen könnten. Sie wissen ja selbst, dass sie viel sagen, wenn der Tag lang ist.»

Jenny lachte. «Wir haben noch gar nicht über Ihre Entlohnung gesprochen», sagte sie. «Was verlangen Sie?»

«Was können Sie denn zahlen?», fragte Clara dagegen. Sie hatte nicht die geringste Vorstellung davon, wie einträglich das Geschäft war, das die Frauen hier betrieben.

«Wir dachten an einen Reichstaler.»

«Das ist zu viel», sagte Clara sofort. «Ein halber genügt.»

«Und was ist mit alledem, was Sie seit der Geburt für uns getan haben?» Jenny schüttelte entschlossen den Kopf. «Nein. Einen Reichstaler pro Stunde haben wir unter uns besprochen, und einen Reichstaler bekommen Sie.»

Clara hatte es abgelehnt, sich in der dunklen Nacht nach Hause begleiten zu lassen. Sie war den Weg zum und vom Haus der Dirnen inzwischen gewohnt, und auch sonst ging sie nachts oft allein durch die Stadt – wenn auch nicht in diesem Teil des Hafens. Die schmalen Häuser und die engen, schmutzigen Gassen machten ihr keine Angst mehr. Hier und da war noch Licht. Lachen, laute Stimmen und Gesang drangen aus manchen Häusern. Doch obwohl dieser Teil der Stadt noch nicht schlief und ihr jederzeit jemand begegnen konnte, fürchtete sie sich nicht davor. In den letzten Wochen hatte sie begriffen, dass keine Gefahr von den Männern ausging, die hier ihr Vergnügen suchten, ebenso wenig wie von den Frauen, die hier tätig waren. Was hier vorging, griff auf die anderen Bürger der Stadt nicht über, und die Verruchtheit, die dieser Gegend anhaftete, vermochte sie nicht mehr zu empfinden, seit sie die Dirnen kennen gelernt hatte. Nach der letzten Begegnung mit ihnen fühlte sie sich geradezu beschämt. Sie kümmerten sich wirklich rührend um Elfie und Miranda, und sie hatten sich als sehr großzügig erwiesen. Inzwischen hatte sie mit ihnen nach und nach besprochen, worum es in den Stunden gehen sollte, und sie hatte verstanden, dass sie bei allem, was die Frauen wissen wollten, sehr weit ausholen musste und nicht zu viel voraussetzen durfte. Der Besuch gerade eben hatte das wieder gezeigt. Als sie das Flethufer erreichte und sich wieder in vertrauterem Stadtgebiet befand, fiel ihr eine Frau ein, die im tiefsten Winter ebenfalls eine Brustentzündung gehabt hatte. Damals hatte sie sich sehr viel Mühe gegeben, die Frau trotz der Schmerzen zum Weiterstillen zu bewegen. Doch was dort ein gangbarer Weg gewesen war, war hier schlechterdings unmöglich. Clara überlegte, womit sie die Unterweisungen übermorgen beginnen würde. Wovor ihr am meisten graute, waren Fragen darüber, wie man die Empfängnis vermeiden konnte. Aber auch hier würde sie mit Grundwissen beginnen. Ihre noch jungen Kenntnisse über den Schwangerschaftsverlauf, und besonders über die erste Zeit, hatten sie zu Überlegungen angeregt, wie man den Zeitraum einer möglichen Empfängnis eingrenzen konnte. Noch hatte sie zwar nicht viel Gelegenheit gehabt, ihre diesbezüglichen Erkenntnisse aus der medizinischen Literatur praktisch zu überprüfen, doch sie korrespondierte bereits mit zwei Kolleginnen in Paris und London, und beide bestätigten ihre Vermutungen. So neuartig diese Dinge auch waren, so fand Clara doch, dass sie genau darüber mit den Frauen sprechen sollte. Mit einem gewissen Unwohlsein bog Clara in ihre Straße ein. Sie war sich sicher, dass es schwierig sein würde, über diese Dinge zu sprechen, denn man würde sehr genau über körperliche Vorgänge sprechen müssen, und sie wusste inzwischen, dass die Dirnen keineswegs so freizügig darüber redeten, wie man hätte meinen können. Der Rest wäre dann wieder einfach. Die meisten Mittel, mit denen sich die Dirnen zu schützen versuchten, würde sie ihnen ausreden, weil sie wirkungslos waren. Mit anderen konnten sie sich schwere Schäden zuziehen, wenn sie etwa scharfe Tränke aus Salbei oder Sadebaum einnahmen und damit eine Leibesfrucht unter heftigen Kontraktionen ausspülten, wenn sie Lappen in Tinkturen aus Raute, Farnkraut oder Myrrhe tränkten und sich damit die Eingeweide verätzten oder wenn sie mit der Wilden Möhre schier unstillbare Blutungen auslösten. Deshalb wollte sie dafür sorgen, dass die Frauen aufhörten, Mittel zu nehmen, die einen so genannten Blutstau beseitigten.

Zu Hause sah Clara nach dem Feuer im Herd und rüttelte es für die Nacht zurecht, um nur gerade so viel Glut übrig zu lassen, dass es nicht ganz ausgehen würde. Dann ging sie hoch ins Schlafzimmer und zog sich schnell ein warmes Nachtkleid an, denn nachts kühlte es immer noch stark ab. Noch als sie im Bett lag, musste sie weiter an die anstehenden Unterweisungen denken. Mancherorts galt es als Mord, wenn Hebammen den Frauen blutungsauslösende Mittel empfahlen oder gar verabreichten. Sie hingegen wollte die Frauen davon abbringen. Warum also bezichtigte man ausgerechnet sie der Gottlosigkeit? Hatte jemand Luis Mercado verurteilt, als er vor über dreißig Jahren seine *secretis mulierum* verfasste und unheilvolle Tränke und Waschungen mit Wolfsmilch, weißer Zaunrübe und Pimpinelle empfahl? Nein! Und dass sich Schriften wie seine – oder zumindest ihr Inhalt – wie ein Lauffeuer verbreiteten und sich die Frauen dadurch zu Schaden brachten … Wer ahndete so etwas? Niemand! Man überließ die Frauen einfach sich selbst, und sie, die etwas ganz anderes wollte, sah sich unwürdigen Anfeindungen ausgesetzt.

Clara schloss die Augen und vergegenwärtigte sich, dass sie sich so erregte, weil der Disput mit dem Pastor doch schwerer wog, als ihre Freunde und sie selbst es zugeben mochten. Er würde die Menschen in der Stadt in ihrer Haltung zu Clara beeinflussen. Da konnte der König so viele Machtworte sprechen, wie er wollte. Und unabhängig vom Pastor würden die Leute von ganz allein wissen, was sie davon zu halten hatten, wenn ab übermorgen die Dirnen in Claras Haus ein und aus gingen.

Und der Abend, dein Geburtstag, deine Freunde, dachte Clara. Denk doch an die schönen Dinge, statt mit Sorgen einzuschlafen! Das wollte ihr jedoch nicht recht gelingen.

Schon der erste Besuch der Dirnen in Claras Haus erregte Aufmerksamkeit. Doch während die Dirnen unbehelligt blieben, bekam Clara den Unmut der Leute deutlich zu spüren. Niemand sprach sie direkt darauf an, aber als sie später durch die Straßen ging und am nächsten Tag Gemüse und Brennholz von den Schiffen am Fleth kaufte, nickte man ihr nur knapp zu, beschränkte Unterhaltungen auf das Nötigste, und einmal konnte sich jemand nicht enthalten, ihr eine bissige Bemerkung nachzurufen, die sie beflissentlich zu überhören vorgab.

Obwohl Clara damit gerechnet hatte, war es schlimm, dieser Ablehnung nun zu begegnen. Trotzdem hielt sie sich an ihren Vorsatz, den Leuten keine Erklärungen zu geben und ihr Tun nicht zu rechtfertigen. Über ihre Arbeit mit einzelnen Frauen sprach sie grundsätzlich nicht mit anderen, und das hatte auch für die Dirnen zu gelten. Sie vermutete, dass sie es viel einfacher haben würde, hätte sie zur selben Zeit auch andere Frauen zu betreuen. Da das jedoch leider nicht der Fall war, musste sie es hinnehmen, als «der Engel der Dirnen» verschrien zu werden, wie die böse Zunge hinter ihrem Rücken gezischt hatte.

Der Pastor ließ nichts von sich hören, und Clara fand, dass es an ihm war, eine Entscheidung über Mirandas Taufe kundzutun. Außerdem war Clara gerade in diesen Tagen nicht darauf aus, ihm zu begegnen.

Schon zwei Tage nach ihrem ersten Besuch kamen die Dirnen wieder zu Clara, denn die Zeit bis zu Claras Hamburgreise wurde knapp, und die erste Stunde war mit einer Plauderei vergangen, bei der sich die Dirnen mit der gänzlich ungewohnten Umgebung vertraut machten. Als Clara merkte, wie sehr sie damit zu tun hatten, beschloss sie, mit den Unterweisungen erst beim nächsten Treffen zu beginnen. Die Dirnen wollten aber nicht bis zum nächsten Donnerstag damit warten.

Wie schon das erste Mal kamen sie trotz des immer noch sommerlichen Wetters in dichte Umhänge gehüllt, unter denen sie ihre besten Kleider trugen. Eine halbe Stunde lang sprach Clara über Reinlichkeit, und dann ging sie zu den Fragen der Empfängnis über. Weit kamen sie dabei nicht. So viel die Frauen über Kinder und anderes bereits Vorhandene und Sichtbare wussten, so unwissend waren sie über die nicht sichtbaren Dinge. Eine glaubte noch an den Kanal zwischen Scheide und Mund und meinte, empfangen könne der Leib nur, wenn dabei der Mund geöffnet sei. Eine andere glaubte, Frauen hätten, genau wie die Schweine, zwei Gebärmütter, und eine Leibesfrucht siedle sich nur in der linken an, unter dem Herzen, sodass man diese linke Hälfte nur abzudrücken brauche, um eine Empfängnis zu verhindern. Clara beschloss, dass es keinen Sinn hatte, diese Fragen zu besprechen, ohne sich erst noch gründlicher vorzubereiten, eigene Zeichnungen anzufertigen und Zeichnungen aus Lehrbüchern herauszusuchen, deren Sachverhalte sie als bekannt vorausgesetzt hatte. Dennoch empfand sie die Stunde nicht als vergeblich, denn zu erfahren, was die Frauen dachten, war für sie eine wichtige Voraussetzung für alles Weitere, und überdies zeigten sich die Frauen auch in dieser Stunde als ebenso wissbegierig wie schon vorher. Die Ausstattung von Claras Besucherraum mit dem Blick in den Garten mochte zur Gesprächigkeit der Frauen beigetragen haben, seine einfache Bequemlichkeit und die Skizzen Michelangelos von stillenden Müttern an der Wand. Die Stunde – in Wahrheit waren es fast zwei – schien im Nu vorüberzugehen.

Am Ende der Unterweisung überreichte Jenny wie nebenbei den Reichstaler und begann, von etwas anderem zu sprechen, das, wie sie sagte, nicht nur Elfie, sondern allen am Herzen läge. Ohne Einzelheiten oder Namen zu nennen, berichtete sie von einem Kapitän, der ihr gesagt habe, bei ihm an Bord sei ein Geistlicher, der Miranda taufen könne.

Clara war darüber sehr froh, wandte aber ein, es sei noch gar nicht entschieden, ob der Pastor das Kind nicht taufen würde.

«Ich glaube, wir ziehen eine Taufe an Bord eines Schiffes vor», meinte Jenny und sprach damit für alle. «Das erregt weniger Aufsehen, und es geht uns ja nicht um einen Triumph, sondern bloß um Miranda.»

Das konnte Clara gut verstehen, aber nun legte sie doch Wert darauf, den Pastor noch einmal darauf anzusprechen. Als sie ihn in seinem Haus am Kirchplatz aufsuchte, gab er ihr barsch zu verstehen, der König habe bereits mit ihm gesprochen, und da dieser letztlich sein weltlicher Herr sei, habe er sich entschlossen, Clara zweierlei mitzuteilen: dass sie sich derzeit mit den Dirnen befasse, sei wohl in der Tat eine Christenpflicht, deren sie sich zu Recht stelle, insbesondere was die junge Frau mit dem Säugling angehe. Auch er könne sich seine Schäfchen nicht aussuchen. Dem Gerede der Leute, das ihm schon zugetragen worden sei, werde er mit entsprechenden Bemerkungen begegnen. Eine Taufe der kleinen Miranda müsse er jedoch strikt ablehnen, das habe er auch dem König gesagt und ihm nahe gelegt, dafür einen anderen Geistlichen zu finden.

«Welch ein Ansinnen!», ereiferte er sich. «Wie konnte der König überhaupt an so etwas denken? Er muss Ihnen ja wohl sehr zugeneigt sein!»

Clara biss sich auf die Lippen, um nichts darauf zu erwidern. Zudem war ihr klar, dass der König mehr für sie erreicht hatte, als sie zu hoffen gewagt hatte. Eines wollte sie jedoch noch genauer wissen.

«Es kann also keine Rede davon sein, dass ich Teufelswerk verrichte?», sagte sie in fragendem Ton.

Der Pastor schaute sie verärgert an. Es schien ihm schwer zu fallen, ihr deutlich zu sagen, was er von ihr hielt. Offenbar hielt er sich an die Weisung des Königs, die da lautete, Clara gewähren und Elfie ungestraft davonkommen zu lassen. Mehr zu Claras Ehrenrettung zu sagen, war er nicht bereit, und so nickte er nur knapp und widerwillig.

Um ihn nicht noch mehr gegen sich einzunehmen, verzichtete Clara auf eine zufrieden stellende Antwort. Sie verabschiedete sich höflich und begnügte sich damit, dass der König ihre Arbeit unter seinen Schutz gestellt hatte.

Der Hafenmeister half Clara, ein geeignetes Schiff für die Reise nach Hamburg zu finden. Was er über dieses Schiff und seine Besatzung sagte, klang gut.

Schwieriger war es, Amalie dazu zu bewegen, sich in Claras Abwesenheit weiter um Elfie und Miranda zu kümmern. Clara war sich gar nicht sicher, ob die Brustentzündung, die inzwischen gut heilte, Elfies einzige nachgeburtliche Schwierigkeit bleiben würde. Der Gedanke, Mutter und Kind allein von den anderen Dirnen versorgen zu lassen, die gerade erst anfingen zu lernen, behagte ihr gar nicht. Amalie scheute sich jedoch immer noch, das Haus allein zu betreten. Als Clara ihr versicherte, auch Olsen werde ein Auge auf Mutter und Kind haben und gegebenenfalls tätig werden, war Amalie einigermaßen besänftigt. Widerstrebend willigte sie schließlich ein. Die andere Aufgabe, die Clara ihr übertrug, übernahm sie umso lieber: den Kräutergarten – oder was davon übrig geblieben war – zu pflegen und ausreichend zu wässern.

Clara empfand es als beschämend wenig, was sie zu regeln hatte, ehe sie auf Reisen gehen konnte. Das bedrückte sie so sehr, dass sie sich fragte, ob sie nicht lieber hier bleiben und ihre Dienste ohne Unterbrechung anbieten sollte, um nicht in Vergessenheit zu geraten. Doch dann beruhigte sie sich mit dem Gedanken, dass sie nur knapp vier Wochen fort sein würde. Sie freute sich zu sehr auf ein Wiedersehen mit Johanna und dem alten Groot, um die Reise abzusagen. Im Übrigen, sagte sie sich, war es Hebammen oft gar nicht möglich zu verreisen, weil es fast immer irgendeine Frau zu betreuen gab. Sie sollte sich eigentlich glücklich schätzen. Doch froh stimmte sie der Gedanke an ihre derzeitige Ungebundenheit nicht. Um Glückstadt nicht ohne Pläne für künftige Arbeit zu verlassen, bat sie Olsen und Koch zu einem Treffen, bei dem sie mit ihnen über die nächste Ausgabe der frauenheilkundlichen Schriften sprechen wollte, die der Drucker in loser Folge mit ihr herausgab. Sie hatte sich überlegt, das Stillen zum Thema zu machen.

Drei Tage vor ihrer Abreise trafen sich die drei in der Druckerei. Es war eine angenehme Zusammenkunft, zu der alle Beteiligten Neues und Interessantes beitrugen. So ging es etwa um die strittigen Fragen, wann eine junge Mutter mit dem Stillen beginnen dürfe – vor oder erst nach der Taufe, wenn die Milch geweiht war – und ob der männliche Samen die Muttermilch verderbe und daher die eheliche Zusammenkunft während der Stillzeit verboten gehöre. Es entspann sich ein lebhaftes Gespräch, doch die Männer verwarfen das Thema schnell. Olsen warnte vor Verallgemeinerungen, denn das Stillen sei doch bei jeder Frau und jedem Kind von ganz eigenen Besonderheiten geprägt. Dem musste Clara zustimmen. Und Koch meinte, das Thema sei zu speziell und es gebe gerade im kinderarmen Glückstadt nur wenige, die darüber etwas wissen wollten. Auch dem musste Clara leider zustimmen.

So gingen sie auseinander, ohne sich auf ein Thema für die nächste Schrift verständigt zu haben, und während Olsen und Koch den Abend als anregend empfanden, war er für Clara am Ende hauptsächlich enttäuschend.

Als Clara spätabends nach Haus ging, konnte sie sich lediglich darüber freuen, dass die Männer ihr versichert hatten, sie wollten während ihrer Abwesenheit darauf achten, wie man in der Stadt über sie sprach, und gegebenenfalls mit eigenen Äußerungen das Bild geraderücken, das man sich von Clara machte. Insbesondere wollten sie, genau wie Lene, Amalie und Willem, die Ohren offen halten, ob noch irgendjemand davon spach, Clara beim Magistrat anzuzeigen. Beide Männer waren sich allerdings ganz sicher, dass Clara in dieser Hinsicht nichts zu fürchten hatte. Sie hatten auch über den Apotheker gesprochen und ergebnislos über dessen Berufsverständnis gerätselt. Olsen wollte ihn ganz besonders im Auge behalten und ihm keinerlei Nachlässigkeiten durchgehen lassen. Er hatte Clara sogar angeboten, den Apotheker zur Rede zu stellen und von ihm zu fordern, er möge Clara gewähren lassen. Das jedoch hatte Clara dankend abgelehnt und gesagt, sie zöge es vor, ihren Strauß mit ihm selbst auszufechten.

All das ging Clara auf dem Heimweg durch den Kopf, als ihr plötzlich mitten auf der Straße einfiel – sie überquerte gerade die Flethbrücke zum Marktplatz –, womit sich die nächste Schrift beschäftigen sollte: mit Fragen der Reinlichkeit und den neuesten Erkenntnissen über kontagiöse Krankheiten. Olsen hatte im Winter einmal erwähnt, dass er einige Schriften darüber gelesen hatte. Warum war niemand auf den Gedanken gekommen, dieses Thema aufzugreifen? Der sorglose Umgang der Stadtbevölkerung mit der Reinheit von Fleth- und Hafenwasser auf Plätzen und Straßen sollte doch Grund genug sein, sich dieses Themas anzunehmen.

Gleich am nächsten Morgen ging Clara zu Olsen, um mit ihm darüber zu sprechen. Dieses Mal wurde sie nicht enttäuscht, und beide beschlossen, in den nächsten Wochen darüber nachzudenken, wie man diese nächste Schrift anlegen und gestalten könnte.

Dass Willem, der so gern kochte, Clara mit einem Essen verabschieden würde, hatte Clara geahnt, und sie hatte sich auch schon gefragt, ob er noch andere dazu einladen würde, um dem Gerede nicht schon wieder Vorschub zu leisten. Als es dann so weit war und Clara feststellte, dass sie Willems einziger Gast war, war ihr zunächst doch ein wenig unbehaglich. Ohne einen beruflichen Anlass, mit Willem allein zu sein, dazu noch in seinem Haus und abends, schickte sich einfach nicht. Doch dann dachte sie daran, dass es sie sonst nicht so sehr kümmerte, was die Leute von ihr dachten. Was war nur mit ihr los, dass sie sich nicht so stark fühlte wie sonst und nicht auf die Meinung der anderen pfiff? Schließlich musste sie sich eingestehen, dass sie gern hier war – auch und gerade allein.

Während sie aßen und plauderten, verging die Zeit wie im Fluge. Sie redeten und lachten, und bald schon fühlte sich Clara in Willems Gegenwart so unbeschwert wie immer. Das einzige Berufliche, worüber sie sprachen, war die geplante Schrift über die Reinlichkeit. Willem sagte seine Mitarbeit zu, wenn sie gewünscht werde. Als sich Clara gegen Mitternacht von ihm verabschiedete und schon im Hausflur stand, sagte er dann aber doch noch etwas, das dem Abend die Leichtigkeit nahm.

«Du kennst den Kalender, den ich mir gebaut habe», begann er und zeigte im Hinausgehen in seine gute Stube, wo sich der Kalender befand, den er aus einem Setzkasten der Kochschen Druckerei gefertigt hatte, mit variabel zu verteilenden Zahlen. «Ich überlege, ob ich die Tage bis zu deiner Rückkehr schwärze. Noch habe ich mich nicht entschieden. Vielleicht schwärze ich nur die Tage, an denen ich dich gar zu sehr vermisse.»

Clara blieb wie angewurzelt an der Haustür stehen und wusste nicht, was sie sagen sollte.

«Vielleicht machen mich die nächsten Wochen ja schlauer», fuhr Willem fort. «Seit zwei Jahren bist du zum ersten Mal unerreichbar für mich, und ich bin gespannt, welchen Unterschied das machen wird. Ich werde es dir erzählen, wenn du aus Hamburg zurück bist.» Mit diesen Worten schob er Clara, die ganz blass geworden war und wie immer, wenn sie erschrak, die Hände auf die Wangen gelegt hatte, sanft zur Haustür hinaus. «Jetzt genug davon. Ich wünsche dir eine gute Reise und einen angenehmen Aufenthalt bei deinen Freunden. Gute Nacht.»

Ehe sie sich versah, fand sich Clara auf der Hafenstraße wieder. Ihr war ganz schwindelig, und in ihrem Leib schienen tausend Nachtfalter umherzuschwirren. Sie wusste nicht, was sie denken sollte. Dieser Zustand hielt an, bis sie ihr Haus erreichte.

Als sie in der Diele die halb gepackte Reisetruhe sah, schüttelte sie sich und murmelte: «Schluss jetzt! Es gibt noch viel zu tun, und nachdenken kann ich später.» Doch sie verharrte noch einen Moment vor der Reisetruhe. Unter allerlei Kleidung und Wäsche und den Mitbringseln für Johanna und Groot lag die Geburtszange, die Willem vor zwei Jahren für Clara gefertigt hatte. Sie hatte sie noch nie benutzt und würde sie auch in Hamburg nicht benutzen. Doch als sie überlegt hatte, was sie in Hamburg alles tun, mit wem sie zusammentreffen und reden wollte, fand sie den Gedanken überaus verlockend, den Hamburger Hebammen die Zange zu zeigen. Das war allerdings nicht ganz ungefährlich, denn in Hamburg war Hebammen, so viel sie wusste, der Besitz jeglichen chirurgischen Geräts immer noch bei Strafe verboten. Doch Bedenken dieser Art schob sie beiseite. Schließlich war sie keine Hamburger Hebamme mehr, und in Glückstadt waren ihr Besitz *und* Benutzung dieser Zange erlaubt. Bei ihrer Anhörung vorm Magistrat wegen der Nickelschen Geburt hatte Olsen die Zange zur Sprache gebracht, und die Kunde von dieser Verhandlung war bis nach Hamburg gedrungen. Seither wusste man dort von der Zange, und Groot und Johanna hatten gelegentlich erwähnt, dass ein mancher daran sehr interessiert war. Clara vermutete also, dass sie auf die Zange ohnehin angesprochen würde. Und statt viele Worte zu machen, dachte sie, sei es doch viel einprägsamer und lehrreicher, das fragliche Objekt zu präsentieren. Also hatte sie die Zange sorgsam in einen Umhang gewickelt und ganz zuunterst verstaut. Jetzt stand sie vor der Truhe und dachte: Die Zange ist etwas, das ich von Willem habe. Willem hatte wohl Recht, wenn er sagte, dass ihre Verbindung gar nicht mehr aus ihrer beider Leben wegzudenken war.

Flugs spürte sie wieder jenes merkwürdige Flattern im Bauch.

Am nächsten Tag kam Lene mit einem Burschen aus dem Wirtshaus zur verabredeten Zeit zu Clara. Der junge Mann lud Claras Reisetruhe auf einen Karren und zog ihn zum Hafen. Die beiden Frauen gingen nebenher. Lene plapperte in einem fort und sagte, wie sehr sie Clara um diese Reise beneide und wie sehr sie sie vermissen werde. Das Mindeste sei, dass sie ihr zur Entschädigung etwas Schönes aus der großen Stadt mitbrächte. Clara versprach's.

Das Schiff war nicht sehr groß und lag nahe am Fleth. Als sie es erreichten, winkte der Kapitän sie ungeduldig herbei. Der Wasserstand war niedriger als gewöhnlich, und das Schiff sollte – wie viele andere – auslaufen, ehe der Pegel bei ablaufendem Wasser noch weiter sank. So fiel der Abschied sehr kurz aus, und Clara und Lene halfen, die Truhe in das tief liegende Schiff hinabzureichen. Clara war kaum an Bord gegangen, als das Schiff schon ablegte, um sich im Hafenbecken zwischen den anderen auslaufenden Schiffen einzureihen. Zwei Männer verstauten Claras Truhe am Heck, und Clara stand ganz verloren an der Reling.

«Schreib mir gleich morgen und dann am besten jeden Tag. Ich will alles wissen», rief Lene. «Und komm bald zurück!»

Clara nickte und winkte der Freundin zu. Als sie gleich darauf sanft schaukelnd an Willems Haus vorbeiglitten, hielt Clara nach ihm Ausschau, aber er war nicht zu sehen. Enttäuscht wandte sie sich von der Häuserzeile am Hafen ab und ließ den Blick über die Stadtsilhouette schweifen, vom Kastell der Südermole und den Türmen des Schlosses zu ihrer linken, über die hoch aufragenden Türme des Stadttors und der Kirche bis hin zum Pulverturm und dem Turm des Königlichen Gartenhauses auf dem Rethövel zu ihrer Rechten. Dass der König nur die besten Baumeister beschäftigte, um seiner Lieblingsstadt ein prunkvolles Gepräge zu geben, und welch überaus ansehnliche Resultate sie erzielten, sah Clara nun zum ersten Mal aus der Ferne. In einer so schönen Stadt zu leben, dachte sie, ist wirklich ein Privileg, und obwohl sie sich auf Hamburg freute, begann sie jetzt schon, sich auf ihre Rückkehr zu freuen.

Vier

HAMBURG
Ende Juni 1634

Der Tag war wie geschaffen für die Reise. Eine leichte Brise aus Nordwesten trieb den kleinen Ewer flott voran. Den Schiffern wäre etwas mehr Wind lieb gewesen, aber Clara war es gerade recht so. Kaum hatten sie die Rhinmündung hinter sich gelassen und auf dem breiten Elbstrom die Segel gesetzt, zeigten die Männer Interesse an dem weiblichen Passagier. Clara wusste den Anzüglichkeiten jedoch jegliche Wirkung zu nehmen, indem sie die Männer in ein Gespräch über Hamburg verwickelte. Kenntnisreich und redegewandt umgab sie sich mit einer Aura der Unnahbarkeit und übertrieb schamlos mit Angaben über ihre Beziehungen zum Hafenmeister, nicht nur zu dem von Glückstadt, sondern auch zu dem von Hamburg. Die Männer hörten schnell auf, lose Bemerkungen über ihren Unternehmungsgeist als Alleinreisende zu machen. Ziemlich kleinlaut gaben sie zu, sie hätten keine Ahnung vom Stand der Bautätigkeit in der Hamburger Neustadt, von den Querelen zwischen Rat und Bürgerschaft und dem Geschehen an der Börse. Clara ging es nicht anders, aber das ließ sie die Männer nicht wissen. Sie machte ein enttäuschtes Gesicht, fragte, ob sie sich zwischen den Tauen am Heck auf eine Frachtkiste setzen dürfe und ob ihr jemand den verschnürten blauen Folianten reichen könne, der zuoberst in ihrer Reisetruhe läge. Dabei ließ sie es so klingen, als stünden dort die Dinge zu lesen, die die Männer ihr nicht beantworten konnten. In Wahrheit handelte es sich um eine Sammlung von prachtvollen botanischen Zeichnungen, die Clara mit Hilfe von Koch erworben hatte, um sie dem Apotheker Groot, Johannas Vater, zu schenken. Als man ihr das Buch brachte, beugte sie sich sogleich darüber, und die Männer ließen sie in Ruhe.

Schon wenig später blickte Clara ungestört über die aufgeschlagenen Seiten hinweg auf das Flussufer. Ab und an zogen Windmühlen und in der Ferne Kirchturmspitzen vorüber. Doch hauptsächlich säumten sattgrünes Marschland, dichte Schilfgürtel und hier und da die Elbinseln mit ihren Weiden das Fahrwasser. Weit und frei war der Blick über das flache Land, und der gewaltige Himmel ließ Clara sich ganz klein fühlen. Es kam ihr so vor, als gleite sie durch Niemandsland. Unterwegs zwischen zwei Orten, von denen ihr der eine zwanzig Jahre lang und der andere seit zwei Jahren eine Heimat war. Aber war sie überhaupt irgendwo zu Hause? Kaum hatte sie diesen Gedanken gefasst, musste sie an Henriette denken. Clara fragte sich, wie ihr Leben wohl verlaufen wäre, wenn sie in Hamburg geblieben und Henriette nicht so plötzlich gestorben wäre. Nun, überlegte sie, dann wüsste ich wohl bis heute nicht, dass sie nicht meine leibliche Mutter war. Und hätte ich mich, wäre ich dort geblieben, beruflich aus ihrem Schatten befreien können? Der einzige Unterschied wäre wohl gewesen, dass ich mehr zu tun gehabt hätte. Aber eine Geburtszange hätte ich dann nicht, und Willem hätte ich nie kennen gelernt. Und ob in Hamburg ein Arzt so eng mit mir zusammengearbeitet und mir so viel Verantwortung übertragen hätte wie Olsen? Und die heilkundlichen Schriften gäbe es gewiss auch nicht. Und keinen Protektor vom Range eines Königs. Clara seufzte und dachte: Es war schon richtig gewesen, Hamburg den Rücken zu kehren und auf das Vermögen der neuen Stadt zu vertrauen. Nur dass auch die neue Stadt leider nicht die Zweifel und Fragen ausräumen konnte, die meine Herkunft betreffen.

Gut fünf Stunden lang ließ Clara beim Schauen ihren Gedanken freien Lauf, ohne zu merken, wie die Zeit verging. Sie beobachtete Reiher und Rallen, Enten und Gänse, und manchmal flogen kreischende Möwen um das Schiff und schossen im Sturzflug knapp über Claras Kopf hinweg, wohl auf der Suche nach Futter. Kurz vor Blankenese waren weniger Vögel zu sehen, dafür aber wurde der Schiffsverkehr stärker und wies auf die Nähe des großen Hafens hin. Clara stand auf und ging an den Bug des Schiffes. Schon bald waren die Bastionen und die höchsten Kirchtürme zu sehen, die von Sankt Catharina und Sankt Nikolai, aber auch die der Heilig-Geist-Kirche, des Doms, von Maria Magdalena, Sankt Gertraud, Sankt Peter und Sankt Jacob. Clara kannte sie alle mit Namen, und je näher der Hafen kam, desto mehr freute sie sich auf die guten Freunde.

Der alte Groot hatte Johanna für einige Tage als Apothekenhelferin aus der Pflicht entlassen, damit sie sich um Clara kümmern konnte. An den ersten Tagen von Claras Besuch, dem Wochenende nach Johanni, machten die beiden Frauen ausgiebige Spaziergänge, bei denen sich Clara gar nicht satt sehen konnte, weder an den vertrauten Häusern, Straßen und Plätzen noch an den neuen, vor allem in der Neustadt. Immer wieder sagte sie zu Johanna, dass es in Hamburg zwar von allem mehr gab als in Glückstadt, dass die Kirchen prächtiger, viele Häuser und die Hafenanlagen größer waren, dass Glückstadt an Weltläufigkeit der großen Schwester an der Elbe jedoch mindestens ebenbürtig sei. Und das betreffe nicht nur das Völkergemisch und die gerade, offene Freundlichkeit der Menschen, sondern auch die Warenvielfalt, die Güte und Feinheit von Hausrat, Geräten, Wagen und Möbeln, die Clara auf Straßen und Märkten, in Läden und Häusern von Freunden und Bekannten sah, zu denen Johanna sie führte. Als sie am Nachmittag des dritten Besuchstages auf dem Rückweg von Claras früherem Wohnhaus am Pinnasberg wieder davon anfing, sagte Johanna:

«Aber das weiß ich doch alles, Clara, du wiederholst dich. Ich frage mich, warum. Fast kommt es mir so vor, als müsstest du dir selbst Mut machen, indem du versuchst, Glückstadt schönzureden. Was gibt es? Wo drückt dich der Schuh?»

Clara mied Johannas Blick, schaute über die Elbe und sog die würzige Luft ein, die von den Speicherhäusern herüberströmte. Für den Rückweg zum Nikolaifleet hatten sie den Weg am Fluss entlang gewählt, den Clara immer gegangen war, wenn sie etwas in der Stadt zu erledigen hatte oder Johanna besuchen wollte.

Johanna ließ nicht locker, legte den langen, schlanken Hals schief, um Clara anzusehen. «Ist etwas Schlimmes geschehen?», hakte sie nach. «Etwa mit Lene oder Willem oder Amalie? So sprich doch, Clara!» Sie gestikulierte, und der Wind zerrte an ihren kaum zu bändigenden roten Haaren, die sich unter der Haube hervorkringelten und so hübsch mit ihren grünen Augen kontrastierten.

«Ach, Johanna!», sagte Clara und lächelte gerührt über die Besorgnis der Freundin. «Lass mich noch den Rest des Weges alles in Ruhe betrachten, den Hafen, die Brücken und Fleete. Dann setzen wir uns in euren Garten, legen die Füße hoch, und ich erzähle dir alles. Abgemacht? Bis dahin sorge dich nicht, es ist nichts Schlimmes geschehen.»

Kurz bevor Johannes Groot abends von der Apotheke im Erdgeschoss des Hauses in die Wohnung zurückkehrte, kamen die beiden Frauen überein, ihm nicht in aller Ausführlichkeit zu erzählen, was Clara der Freundin am Nachmittag über ihr Leben und ihre Arbeit in Glückstadt erzählt hatte. Der gute Mann hatte Clara eindringlich vor dem Schritt in die Fremde gewarnt und war immer noch skeptisch. Als die Frauen in die Küche gingen, um das Abendbrot vorzubereiten, sagte Johanna halb im Scherz zu Clara: «Weißt du, wie du mir manchmal vorkommst? Wie eine Windmühle. Da hat man auch immer den Eindruck, dass sie sich am wohlsten fühlt, wenn sie sich mit rasender Geschwindigkeit dreht. Ich würde dir ja wünschen, dass du mehr zu tun hättest, aber ich brauche dir wohl nicht zu sagen, dass du auch ohne Raserei und großes Geklapper eine wichtige Aufgabe in Glückstadt erfüllst. Sei dankbar dafür, und verlange nicht mehr, als du hast.»

«Mir wird wohl nichts anderes übrig bleiben», sagte Clara und band sich die braunen Haare ordentlich unter die Haube, ehe sie den Tisch deckte.

Johanna holte ein Brot aus einem Tontopf und hielt mitten in der Bewegung inne. «Übrig bleiben ...», wiederholte sie Claras letzte Worte nachdenklich. «Wie steht es mit deinem Erbe?», fragte sie. «Wie lange reicht dein Geld noch aus, wenn du weiter so wenig verdienst?»

«Noch geht es», sagte Clara, als sie die Teller auf dem Tisch verteilte. «Und ich besitze noch einiges, was ich verkaufen könnte, ehe ich in Not geriete. Aber auf Dauer, da hast du Recht, muss ich auch aus diesem Grunde mehr zu tun bekommen.»

Johanna legte das Brot auf ein Holzbrett. Dabei sah sie Clara streng an. «Du weißt aber hoffentlich, an wen du dich wenden kannst, ehe du verarmst?» Sie meinte das sehr ernst, wusste aber, dass sie Clara höchstens zu einem Lippenbekenntnis bewegen konnte.

«Ja, ja», sagte Clara leichthin. «Nur keine Sorge!» Dann legte sie einen Finger auf die Lippen, sah Johanna viel sagend an und zeigte auf die Treppe, die sie unter den Schritten Johannes Groots knarren hörte. Das Gespräch war zumindest für den Moment beendet.

Beim Essen erzählte der alte Groot, schon bald könne man im Nachbarhaus ein Neugeborenes begrüßen. Die Hebamme habe am Nachmittag einige Arzneien bei ihm geholt und sei jetzt nebenan bei der Arbeit. Er freue sich schon auf einen Besuch bei dem neuen Erdenbürger.

Johanna freute sich zu hören, dass es so weit war, und sagte: «Wir sollten uns nicht auf einen Besuch beschränken, Vater. Solange Peters nicht da ist, sollten wir jeden Tag nach Auguste und dem Kind sehen. Hoffentlich wird es ein Junge. Den wünscht sich der Peters schon so lange.» Dann wandte sie sich an Clara. «Wie steht es mit dir? Möchtest du dir das Neugeborene auch ansehen?»

«Sehr gerne», sagte Clara. «Ich wollte mich ohnehin mit einigen Hamburger Hebammen treffen. Da will ich wohl auch gerne Anteil an ihrer Arbeit nehmen. Welche ist denn bei der Frau Peters? Kenne ich sie?»

«Gerlinde Harms», sagte Groot. «Sie ist schon lange in Hamburg. Du könntest sie kennen.»

«Der Name kommt mir bekannt vor», sagte Clara. «Aber ich hatte nie etwas mit ihr zu tun.»

«Dann lernst du sie bald kennen», sagte Johanna. «Die Magd will uns übrigens Bescheid sagen, wenn Mutter und Kind bereit sind, Besuch zu empfangen. Auguste Peters hat sich ausdrücklich ausbedungen, keine Volksversammlungen am Wochenbett verköstigen zu müssen, solange ihr Mann geschäftlich unterwegs ist.»

«Morgen haben wir ohnehin etwas anderes zu tun», sagte Groot und erzählte, im Hafen habe das längst erwartete Schiff mit Kräutern und Gewürzen aus dem Mittelländischen Meer festgemacht. «Die Lieferung trifft morgen bei uns ein, und ich möchte dich bitten, Johanna, mir dann zu helfen, die Waren anzunehmen. Du weißt ja, was alles dazugehört.»

«Selbstverständlich tue ich das», sagte Johanna sofort und erklärte Clara: «Auspacken, prüfen, ob alles heil angekommen ist, lagerfähige Mengen abwiegen, umfüllen, die Gefäße beschriften und die Lagerlisten ergänzen.» Dann wandte sie sich wieder an ihren Vater. «Hoffentlich war an Bord alles gut verstaut. Erinnerst du dich noch an die Ladung verfaulter Gewürze im letzten Jahr?»

Der Apotheker winkte ab. «Seitdem sind die Kontrollen noch härter. Aber wir müssen trotzdem ...»

Johanna nickte so heftig, dass ihr die roten Locken in die Stirn fielen. «Aber ja, Vater. Du weißt doch, wie sorgsam ich mit der Ware umgehe.»

«Darf ich euch helfen?», fragte Clara.

Vater und Tochter wehrten dieses Ansinnen gleichzeitig ab. Clara warf ein, sie sei doch nicht nach Hamburg gekommen, um unentwegt zu faulenzen.

«Und wenn ich euch bitte?», sagte Clara schließlich. «Es gibt nämlich einen bestimmten Grund, warum ich mich zurzeit sehr für Apotheken interessiere.» Und dann erzählte sie von der Glückstädter Apotheke.

War die Besorgnis der Groots ob Claras Schilderungen an diesem Abend groß, so war Claras Sorge am folgenden Tag in der Apotheke noch größer. Erst als sie gemeinsam mit Johanna und deren Vater die frischen Waren zur Lagerung bereitete, begriff sie nämlich wirklich, in welchem Maße der Glückstädter Apotheker von der wünschenswerten Art, eine Apotheke zu führen, abwich. Akribisch maßen die Groots Mengen ab, verpackten sie so, dass sie gegen Luft, Nässe und Licht geschützt waren, beschrifteten die verschiedenen Gefäße und verstauten schließlich alles in den kühlen, dunklen Räumen hinter dem Laden. Sie arbeiteten schnell und ohne Pause, weil bereits jetzt wertvolle Wirkstoffe und Aromen verloren gehen konnten. Das war auch der Grund dafür, dass in der Groot'schen Apotheke nur ein feiner Geruch zu vernehmen war, während es in der Glückstädter Apotheke kräftig nach so ziemlich allem roch, was dort lagerte.

Clara war schon oft in der Apotheke am Nikolaifleet gewesen, aber vor ihrer Umsiedelung nach Glückstadt hatte sie nie besonders darauf geachtet, wie sie geführt wurde. Zudem war sie meist nur in dem lichten Ladenraum gewesen und kannte die Räume dahinter allenfalls von flüchtigen Blicken. Henriette hatte, solange Clara denken konnte, immer nur die Groot'sche Apotheke benutzt und sie selbst später natürlich auch. Rückblickend vermutete Clara, dass es Henriette dabei nicht nur um die Freundschaft zu den Groots gegangen war, sondern dass sie ihre Apotheke wohl besser führten als andere Hamburger Apotheker. Doch selbst wenn sich die Groots besonders viel Mühe gaben, rechtfertigte das noch lange nicht die Zustände der Glückstädter Apotheke.

Clara und Johanna waren in einem der Lagerräume noch dabei, die Jutesäcke, Papiertüten und Holzkisten wegzuräumen, in denen die Waren angeliefert worden waren, als Groot im Laden Kundschaft bediente.

«Henriette konnte sich glücklich schätzen, dass sie die Arzneien, die sie nicht selbst herstellte, von euch beziehen konnte», sagte Clara, faltete Säcke zusammen und legte sie ordentlich übereinander.

«Von wem sprichst du?», fragte Johanna nach einer Weile. «Doch nicht etwa von deiner Mutter?» Ihr ungläubiger Tonfall verriet Johannas Überraschtheit.

Schon seit fast zwei Jahren sagte Clara *Henriette*, wenn sie von der Frau sprach, die sie zwanzig Jahre lang für ihre Mutter gehalten und als Mutter angeredet hatte. Dass sie den Namen gerade zum ersten Mal in Johannas Gegenwart benutzte, war ihr nicht bewusst gewesen. Himmel, schoss es ihr durch den Kopf, sie weiß ja noch gar nichts!

Langsam drehte sie sich zu der Freundin um und sah sie ernst an. Dann ging sie zögernd auf sie zu, fasste sie an den Schultern und sagte leise: «Es tut mir so Leid, Johanna! Es ist so: Henriette war nicht meine Mutter, meine leibliche Mutter, meine ich. Ich wollte es dir nicht verheimlichen. Es ist nur ... Ich hatte so viel ... Es war für mich selbst doch so schwer ... und außerdem war es Henriettes Wunsch, dass niemand etwas davon erfährt und ...»

Sie senkte den Blick und brach ab, denn sie wusste nicht, was sie Johanna noch sagen sollte.

Johanna schwieg. Sie war vor Schreck ganz blass geworden.

«Ach, Johanna!», sagte Clara unglücklich, strich ihr über die Arme und fasste sie bei den Händen. «Komm, setzen wir uns!» Dann zeigte sie auf den Schemel, der vor dem Wiegetisch stand. Sie selbst wollte sich gerade auf den Wiegetisch setzen, als sie flüchtig dachte, dass sich der Straßenschmutz an ihren Röcken lieber nicht mit den Arzneien mischen sollte, die als Nächstes auf diesen Tisch kamen. Sie griff nach einer Kiste, zog sie zu sich heran und setzte sich Johanna gegenüber.

«Ich kann es gar nicht glauben», sagte Johanna. «Und ich

verstehe nicht, warum du nie mit mir darüber gesprochen hast.»

«Ich weiß nicht», begann Clara zaghaft. «Ein Mangel an Gelegenheit, und dann habe ich auch selbst so viel ... Also, was ich sagen will ...» Clara fuhr sich mit dem Ärmel über die Stirn. Obwohl es in dem Raum sehr kühl war, schwitzte sie plötzlich.

«Warum hast du mir nichts erzählt, als ich dich im letzten Jahr in Glückstadt besucht habe?», fragte Johanna. Ihre Augen spiegelten wider, wie verletzt sie war. «Da hast du es doch längst gewusst! Oder hast du es erst kürzlich erfahren?»

«Ja. Nein.» Clara blickte verzweifelt an die Decke des hohen Raumes. «Dass Henriette nicht meine Mutter war ...»

«Hat sie unserer guten Clara vermutlich erst auf dem Sterbebett erzählt», ertönte die brüchige Stimme Groots.

Beide Frauen fuhren zu ihm herum und sahen ihn erstaunt an.

Johanna sprang wütend auf. «*Du* wusstest es auch? Warum hast du nie etwas gesagt?»

Clara sah den alten Mann nur fassungslos an, während Johanna gleich wieder konsterniert auf den Schemel sank.

Die unzähligen Furchen und Fältchen in Groots Gesicht tanzten. «Endlich ist es heraus», sagte er und rieb sich vergnügt die Hände. «Weiber! Tratschen den lieben langen Tag über nichts und wieder nichts, und die großen Fragen des Lebens ...» Ohne den Satz zu beenden, blieb er vor den beiden Frauen stehen und legte jeder eine Hand auf den Kopf. Bevor er weitersprach, nahm sein Gesicht wieder den gewohnt ernsten Ausdruck an. «Ich wusste nicht, ob Clara es dir gesagt hatte», sagte er. «Und solange ich im Zweifel war, habe ich Henriettes Wunsch nach Geheimhaltung respektiert.»

«Wenn ich gewusst hätte, dass Sie es wissen ...», sagte Clara, sprach dann aber nicht weiter. Sie hatte sagen wollen: Dann hätte ich wenigstens *einen* Menschen gehabt, mit dem ich darüber reden kann. Doch dann fragte sie sich, ob sie es wirklich getan hätte.

Mit ein paar erstaunlich schnellen Handbewegungen schaffte Groot Ordnung. Dann sagte er: «Lasst uns raufgehen und uns in aller Ruhe unterhalten. Ich hänge solange die Glocke an die Tür, damit wir hören, wenn jemand kommt.»

Alle drei nahmen im Obergeschoss des Hauses in der guten Stube an einem kostbaren Tisch aus Ebenholz Platz, und Groot stellte jedem einen Becher Erdbeerwein hin. Er sagte, er sei erleichtert, dass das Schweigen ein Ende und Henriette die Wahrheit nicht mit ins Grab genommen habe. Dann erzählte er von Henriettes Anfangsjahren, wie schwer sie es als eine der ersten ausgebildeten Hebammen gehabt hatte, sich gegenüber den Kolleginnen und den Hamburger Ärzten zu behaupten. Dass sie oft gegen heftigste Widerstände neue Wege beschritten hatte und anfangs sogar um das Vertrauen der Schwangeren kämpfen musste, weil sie es kaum wagten, sich von «der Neuen» entbinden zu lassen. Aber sie hatte es geschafft und war zu einer der anerkanntesten Hamburger Hebammen geworden.

«Hätte sie auf dem Höhepunkt ihres beruflichen Erfolgs das alles gefährden sollen, nur weil sie sich deiner annahm?», sagte Groot und sah Clara dabei ernst an. «Sie brachte dich aus London mit, wo sie sich lange genug aufgehalten hatte, um selbst ein Kind zu bekommen. Hätte man ihr geglaubt, dass sie sich deiner lediglich angenommen hatte, weil deine Mutter bei der Geburt verstarb und dein Vater unauffindbar war?» Er sah Clara und seine Tochter fragend an. «Menschen, die ihr nahe standen, hätten ihr ohne weiteres geglaubt. Doch was hätte ihr das genützt, wenn ihre Neider die angenommene Mutterschaft ausgenutzt und gegen sie gewendet, sie als ledige Mutter verschrien hätten?» Dann sah er Clara ernst an. «Und du, Clara, wie hätten sich die Leute zu dir gestellt, als Bankert ohne Herkunft?»

Clara biss sich auf die Lippen und blickte beschämt zu Boden.

«Nein, nein», sagte Groot und nahm einen großen Schluck Erdbeerwein. «Alle, die ihr nahestanden, haben sie darin bestärkt, den sterbenden Karl, Gott hab ihn selig, als ihren Gatten auszugeben. Und du warst ihr Kind. Allerdings ...» Groot zögerte, ehe er weitersprach, beugte sich über den Tisch und legte Clara eine Hand auf den Arm. «Allerdings haben wir immer zu ihr gesagt, sie soll *dir* beizeiten die Wahrheit sagen. Es tut mir sehr Leid für dich, dass du es erst so spät erfuhrst. Das muss schlimm für dich gewesen sein.»

Clara schossen Tränen in die Augen. Es tat so gut, jemanden so verständnisvoll über diese bittere Zeit reden zu hören. Sie blickte zu Johanna hinüber und sah, dass auch sie verstand, wie alles gekommen war und warum sie sich mit dieser Sache immer so schwer getan hatte. Clara schluckte und beschloss, von jetzt an keine Geheimnisse mehr vor den lieben Freunden zu haben, vor keinem von beiden. Dann begann sie zu erzählen, dass Henriettes Geständnis der wirkliche Grund für ihren Umzug nach Glückstadt gewesen war und wie sich das Leben und die Arbeit dort wirklich für sie ergeben hatten.

Auch darüber zeigte sich Groot zu Claras Überraschung erleichtert. «Alles andere habe ich dir ohnehin nicht geglaubt», sagte er. «Und wenn du mich über dein dortiges Wirken fragst, denn auch ich habe mein Leben lang dem leiblichen Wohl der Menschen gedient, dann kann ich nur sagen:

Recht so! Wenn du mich allerdings als väterlichen Freund fragst, rate ich dir, schleunigst zurückzukehren.»

«Unsinn!», sagte Johanna, die sich immer noch ob der Beiläufigkeit verletzt fühlte, mit der sie von alledem erfuhr, und ihren Vater mit funkelnden Augen ansah. Denselben erbosten Blick warf sie dann Clara zu. «Doch dass du mir zwei Jahre lang nichts gesagt hast, verstehe ich immer noch nicht.»

Groot fuhr sich über die dichten weißen Haare und schüttelte den Kopf. «Ist das denn wirklich so schwer zu verstehen? Henriette hat zwanzig Jahre dafür gebraucht, Clara nur zwei. Ich finde, damit kannst du ganz zufrieden sein. Vor allem aber solltest du deinem Herrgott danken, dass er dich vor derlei Lebensumständen bewahrt hat. Maße dir nicht an, über jemanden zu richten, der solchen Erschütterungen ausgesetzt ist.»

Damit war fürs Erste alles gesagt, aber Clara wusste sehr wohl, dass es noch eine Weile dauern würde, bis sich Johanna wieder gänzlich mit ihr ausgesöhnt hätte.

Am Abend dieses Tages setzten sich die beiden Frauen noch in den Garten, als Groot sich nach dem Abendbrot zeitig zu Bett legte. Geißblatt, Tränende Herzen, Rittersporn, Mohn und Phlox blühten in dem kleinen Karree vor dem Fleet. An einem zur Fleetseite offenen Weidengerüst rankten sich Weinblätter. Sie bildeten eine luftige Laube, in der ein zierlicher Tisch und zwei Stühle standen. Dort nahmen die Freundinnen Platz.

Allmählich hatte Johanna verstanden, was Clara nach Henriettes Tod durchgemacht hatte. Die Sonne stand schon tief, aber noch war es so hell, dass sich Johanna die Stickarbeit vornahm, die in einem Korb neben dem Tischchen lag. «Willem», begann sie wie nebenbei. «Weiß er davon?»

«Nein», sagte Clara. «Nun werde nicht auch noch zu allem Überfluss eifersüchtig!»

Johanna gab sich mit der Antwort zufrieden. Eine Weile saßen die Frauen schweigend da, und es war, wie Clara erleichtert feststellte, kein unangenehmes Schweigen.

«Schön habt ihr es hier», sagte Clara. Sie ahnte, dass Johanna gern noch mehr über Willem hören wollte. «Willem hat auch einen Garten.» Dann begann sie, von dem Lampionfest zu erzählen. Sie war noch dabei, den bunt beleuchteten Garten zu beschreiben, als aus dem Nachbarhaus plötzlich aufgeregtes Geschrei drang. Schon sprang Johanna auf und bedeutete Clara mitzukommen.

«Da drüben stimmt etwas nicht», sagte sie. «Vielleicht ist etwas mit dem Säugling nicht in Ordnung.» Sie raffte ihre Röcke und stieg kurz entschlossen über eine niedrige Buchsbaumhecke. Nachdem sie sich nach Clara umgeschaut hatte, ob sie auch käme, eilte sie durch den Nachbargarten und warf sich mit den Schultern gegen eine Holztür, die knarrend nachgab und den beiden Frauen Einlass verschaffte.

Da man von der tiefer gelegenen Fleetseite der Häuser erst über eine Kellertreppe gehen musste, um ins Erdgeschoss zu gelangen, gingen sie umso schneller. Oben angekommen, sahen sie die Magd vom Obergeschoss auf sie zueilen. Erleichtert rief sie aus: «Gut, dass Sie kommen, Fräulein Groot! Ich wollte Sie gerade holen.»

Die Frauen hasteten weiter nach oben, wo Auguste Peters außer sich vor Schmerz und schweißgebadet auf blutigen Laken in einer geräumigen Schlafkammer lag. Clara und Johanna sahen sofort, dass Auguste noch keineswegs entbunden hatte.

«Was ist hier los? Wo ist die Hebamme?», fragte Johanna, während Clara zu der Gebärenden eilte. Eine Wehe nahm

Auguste den Atem. Von der werdenden Mutter war keine Auskunft zu erwarten.

«Ganz ruhig», sagte Clara der Frau direkt ins Ohr. «Atem anhalten. Jetzt ein klein wenig einatmen. Und dann wieder ausatmen.» Hechelnd atmete sie aus und nickte Auguste zu, damit sie es ihr gleich tat. Der Vorgang wiederholte sich noch zweimal, dann erschlaffte Auguste.

Mittlerweile erzählte die Magd den beiden jungen Frauen, was sich ereignet hatte: «Die Hebamme hat sich die ganze Nacht und am Vormittag mit ihr abgemüht. Aber dann ist nichts mehr geschehen. Keine Wehen, keine Schmerzen, keine Blutung. Nur ein großes Druckgefühl war da. Der Hebamme hat Frau Peters aber nichts davon gesagt, weil sie dachte, dass es nach den stundenlangen Wehen ganz normal ist. Die Hebamme hat dann gesagt, man sollte Ruhe einkehren lassen. Dann ist sie nach Hause gegangen und hat mir aufgetragen, nach ihr zu schicken, wenn sich wieder etwas tut. Und dann war es vor einigen Minuten ganz plötzlich so. Die Schmerzen waren so groß, dass ich doch nicht den ganzen Weg bis hinter Sank Catharinen laufen und die Frau Peters solange allein lassen konnte. Das geht doch nicht! Na ja, deshalb wollte ich schnell das Fräulein Apothekerin holen.»

Clara hörte nur mit einem Ohr zu, weil sie Auguste inzwischen abtastete. Was sie fühlte, bestätigte, was sie schon bei der Schilderung vermutet hatte: Das Kind steckte im Becken fest – und das offenbar seit Stunden. Sie legte ein Ohr auf den Bauch der Frau und bedeutete allen mit einer Geste, still zu sein. Überrascht stellte Clara fest, dass sie sofort Herztöne hörte, deutlich und regelmäßig, nicht zu schnell und nicht zu langsam. Dann war das Kind wohl nicht so gequetscht, wie sie befürchtet hatte. Trotzdem musste es schnellstens raus.

Die nächste Wehe setzte ein, wieder eine Presswehe, und

als sie vorbei war, fühlte Clara, dass sich das Kind keinen Millimeter bewegt hatte.

«Johanna, geh und hole mir Rosenöl, etwas gegen die Schmerzen und ...» Clara stockte und nahm Johanna beiseite. Leise erklärte sie ihr, wo sich unter ihrem Gepäck die Geburtszange befand, und bat sie, sie in ein Tuch einzuschlagen und mitzubringen.

Bis Johanna zurückkam, versuchte sie sich vorzustellen, wie sie die Zange führen würde, und schreckte immer wieder vor dem Bild zurück, das ihr vor Augen kam. Dabei sah sie quasi in die Frau hinein und vergegenwärtigte sich, wie die Zange den Kopf des Kindes fassen würde, wenn zwischen Mutterleib und Kindskopf überhaupt genug Platz war, um die Zange zu platzieren. Sie stellte sich vor, wie sie das Kind dabei im Gesicht packte und ihm Augen oder Nase eindrückte oder die Zange in die offene Stelle am Oberkopf bohrte. Vielleicht würde sie auch die Nabelschnur zudrücken und so dem Kind die Luft abschneiden. Sie musste sich zwingen, nicht an so etwas zu denken.

Es war erlösend und beklemmend zugleich, als Johanna zurückkehrte. Aber von diesem Moment an dachte Clara nicht mehr nach. Vorsichtig machte sie den Geburtskanal mit dem Rosenöl geschmeidig, während Johanna der Frau das Schmerzmittel einflößte. Clara fragte nicht einmal, was es war. Sie wusste, dass sie sich auf Johanna verlassen konnte. Dann schickte sie die Magd in die Küche, um Wasser zu kochen, und wies sie an, mehrere Eimer heraufzubringen, unterschiedlich temperiert, zum Reinigen der Kammer, der Mutter und des Kindes. Und sie solle alles nach und nach vor die Kammertür bringen und erst wieder hereinkommen, wenn sie gerufen würde. Über den letzten Teil dieser Anweisung schien die Magd nur zu froh zu sein, denn sie war schon empfindlich blass um die Nase. Dann erklärte Clara Johanna leise, was sie vorhatte, und bat sie, Auguste die Sicht zu versperren, damit diese die Zange nicht sehen würde.

«Und frag nichts. Ich weiß nicht, ob es gut geht. Aber es ist die letzte Möglichkeit, Mutter und Kind am Leben zu erhalten. Ich muss es wagen», schloss sie.

Johanna nickte stumm und tat wie geheißen.

«Kannst du bei der nächsten Wehe mit Auguste so atmen, wie ich es eben gemacht habe?», fragte sie Johanna.

«Ich glaube schon», erwiderte diese, als die nächste Wehe auch schon einsetzte.

Mit klopfendem Herzen, aber ohne zu zögern, führte Clara die Zange ein und staunte, wie leicht sie sich einen Weg bahnte. Zwar hatte sie schon oft probehalber damit hantiert und wusste, wie geschmeidig sie zu öffnen und zu schließen war, aber nun war für sie neu, dass es sich fast so anfühlte wie ihre eigene Hand, nur verlängert. Sie spürte den Unterschied zwischen weichen und harten Widerständen, hatte ein klares Bild, wie sich die Greifarme im Geburtskanal entlangbewegten, und schon bald legte sie sie um das Köpfchen. Nun, da es Wirklichkeit war, hatte sie keinerlei Zweifel darüber, wie sie das Kind fasste: seitlich kopfabwärts über die Schläfen, genau, wie es sein sollte. Laut rief sie Auguste zu, sie solle kräftig drücken, Clara brummte tief und laut und mit aller Kraft. Auguste drückte und fiel in das Geräusch mit ein, und Clara spürte, wie das Kind in Bewegung kam. Vorsichtig zog sie an der Zange, und dann war die Wehe vorbei. Auguste stöhnte und wimmerte, während Clara plötzlich wieder Zweifel an ihrem Tun bekam. Doch schon setzte die nächste Wehe ein.

«Hilf ihr!», sagte Clara drängend zu Johanna, und als die Wehe ihren Höhepunkt erreichte, brummte Clara wieder laut, damit Auguste es auch tat. Und dieses Mal zog sie stärker und merkte, dass das Köpfchen mit einer schnellen Bewegung bis an die Scheide kam.

«Ja, ja, ja!» Clara jubelte laut, fasste die Zange mit einer Hand, mit der anderen ertastete sie das Köpfchen, lockerte die Zange, zog sie fort und ließ sie fallen. Mit beiden Händen hielt sie nun den winzigen Kopf, ehe sie sich zu den Schultern des Kindes vortastete. «Noch einmal, noch ein klitzekleines Mal, und es ist geschafft», sagte sie laut.

Die nächste Wehe kam sehr schnell, aber sie war nicht viel mehr als ein krampfartiges Zucken. Geistesgegenwärtig zog Clara mit den Händen an den Schultern, und dann war das Kind da.

Wie erstarrt hielt Clara es in den Händen und betrachtete es ungläubig. Ihr war, als sehe sie zum ersten Mal ein Neugeborenes. Es war purpurrot, völlig verknittert, hatte dichte schwarze Haare und war winzig.

«Wie schön», murmelte Clara. «Wie schön, dass du so klein bist. Sonst hätten wir es nicht geschafft. Kluges Mädchen!»

«Was sagst du da?», fragte Johanna. «Ein Mädchen?»

Clara gab der Kleinen einen Klaps und vergewisserte sich, dass die Atmung einsetzte, ehe sie es Johanna reichte. Dann fiel ihr Blick auf die blutige Zange neben dem Bett. Clara bekam weiche Knie und murmelte fassungslos: «O Gott, habe ich das wirklich getan?»

«Was du getan hast, ist, eine schwere Geburt zu einem glücklichen Ende zu bringen», sagte Johanna leise.

Clara atmete tief durch. Johanna hatte ja Recht. Es war noch viel zu tun. «Hol die Magd und versorgt das Kind», sagte sie entschlossen. «Und bringt Licht mit. Ich kann kaum noch etwas sehen. Ich kümmere mich um Auguste.» Sie bückte sich nach der Zange, wickelte sie in das Tuch ein, das

Johanna mitgebracht hatte, und legte das Instrument dann außer Sichtweite unters Bett.

Auguste war äußerst schwach und einer Ohnmacht nahe. Glücklicherweise kam die Nachgeburt wie von selbst. Als Clara von der Magd hörte, dass Auguste den ganzen Tag über nichts zu sich genommen hatte, zwang Clara sie, etwas zu essen und zu trinken. Und dann beschloss sie, die Nacht über bei ihr zu bleiben, denn Augustes Mattigkeit kam ihr schwerwiegender vor als die übliche Erschöpfung nach einer Geburt.

Johanna war nur schwer dazu zu bewegen, nach Hause zu gehen. Doch dann sah sie ein, dass wenigstens eine von ihnen schlafen sollte und sie sich am Morgen abwechseln könnten. Sie war schon auf der Treppe, als Clara ihr nacheilte und ihr die eingewickelte Zange überreichte wie Diebesgut, das keinem anderen unter die Augen kommen durfte.

Am Morgen wollte Clara erst den Arztbesuch abwarten, bevor sie Auguste Johannas Obhut übergab, denn dass es um Auguste nicht gut stand, war ihr in der Nacht klar geworden. Wieder und wieder hatte sie sich gefragt, ob sie Auguste mit der Zange verletzt haben könnte. Doch dafür gab es keine Anzeichen. Der Arzt berichtete dann, Auguste habe schon lange ein schwaches Herz gehabt, und er habe von Anfang an Zweifel daran gehegt, ob sie Schwangerschaft und Geburt überstehen werde. Er gab er ihr ein Mittel, das er eigens mitgebracht und ihr schon früher verabreicht hatte. Daraufhin besserte sich ihr Zustand etwas, sodass Clara in das Haus der Groots hinübergehen konnte, um sich etwas auszuruhen. Nach zwei Stunden kehrte sie jedoch zurück. Bis zu Doktor Crantz' zweitem Besuch gegen Mittag hatte sich Augustes Zustand wieder verschlechtert.

Clara und Johanna wichen nicht mehr von Augustes Seite. Dr. Crantz kam am Nachmittag noch einmal und sagte, nun könne er nichts mehr tun. Auch Clara und Johanna sahen, dass Auguste im Sterben lag. Ihr Herz schlug nur noch schwach, und sie atmete flach und schnell. Sonst rührte und regte sie sich nicht.

Der Arzt wunderte sich nicht über Augustes Zustand, und als Clara ihm von dem mehrstündigen Geburtsstillstand erzählte, wunderte er sich nur darüber, dass Auguste überhaupt noch am Leben war. Er dankte Clara für ihre schnelle Hilfe in der Nacht. Clara begriff, warum es um Auguste so schlecht stand und dass sie sich nichts vorzuwerfen hatte. Trotzdem konnte sie es nur schwer aushalten, dass sie an der Sterbenden einen Eingriff vorgenommen hatte, über den sie mit niemandem außer mit Johanna reden durfte. Dass dieser Zangeneinsatz wenigstens das Kind hätte überleben lassen, empfand sie nur als schwachen Trost.

Als Johanna mit dem Säugling am nächsten Morgen zum ersten Mal am Fenster der Kammer saß und ihm das Fläschchen gab, das sie ihm bereitet hatte, betrachtete sie es eingehend. Sie strich ihm das Häubchen vom Kopf, um das kleine Gesicht besser zu sehen. Erschrocken sah sie etwas, das sie bei Nacht noch nicht bemerkt hatte: An den Schläfen hatte die Zange deutliche Spuren hinterlassen. Die Magd war nicht im Zimmer, und Clara war mit der Wöchnerin am Bett beschäftigt. Johanna wartete, bis Clara ihre Arbeit beendet hatte, und rief sie dann leise zu sich.

Erschrocken hielt Clara den Atem an und fuhr sich mit der Hand an die Wange.

Doch Johanna beruhigte sie mit den Worten: «Welche Wahl hattest du? Vielleicht verwachsen sich die Male mit der Zeit, und selbst, wenn nicht – dann kämmt sie eben ihr Haar darüber und verdeckt die Stellen mit einer Haube.» Liebevoll betrachtete sie das Kind, das nach der sättigenden Mahlzeit zufrieden die Augen schloss und wohlig schmatzte, ehe es einschlief.

Johanna lächelte. «Sieh nur, Clara. Das ist dein großartiges Werk! Hör auf, dir krause Gedanken zu machen!»

«Vielleicht hast du Recht», sagte Clara leise. «Dass ich mich strafbar gemacht habe, wiegt dagegen nicht so schwer.»

Johanna sah Clara fragend an.

«Ich müsste mich sehr täuschen, wenn es den Hamburger Hebammen mittlerweile gestattet wäre, chirurgische Instrumente zu führen.»

Johanna erschrak, aber sie war zu froh über das gerettete und ganz offenbar gesunde Kind, um Claras Mitteilung besonders ernst zu nehmen. «Was redest du da? Diese Zange ist doch kein chirurgisches Instrument! Du hast nichts durchschnitten, getrennt, zertrümmert, durchstochen. Mir kam es vor, als benutztest du nur wenig mehr als deine eigene Hand.»

«Mir auch. Aber ich fürchte, wie finden in ganz Hamburg niemanden, der das genauso beurteilt.»

Johanna drückte sich das Kind an die Brust. Clara rückte sein Häubchen zurecht und legte ihm eine Decke über. Eine Weile betrachteten beide Frauen still das schlafende Mädchen. Johanna war ganz ergriffen von diesem Moment der Stille, denn der Anblick des kleinen Wesens ließ sie etwas von dem Wunder der Schöpfung spüren. Auch Clara sah sie die Rührung an.

«Willst du die Kleine nicht wieder in die Wiege legen?», fragte Clara nach einer Weile.

«Ach, ich halte sie noch ein wenig», erwiderte Johanna. «Sieh nur, wie sie sich an mich schmiegt.»

Clara räusperte sich unbehaglich. «Johanna», begann sie dann zaghaft. «Ich tue es ungern, aber ich muss dich bitten, keiner Seele etwas von der Zange zu sagen.»

Johanna sah die Freundin mit großen Augen an und sagte zunächst nichts. «Und wenn nun die Hebamme hier auftaucht, diese Gerlinde Harms?», fragte sie nach einer Weile. «Wie willst du ihr erklären, in welchem Zustand sich Auguste befand, was du getan hast und warum wir nicht nach ihr geschickt haben?»

Clara schien einen Moment zu überlegen, ehe sie sagte: «Mit der werde ich schon fertig. Auguste allein zu lassen, mitten in der Geburt, war unverantwortlich, selbst wenn sie nicht richtig einschätzen konnte, in welchem Stadium sich die Geburt befand. Nein, um die Harms mache ich mir keine Sorgen. Der schildere ich, was sich hier ereignet hat, fast genauso, wie es war, nur ohne die Zange. Aber wenn ich's recht bedenke, kann ich dir wohl nicht zumuten, es deinem Vater zu verheimlichen. Ihm sollten wir uns anvertrauen.» Und mit einem kleinen Lächeln fügte sie hinzu: «Es scheint ja ohnehin kaum möglich zu sein, ihm etwas zu verheimlichen.»

Gedankenvoll strich Johanna dem Säugling über die von der Zange gezeichnete Stelle. «Vielleicht ist es besser, wenn er Bescheid weiß. Mag sein, dass die Kleine später sein heilkundliches Können braucht.»

Clara schloss die Augen. «Du meinst, die Zange könnte etwas bei ihr zerstört haben?»

«Wer weiß … Welche Erfahrungen hast du denn mit diesem Instrument?»

Clara wandte sich vom Fenster ab und ging einige Schritte in der Kammer auf und ab. Als sie sich schließlich überwunden hatte zu sagen, dass von Erfahrung nicht die Rede sein konnte, erschrak Johanna zunächst. Sie warf den Kopf so heftig zu Clara herum, dass ihr die roten Locken ins Gesicht fielen. Clara sah sie unbehaglich an.

«Trotzdem hast du richtig gehandelt», sagte Johanna nachdenklich. Ihre Miene hellte sich auf. «Unsere Zeit wimmelt von Erfindungen. Stell dir vor, wir lebten wie die Menschen vor hundert oder auch nur fünfzig Jahren! Es käme einem Verbrechen gleich, all die hilfreichen Neuerungen nicht zu nutzen. Irgendwann benutzt jeder irgendetwas zum ersten Mal.»

Clara nickte. Johanna hatte ihr aus dem Herzen gesprochen. «Wir müssen uns Klarheit darüber verschaffen, ob die Hamburger Hebammenordnungen geändert wurden, seit ich fortgezogen bin. Ob dein Vater das wohl für uns tun könnte, ohne Verdacht zu erregen? Er muss ja nicht die Hebammen befragen, sondern diejenigen Ärzte, die über die Hebammenordnungen wachen. Und mit denen hat er doch ständig zu tun, nicht wahr?»

Am nächsten Tag waren alle von früh bis spät so beschäftigt, dass niemand mehr an die Zange zu denken schien. Johanna jedenfalls tat es nicht. Nach Augustes Tod wurde nach ihrem Mann, dem Kaufmann Heinrich Peters, geschickt. Etliche Erkundigungen mussten eingezogen werden, ehe sich überhaupt jemand fand, der wusste, wo er sich aufhielt. Mit Hilfe der Magd wurde eine Schwester der Verstorbenen auf der anderen Elbseite ausfindig gemacht. Sie konnte jedoch nicht kommen, da sie sehr krank war und selbst Hilfe brauchte. Folglich übernahmen die Groots und Clara alles, was getan werden musste, um die Beerdigung von Auguste und eine Nottaufe des Kindes in die Wege zu leiten. Auf die Nottaufe bestand Doktor Crantz, weil er das einstweilen elternlose Kind für zu schwach hielt, um sich seines Fortlebens gewiss zu sein.

Johanna bestimmte, dass es auf den Namen Constanze Auguste getauft werden sollte. Irgendeinen Namen musste ihm der Pastor bei der Nottaufe schließlich geben, und als Johanna darüber nachdachte, merkte sie immer wieder, dass sie dem Kind vor allem Stärke wünschte. Es sollte zunehmen und wachsen und unbeirrt von den widrigen Umständen seiner Geburt seinen Weg gehen. «Konstant», flüsterte sie eindringlich, als sie das Kind betrachtete. «Sei konstant!» Niemand hatte gegen den Namen etwas einzuwenden.

Schon nach drei Tagen war Constanze bereits zum Mittelpunkt des Grootschen Haushalts geworden. Nachdem sie die Nacht nach ihrer Geburt vor Erschöpfung durchgeschlafen hatte, schlief sie nie länger als höchstens drei Stunden auf einmal, aber alle waren – trotz Schlafmangels – recht froh zu sehen, dass sich Constanze von den Strapazen der langwierigen Geburt zu erholen schien. Clara bereitete ihr den gleichen Trank, den auch die kleine Miranda in Glückstadt bekam. Der Säugling war so winzig, dass er pro Mahlzeit nicht viel davon zu sich nehmen konnte. Umso öfter musste er gefüttert werden. Constanzes kurze Schlaf- und Wachzeiten prägten nun den Groot'schen Haushalt, in dem sich Tage und Nächte nur noch durch die Helligkeit und den Lärm vom Fleet her unterschieden.

Clara und Johanna wechselten sich in der Säuglingsbetreuung ab, aber während Clara lediglich gewissenhaft die Arbeit machte, die ihr so unverhofft zugewachsen war, und dazu noch der Freundin half, fühlte sich Johanna dem Kind von Stunde zu Stunde verbundener. Als die Peters'sche Magd am dritten Tag kurz ins Haus kam und den Groots bei einem verspäteten Mittagessen kurz nach drei Uhr mitteilte, Peters werde am Abend in Hamburg eintreffen, sagte Johanna hinterher zu Clara und ihrem Vater: «Heinrich soll erst einmal in Ruhe Augustes Tod beweinen und ihren Nachlass regeln. Eine Entscheidung darüber, was mit Constanze geschehen soll, hat doch Zeit! Er soll nichts Überstürztes tun. Sie kann doch so lange hier bleiben, bis eine gute Lösung gefunden wird.» Sie hatte bei diesen Worten auf ihren Teller geblickt, aber nun hob sie den Kopf. «Ist dir das recht, Vater?»

Im selben Moment ertönte aus Johannas Kammer Säuglingsgeschrei, obwohl Johanna das Kind erst eine halbe Stunde vorher schlafen gelegt hatte.

Johanna stand sofort auf, um nach Constanze zu sehen, und blickte ihren Vater drängend an. «Es ist dir doch recht?»

«Das weißt du doch», sagte Groot.

Johanna strahlte und nickte dankbar. «Ja, Vater, ich weiß.» Dann eilte sie zu dem schreienden Säugling.

«Ich war ja nicht dabei, damals in London», sagte Groot zu Clara, als er Johanna kopfschüttelnd nachsah. «Aber so ähnlich muss es Henriette wohl mit dir ergangen sein.»

«Und jetzt soll sich das Ganze unheilvolle Geschehen wiederholen», sagte Clara leise und blickte starr auf den Platz, an dem Johanna gesessen hatte. Sie sprach mehr zu sich selbst als zu Groot.

«Wer hat eigentlich diese Gemüsesuppe gekocht?», fragte Groot. «Sie schmeckt köstlich. Gib mir bitte noch etwas davon.»

Clara fuhr sich mit der Hand über die Augen, um die verstörenden Gedanken zu vertreiben, die ihr kamen. «Mathilde von gegenüber hat sie gebracht», sagte sie, trug Groots Teller zum Herd und füllte ihm Suppe nach. Als sie den Teller wieder vor ihn stellte, zwang sie sich zu einem Lächeln. «Essen Sie nur!»

Das tat er, während Clara weiter den Gedanken nachhing,

die – wie so oft in den letzten zwei Jahren – um die Erzählungen über ihre eigene Geburt kreisten. Aus diesen Erzählungen wusste sie, dass ihre wirkliche Mutter damals um die zwanzig Jahre alt war, genau wie sie jetzt, und genauso aussah wie sie jetzt. Dieselben weichen braunen Locken und dieselben hellbraunen Augen, dasselbe runde Gesicht mit der zarten, fast durchsichtig wirkenden Haut. Mehr wusste sie von ihrer Mutter nicht. Doch das wenige und die Tatsache, dass Henriette bei der Geburt dabei war, genügten, um eine vage Verbindung herzustellen. Von ihrem Vater wusste Clara hingegen gar nichts, außer dass sich der Mann, mit dem ihre Mutter in der Londoner Herberge war, noch während der Geburt aus dem Staub gemacht hatte. Was für ein Leben ihre Mutter mit diesem Mann vor sich gehabt hätte, wäre sie nicht bei der Geburt gestorben, hatte sich Clara schon oft gefragt, so auch jetzt. Dieser ihr so vertraute Gedankenreigen endete immer bei der Frage, wer der Mann war, der sich so grausam aus der Verantwortung gestohlen hatte. War er ihr Vater? Und wenn ja: Wer war er? Aus Beschreibungen der Londoner Wirtsleute hatte Clara ein recht genaues Bild von ihm, dem großen, stattlichen, prächtig gekleideten Kaufmann von Stetten. Und einmal, so fürchtete sie, hatte sie ihn womöglich in Glückstadt gesehen, in Gestalt jenes betrügerischen Großkaufmanns Roselius, dem sie selbst das Handwerk gelegt und der sich so auffällig aus dem Staub gemacht hatte, als er sie erblickte. Clara wollte nicht glauben, dass es ein und derselbe Mann war. Und nun lebte dieses kleine und wie sie mutterlose Wesen, das mit ihrer Hilfe geboren worden war, mit im Haus. Niemand wusste, wo es aufwachsen würde, ein Niemandskind, genau wie sie. Ohne es zu merken, schluchzte Clara auf.

Groot legte den Löffel aus der Hand und sah Clara ernst

an. «Es muss jetzt unser Bemühen sein, einem Kind, dessen Mutter unter der Geburt starb, ein Zuhause zu geben.»

Clara schreckte aus ihren Gedanken auf. «Wie, bitte?»

Groot merkte, dass Clara nicht zugehört hatte. «Falls du nichts dagegen einzuwenden hast, dass Constanze bei Verwandten von Heinrich Peters aufwächst, und falls du nichts dagegen hast, dass sie möglicherweise gar bei uns bleibt ...» Groot hielt kurz inne, als er Claras erschrockenes Gesicht sah. «Was ist es, das dir Sorgen macht?»

«Natürlich soll für Constanze gesorgt werden», sagte Clara schnell.

«Was also macht dir Sorgen?», fragte Groot noch einmal.

«Ich ... ach ...», murmelte Clara und grub sich die Hände in die Wangen.

«Was quält dich so? Deine ungewisse Herkunft? Constanzes Herkunft ist nicht ungewiss.»

«Ja ... ich ...» Clara riss die Schürze hoch und presste sie sich ans Gesicht, wie um die Tränen zurückzudrängen, die ihr in die Augen schossen. Es gelang ihr, sich zu beherrschen, doch es klang wie erstickt, als sie sagte: «Sie haben Recht. Es ist alles ganz anders. Constanze wird wissen, wer ihre Eltern waren.» Eine Weile schwiegen beide, und als Clara merkte, dass Groot immer noch sorgenvoll auf sie blickte, sagte sie: «Henriette war mir eine wunderbare Mutter. Trotz ihres späten Geständnisses bin ich mit ihr ganz eins. Dasselbe wünsche ich Constanze. Und meine leibliche Mutter konnte ja nichts dafür, dass alles so gekommen ist. Was mich dagegen wirklich quält, ist der unbekannte Vater.»

Clara hatte sehr leise gesprochen, und Groot schien zu überlegen, was er ihr antworten konnte, als Johanna mit Constanze im Arm in die Küche kam.

«Ist nicht hungrig und nicht nass, war warm zugedeckt,

und das Bäuchlein ist ganz weich.» Johanna lachte und hob Constanze hoch über ihren Kopf. «Ich glaube, sie will sich nur ein wenig in ihrer neuen kleinen Welt umschauen und…» Sie unterbrach sich, als sie auf ihren Vater und Clara blickte. «Was macht ihr denn für Gesichter?» Dann drückte sie Constanze an sich und blickte auf das kleine, zufriedene Gesicht. «Ist dir so eine griesgrämigen Gesellschaft recht?»

Groot räusperte sich. «Trag sie nur herum, solange du sie noch hast», sagte er. «Vergiss aber nicht, dass sie gelegentlich schlafen sollte.» Dann stand er auf und sagte brummig: «Ich gehe wieder runter. Zeiten sind das! Mittagessen um drei Uhr!» Er kam um den Tisch herum und legte Clara die Hände auf die Schultern. «Die Aufgabe, einem Kind ins Leben zu helfen, endet eben nicht bei der Geburt. Sei stolz darauf, was du für Constanze getan hast und immer noch tust, und lass die Vergangenheit ruhen.» Ermutigend drückte er Claras Schultern und ging auf die Treppe zu, die in die Apotheke hinabführte.

Johanna setzte sich wieder an den Tisch. «Was sagt er da?», fragte sie und blickte ihrem Vater nach. «Habt ihr über die Zange gesprochen?» Und ohne eine Antwort abzuwarten, reichte sie Constanze zu Clara hinüber. «Nimmst du sie bitte kurz? Ich habe noch gar nicht fertig gegessen.»

Clara legte sich den Säugling auf den Schoß, und wieder empfand sie das Glück, das ihr der Anblick eines Neugeborenen stets bereitete. Jetzt mischte es sich jedoch mit dem Unbehagen, das mit dem Nachdenken über ihren Vater einherging. Mit Peters' baldiger Ankunft wurde auch die Frage nach der Rechtmäßigkeit des Zangeneinsatzes drängender. Clara schob Constanzes Säuglingshaube beiseite, und besorgt betrachtete sie die Zangenmale an dem kleinen Kopf. Würde Peters sie bemerken? Würde er ihr deswegen Fragen stellen?

«Wie lange wir sie wohl noch behalten können ...», murmelte Johanna unruhig. Auch sie hatte an Peters' Rückkehr gedacht.

«Mir ist gar nicht wohl dabei, dass niemand etwas von der Zange weiß», sagte Clara. «Stell dir nur vor, Constanze könnte doch in irgendeiner Weise davon geschädigt sein und ärztliche Hilfe brauchen! Dann muss man doch wissen, woher ihre Schwierigkeiten rühren!»

Johanna legte ihren Löffel in den leeren Teller und nahm das Kind wieder an sich. «Es gibt doch keinerlei Hinweis darauf, dass Constanze Schaden genommen hat», sagte sie. «Und sieh nur!» Mit zärtlichem Blick über den Säugling gebeugt, fuhr sie sacht mit den Fingern über seinen Kopf. «Die Dellen bilden sich zurück. Gestern waren sie noch tiefer. Das ganze Köpfchen rundet sich ab. Siehst du?»

Neugierig beugte sich nun auch Clara über das Kind und betrachtete es eingehend. «Da siehst du mehr als ich», befand sie nach einer Weile. «Wenn du mich fragst, so sehe ich deutlich, was hier geschehen ist.»

«Weil du es weißt», hielt Johanna dagegen und schob das Häubchen wieder zurecht. «Ich sage dir: Constanze ist gesund. Sei ganz beruhigt. Ihre dichten Haare tun ein Übriges, den kleinen Schönheitsfehler zu verbergen.» Johanna stand mit dem Kind im Arm auf. «Wenn sie geschlafen hat, will ich sie baden. Ihr Vater soll stolz auf sie sein. Möchtest du dabei sein?»

«Ja, gern», erwiderte Clara und hoffte zu verbergen, wie besorgt sie war.

Fünf

Hamburg
Juli 1634

Tatsächlich schien Heinrich Peters an seiner Tochter nichts Ungewöhnliches zu bemerken, denn er würdigte sie kaum eines Blickes. Zu groß war sein Schmerz über den Tod seiner Frau und zu groß seine Enttäuschung darüber, dass ihm die Frau genommen worden war und er nicht wenigstens den ersehnten Sohn und Erben dafür bekommen hatte. Er hatte um das schwache Herz seiner Frau und die Warnungen des Arztes gewusst. Nur in der Hoffnung auf einen Sohn hatte er ihr die Strapazen einer Schwangerschaft zugemutet. «Nun habe ich nichts mehr. Und es ist meine Schuld», sagte er, als er mit Clara und den Groots in seiner guten Stube saß. Bitter machte er eine ausladende Handbewegung durch den reich möblierten Raum. Die Schränke und Truhen, Stühle und Teppiche, Gemälde, Kandelaber, Vasen und Schalen, der ganze Wohlstand hatte keinerlei Bedeutung mehr.

«Gar nichts?» Johanna drehte Constanze um, die in ihrem Arm schlief, sodass Peters ihr Gesicht sehen konnte. «Ist das gar nichts?»

Traurig blickte Peters erst seine Tochter an und dann Johanna. «Gewiss nicht», sagte er. «Es soll ihr an nichts fehlen. Ich werde gut für sie sorgen. Aber hier kann sie nicht bleiben. Ich bin oft auf Reisen, und ich will nicht, dass sich stets nur eine Amme oder Kinderfrau um das Kind kümmert. Ich werde mich in der Verwandtschaft umsehen, ob sich jemand seiner annehmen kann.» Dankbar nahm er das Angebot der Groots an, für Constanze zu sorgen, bis ein neues Zuhause für sie gefunden war.

Dass Peters nichts Ungewöhnliches an seiner Tochter zu bemerken schien, erklärte sich Clara damit, dass er wohl ohnehin nicht so genau wusste, wie Neugeborene aussahen. Doch auch Doktor Crantz erwähnte die ungewöhnliche Kopfform mit keinem Wort, und die Hebamme Gerlinde Harms zeigte keinerlei Interesse an den Geschehnissen. Sie schien froh zu sein, keine Geburt mit tödlichem Ausgang begleitet zu haben, und damit war für sie die Sache erledigt.

Als Constanze nun über die Rückkehr Heinrich Peters' hinaus im Apothekershaushalt blieb, merkte Clara, dass sie das Gedeihen des Kindes nicht nur aus Besorgnis mit mehr Innigkeit beobachtete als bei anderen, die sie in den ersten Lebenstagen betreute. Sonst hatte sie außer den täglichen Besuchen nichts mit den Kindern zu tun, die sich in der Obhut ihrer Mütter befanden. Constanze hingegen war immer da, jede ihrer Regungen wurde von Clara und Johanna bemerkt, und es war schlicht unmöglich, diesen Säugling nur als ein Wesen zu sehen, dessen leibliche Versorgung zu gewährleisten war.

In der Nacht nach Peters' Rückkehr fütterte Clara das Kind in der Kammer der schlafenden Johanna und wiegte es anschließend liebevoll in den Schlaf. Und plötzlich fragte sie sich zum ersten Mal im Leben, wie es wohl wäre, selbst ein Kind zu haben. Unwillkürlich musste sie an Willem denken und daran, dass sie eigentlich genug Zeit hatte, um ein Kind zu versorgen. Doch als sie merkte, welche Überlegungen sie da anstellte, schüttelte sie den Kopf und dachte: Und dann kauert plötzlich wieder eine Gebärende vor meiner Tür, und ich muss alles stehen und liegen lassen, um ihr zu helfen. Nein, es geht nicht. Trotzdem hing sie dem Gedanken nach, bis Constanze schlief, und als sie ins Besucherzimmer zurückgegangen war, das sie während ihres Aufenthalts bewohnte, und sich wieder zu Bett legte, wunderte sie sich über die Gefühle, die in ihr erwacht waren.

Sie war schon am Einschlafen, als sie der Gedanke an Glückstadt aufschrecken ließ. Ich muss Lene endlich schreiben, dachte sie schuldbewusst. Gleich morgen werde ich es tun. Und dann wird sich vielleicht auch schon etwas mit der Zange ergeben.

Sie war erleichtert darüber, dass sich im Laufe des Tages endlich eine Gelegenheit ergeben hatte, Groot von der Zangenbenutzung zu erzählen und ihn zu bitten, die Rechtmäßigkeit dieses Vorgehens in Erfahrung zu bringen.

Tags darauf brachte Groot zum Mittagessen eine Einladung für Clara mit nach oben. Ein Bote habe sie in der Grootschen Apotheke abgegeben. Sie stammte von Rose Wolters, einer Freundin und Kollegin Henriettes, die Clara im Namen etlicher Hamburger Hebammen zu einem Treffen einlud.

Clara staunte über den förmlichen Charakter und die Höflichkeit dieser Einladung, worauf Groot sie fragte: «Ist dir denn nicht klar, welche Rolle Henriette unter den hiesigen Hebammen spielte – und damit auch du, als ihre Nachfolgerin? Henriettes Tod hat eine große Lücke ins Gefüge der Hamburger Hebammenschaft gerissen, und dass du gleich darauf die Stadt verlassen hast, hat diese Lücke nicht eben schließen geholfen. Ich vermute, nun erwartet man von dir, dass du dich zu einer zweiten Henriette gemausert hast, zumal deine Schriften auch hier bekannt geworden sind. Daher das rege Interesse an dir. Im Übrigen mag dein unverhofftes und segensreiches Einschreiten bei Constanzes Geburt ein Übriges getan haben, um deinem Glorienschein noch mehr Glanz zu verleihen.»

Clara hörte auf, in der Grütze zu rühren, die auf dem Herd köchelte, und sah Groot mit großen Augen an. «Das glaube ich nicht», sagte sie. «Das ist doch nur Gerede!»

«Nun, möglicherweise habe ich ein wenig übertrieben», räumte Groot ein und setzte sich zu Tisch. «Allerdings stehe ich mit Rose in Verbindung und mit den Ärzten sowieso. Ich versichere dir: Du genießt hier einen außerordentlichen Ruf. Wusstest du das wirklich nicht? Wie auch immer – die Hebammen zu treffen ist doch ganz in deinem Sinne. Das wolltest du doch ohnehin tun, nicht wahr?.»

«Schon», gab Clara zu. «Aber nicht so offiziell. Es ist ja gerade so, als sollte ich dort als Ehrengast eine Rede vortragen.»

Groot schmunzelte. «Ich glaube tatsächlich, man erwartet, einiges von dir zu hören. An deiner Stelle würde ich mir vor dem Treffen zurechtlegen, was du zu berichten wünschst.»

Johannas Stimme drang in die Küche, noch bevor sie den Raum betrat. Groot hörte auf zu sprechen, und er und Clara blickten Johanna entgegen. Die Mittagssonne fiel seitlich ins Küchenfenster, das zum Fleet hinausging. Das helle Licht zeigte, wie müde Johanna war – müde, aber zufrieden. «Die Bauchmassage, die du mir gezeigt hast, scheint sehr wirkungsvoll zu sein», sagte sie zu Clara, als sie auf den Tisch zuging. «Constanze hat sich beruhigt und ist sogar wieder eingeschlafen.» Sie wollte sich wohl schon auf einen Stuhl fallen lassen, als sie sich wieder aufrichtete und zu dem Grützetopf an den Herd ging. «Entschuldigt bitte! Ich vernachlässige alles andere. Jetzt muss der Gast in unserem Haus auch noch kochen! Ist es denn schon so spät?»

Clara legte die Einladung auf den Küchentisch. «Setz dich einfach hin, Johanna», sagte sie. «Für uns ist Mittagszeit, für dich noch die Tag- und Nachtgleiche, die die meisten jungen Mütter in den ersten Wochen nach einer Geburt durchleben. Ruhe dich etwas aus.»

«Danke, Clara.» Johanna setzte sich an den Tisch. «Muss ich wirklich kein schlechtes Gewissen haben? Du sollst hier doch …»

«… mal etwas anderes erleben?», führte Clara ihren Satz weiter, als Johanna kurz zögerte. «Genau das tue ich. In Glückstadt koche ich dank Lene und Willem höchst selten. Mach dir keine Sorgen um mich! Im Übrigen umfasst gute Säuglingspflege nicht nur die Aufgaben der Mutter, sondern auch die Umsorgung der Mutter. Auch dieses Privileg kommt mir in dieser Form sonst nicht zu.» Sie stellte die Grütze auf den Tisch. «Und nun iss!»

Als alle den gröbsten Hunger gestillt hatten, sagte Groot zu Johanna: «Bevor Clara uns verlässt und wir wieder allein sind, müssen wir uns darüber unterhalten, wie wir unsere Tagespflichten anders aufteilen, solange Constanze bei uns ist. Am besten stellen wir jemanden ein, der einfache Haus- und Laufarbeiten übernimmt, damit du dich um Constanze kümmern kannst und ich um die Apotheke.»

Johanna machte ein sehr bekümmertes Gesicht. «Ach, Vater», sagte sie. «Ich darf dich doch nicht mit der Apotheke allein lassen. Wenn Constanze schläft, kann ich doch …»

Clara fiel ihr ins Wort: «… ausruhen, Kraft schöpfen, Windeln waschen, das nächste Fläschchen bereiten. Himmel, Johanna! Gewiss ist es für dich ungewohnt, jetzt für Constanze statt für deinen Vater und die Apotheke da zu sein. Aber so ist es jetzt. Und es ist Aufgabe genug.»

«Das will ich meinen», sagte Groot.

Zweifelnd blickte Johanna vom einen zum anderen.

Clara beugte sich zu ihr vor und legte ihr eine Hand auf den Arm. «Ich verstehe dich ja. Du glaubst nicht, bei wie vielen jungen Müttern ich das Gleiche erlebe. Das Kind hält sie unentwegt auf Trab und raubt ihnen den Schlaf, und trotzdem haben sie den Eindruck, dass sie den lieben langen Tag nichts schaffen. Oder ihre Männer reden es ihnen ein. Sei froh, dass dein Vater würdigt, was du tust, und nimm seinen Vorschlag ernst.»

Johanna strich sich die zerzausten roten Locken aus der Stirn und sah ihren Vater an. «Wird es dir denn nicht zu viel?», fragte sie.

Groot machte eine unwirsche Handbewegung. «O doch, mir wird es durchaus zu viel. Auch dir wird es zu viel. Und Clara hat sich ihren Aufenthalt hier anders vorgestellt.» Er sah Johanna ungeduldig an. «Was folgt daraus? Dass wir Constanze sich selbst oder dem zerknickten Peters überlassen? Das sind Fragen, die sich nicht stellen, mein Kind. Und das weißt du selbst. Constanze ist da, und wir können nicht so weitermachen wie bisher. Punktum.»

Johanna nickte, und ihr Gesicht drückte eine Mischung von Ergebenheit, Dankbarkeit und Erleichterung aus.

»Und was dich angeht, meine Liebe», sagte Groot mit strenger Miene zu Clara, «auch du bist übermüdet und hier in eine ganz merkwürdige Lage geraten, halb Clara auf Reisen, halb Hebamme in einer höchst prekären Lage.» Er zeigte auf den Grützetopf. «Du solltest deinen Glückstädter Freunden übrigens gestehen, dass du durchaus in der Lage bist, dich und andere zu bekochen – wohlschmeckend und nahrhaft dazu.»

«Das stimmt», sagte Johanna und wischte mit einem Stück Brot über ihren fast leer gegessenen Teller. Ehe sie es sich in den Mund steckte, sah sie ihren Vater vorwurfsvoll an. «Jetzt machst du mir doch noch ein schlechtes Gewissen! Findest du die Lage, in die wir Clara bringen, wirklich prekär?»

«Das meinte ich nicht», sagte Groot. «Ich sprach von der Zange», erwiderte er. «Derlei ist nach wie vor verboten, wie ich heute in Erfahrung bringen konnte. Dabei war selbstverständlich nicht ausdrücklich von einer Geburtszange die Rede, weil es sie hierzulande gar nicht gibt. Aber der Gebrauch jedweder Instrumente für leibliche Eingriffe ist Hebammen nicht erlaubt. Der alte Hut. Und ich denke, jeder würde hier zu dem Urteil kommen, dass eine Zange ein Instrument für einen leiblichen Eingriff ist.»

Clara biss sich auf die Lippen.

Johanna legte Clara die freie Hand auf den Arm. «Tut mir so Leid», murmelte sie. «Und es ist so dumm! Was hätte Constanze sonst ins Leben geholfen?»

Clara tippte mit dem Zeigefinger auf die Einladung und sah Groot dabei sorgenvoll an. «Sie kennen den genauen Inhalt nicht, oder?»

«Gewiss kenne ich den Inhalt», erwiderte der. «Es ist die Einladung. Der Bote hat es ja ...» Erschrocken brach er ab. «Bittet Rose dich etwa ausdrücklich um Auskunft über ...» Wieder brach er ab und sah Clara nur an.

Clara nickte stumm. «Nicht ausdrücklich, aber sie macht trotzdem ganz klar, dass es den Hamburger Hebammen just darum geht.»

«Um Himmels willen!», rief Johanna aus. «Wissen sie denn, dass du die Zange bei dir hast?»

Clara zuckte mit den Schultern und sagte nachdenklich: «Das wohl nicht. Wahrscheinlich wissen sie nicht einmal, dass ich überhaupt eine besitze. Aber sie wissen, dass ich etwas darüber weiß. Und da ich mein Wissen nicht erfunden, sondern erworben habe und darüber beispielsweise mit den Londoner Hebammen korrespondiere ... Vermutlich denkt man hier fälschlicherweise, dass ich die Zange auch schon benutzt habe und ...»

Clara brach ab und schlug sich die Hände vors Gesicht. Was sagte sie da? Nun hatte sie ja tatsächlich Erfahrung im Umgang mit der Zange. Sie hatte sie benutzt! Das Ergebnis schlummerte, von Bauchweh befreit, in Johannas Kammer. Sie nahm die Hände von den Augen, presste sie an die Wangen und sah Johanna ganz verzweifelt an. «Was soll ich denn ...?» Wieder brach sie ab, aber nun rief sie sich zur Vernunft. Ruhig legte sie die Hände auf den Tisch und blickte Johanna und Groot bestimmt in die Augen. «Nein, niemand außer euch kann wissen, dass ich die Zange bei Constanzes Geburt benutzt habe. Trotzdem bittet mich Rose nun um einen Bericht.»

«Dann halte ihn allgemein und akademisch», sagte Groot.

«Das hieße: leugnen, welchen Segen die Zange uns gebracht hat», sagte Johanna hitzig. «Ich finde, es ist höchste Zeit, dieses lebensrettende Instrument aus seinem Schattendasein hervorzuholen.»

«Und Clara in ein Schattendasein zu stürzen?», sagte Groot und sah seine Tochter missbilligend an. «Und uns dazu. Womöglich gar Constanze. Du kennst doch das Gerede über Geburten, denen irgendetwas Ungewöhnliches anhaftet. Die Kunde geht von Mund zu Mund, und bald schon kommt Satan ins Spiel. Nein, nein, ich denke, äußerste Vorsicht ist angeraten.»

«Das meine ich auch», sagte Clara. «Trotzdem hat Johanna Recht. Man darf Neuerungen nicht zurückhalten, um die eigene Haut zu retten. Bedenkt nur die Vorgänge um Galilei. Nicht dass ich mich mit ihm messen wollte, ich meine nur:

Egal, worauf er beharrt oder was er widerruft, wichtig ist, dass seine Erkenntnisse publik werden. Irrtümer sind dabei unvermeidbar, aber kein Grund, Dinge geheim zu halten. Sonst kommt die Menschheit ja nie weiter.»

«Genau!», sagte Johanna voller Überzeugung, doch Groot wiegte bedenklich den Kopf.

«Denke noch einmal in Ruhe darüber nach, Clara», sagte er. «Und du auch, mein Kind!», fügte er, an Johanna gewandt, hinzu. Dann kam ihm ein hilfreicher Gedanke. «Ich kenne einen jungen Botaniker, der ein hervorragender Zeichner ist. Was haltet ihr davon, wenn er nach Claras Angaben eine Zeichnung anfertigte, anhand deren Clara das Instrument und seine Handhabung erklären könnte?» Er beugte sich zu Clara vor. «Eine solche Zeichnung könnte deinen Bericht so anschaulich machen, dass er nicht dem rein Akademischen verhaftet bliebe, und du bräuchtest trotzdem nicht von eigenen Erfahrungen zu sprechen.»

Von diesem Vorschlag war Clara sehr angetan. Ehe Groot wieder zur Apotheke hinunterging, versprach er, nach dem jungen Botaniker zu schicken.

In einem respektablen Wirtshaus am Hopfenmarkt, das über ein mit dunklem Holz verkleidetes ordentlich bestuhltes Hinterzimmer verfügte, fand eine Woche später das Treffen statt. In der Zwischenzeit hatte Gerlinde Harms auch Johanna dazu eingeladen und gegen Claras Protest darauf bestanden, sie solle Constanze mitbringen. Sie war sich immer noch vollkommen darüber im Unklaren, dass sie den Geburtsverlauf bei Auguste Peters ganz falsch beurteilt hatte. Clara hatte sich mittlerweile schon gefragt, ob Auguste noch lebte, wenn sie nicht fast einen ganzen Tag lang mit einem Geburtsstillstand allein gelegen hätte. Sie verzichtete jedoch darauf,

Gerlinde zur Rede zu stellen, weil sie wegen der Zange jegliches ausführliche Gespräch über die Geburt vermeiden wollte.

Das Treffen hatte zunächst einen viel geselligeren Rahmen, als Clara erwartet hatte. Man bestürmte sie mit Fragen über Glückstadt und weniger über ihre Arbeit. Beruflich richtete sich das Interesse der Kolleginnen eher auf Johanna als Apothekengehilfin denn auf sie. Johanna wurde nach neuen Rezepturen für schmerzlindernde und blutstillende Mittel befragt. Und immer wieder bewunderte man die kleine Constanze und Johannas aufopferungsvolle Fürsorge.

Clara jedoch schaute nervös zu Johanna hinüber. Ständig zupfte sie Constanze das Häubchen in die Stirn, hielt die Hand über ihre Schläfen und schaute auf die Druckstellen, bis Käthe Frings, die Hebamme neben ihr, auch genau hinsah. Unglücklicherweise bat Rose Wolters Clara gerade in diesem Moment darum, über die Zange zu sprechen.

«Was hat sie denn da?», fragte Käthe leise und fuhr mit den Fingern über die Dellen, als Rose laut «Geburtszange» sagte.

Johanna erschrak sichtlich, Käthe zog nachdenklich die Augenbrauen hoch, und es dauerte nicht lange, bis Clara, statt in aller Ruhe und Ausführlichkeit über die Zange zu sprechen, vielen bohrenden Fragen ausgesetzt war. Ganz gegen ihre Absicht gab sie vor lauter Bedrängnis zu, dass sie eine Zange besaß, und setzte gleich hinzu, dass ihr der Glückstädter Magistrat sogar erlaubt hatte, diese Zange zu benutzen.

«Das gilt aber selbstverständlich nur für Glückstadt», sagte sie nachdrücklich. «Allerdings hatte ich dort bislang keine Gelegenheit, die Zange zu benutzen.»

Die Hebammen machten enttäuschte Gesichter, und Clara sagte: «Zum Glück.» Dann merkte sie, dass ihr ganz heiß wurde, denn obwohl es keine richtige Lüge war, so kam es einer Lüge doch sehr nahe, weil sie es so klingen ließ, als habe sie die Zange überhaupt noch nie benutzt. Nur um noch etwas unverfänglich Sachliches hinzuzusetzen, sagte sie: «Ihr Einsatz ist nur bei extremen Notlagen angeraten.»

«So wie bei Auguste Peters?», fragte Käthe Frings ohne jeglichen Argwohn. «Ich frag mich schon seit Tagen, ob Gerlinde nicht einen Geburtsstillstand übersehen hat, als sie dachte, Auguste hätte bloß Vorwehen gehabt. Denn aus dem, was sie so schildert von der Zeit, als sie bei Auguste war, hab ich fast den Eindruck, das waren nicht bloß Vorwehen. Wie hast du Auguste vorgefunden, Clara? Was gab's zu tun?»

Clara zögerte nur kurz, ehe sie sagte: «Als ich zu ihr kam, hatten die Presswehen schon begonnen.»

«Und konnte sie da noch pressen?», fragte eine Hebamme, und eine andere: «Wie herum lag die Kleine überhaupt? Konnte Auguste sie von allein gebären?»

So ging es immer weiter, und die meisten Fragen zielten nun doch darauf ab, ob Clara die Zange nun benutzt hatte oder nicht. Clara selbst trug zu dem dringenden Verdacht der Hebammen bei, indem sie ausweichend antwortete. Und je mehr die Kolleginnen fragten, umso mehr wurden Claras Antworten zu himmelschreienden Lügen. Sie wusste nicht mehr aus noch ein. Einen kurzen Moment lang erwog sie, einfach mit der Wahrheit herauszuplatzen. Denn die Zeichnung, die sie wie einen Rettungsanker aus der mitgeführten Mappe zog, interessierte die Kolleginnen kaum. Sie bestanden darauf, in Erfahrung zu bringen, was wirklich geschehen war.

Schließlich sorgte Käthe Frings noch dafür, dass Constanze einmal um den ganzen Tisch gereicht wurde, damit jede Anwesende ihre Male begutachten konnte. Es war ein heller, klarer Nachmittag, aber da durch die kleinen Fenster nur wenig Licht einfiel, rückten die Frauen die Kerzen, die auf dem Tisch standen, an die Tischkante, um Constanzes Kopf besser sehen zu können. Die vierte oder fünfte stellte sich dabei so ungeschickt an, dass Constanze heißer Wachs auf die Stirn tropfte und sie zu schreien anfing.

Johanna war von der Fragerei inzwischen so aufgelöst, dass sie Constanze an sich riss und gleich mit weinte.

Das schreiende Kind, die schluchzende Johanna, das Wehgeschrei der Hebamme, der das Missgeschick mit der Kerze passiert war, und die ohnehin gespannte Stimmung bei der Inaugenscheinnahme von Constanzes Deformation verursachten ein solches Durcheinander, dass der Wirt herbeieilte. Als er in das Hinterzimmer kam, trat augenblicklich Ruhe ein. Selbst Constanze wimmerte nur noch leise.

Die umsichtige Rose Wolters fasste sich als Erste und besaß die Geistesgegenwart, dem Wirt für sein Erscheinen zu danken und einen großen Krug Wein für die acht Frauen zu bestellen. Als der Wirt wieder gegangen war, blickte sie ernst in die Runde, räusperte sich und sagte: «Nehmen wir einmal an, Clara hätte Auguste in einer Lage vorgefunden, in der sie nach ihrem Kenntnisstand annehmen musste, nur der Gebrauch der Zange könnte Mutter und Kind das Leben retten. Und nehmen wir einmal an, sie hätte die Zange bei sich gehabt, gleich im Nachbarhaus. Was hätte sie dann tun, wie hätte sie entscheiden sollen? Ich glaube, wir alle haben Geburtsverläufe erlebt, nach denen wir später nicht zu sagen wussten, was uns zu dieser oder jener Handhabung gebracht hat. Vor allem nicht, wenn am Ende alles gut gegangen ist. Wir alle wissen, dass wir in solchen Momenten manchmal mit unserem Herrgott allein sind, und ich will annehmen, dass er es ist, der uns manchmal, wenn wir im Grunde nicht weiterwissen, die rechte Eingebung schenkt.»

Einen Moment lang herrschte nachdenkliches Schweigen. Dann fuhr Rose mit sehr leiser Stimme und fast beschwörend fort: «Und noch eins wollen wir zugeben, hier unter uns: Würden wir immer nach dem Buchstaben des Gesetzes handeln, hätte jede von uns mehr unglückliche Geburten zu verzeichnen. Warum haben wir die arme Johanna denn so mit unseren Fragen bestürmt? Doch nicht aus akademischem Interesse! Wir alle benutzen doch Mittel, die wir nicht benutzen dürfen. Sind wir deswegen zu verurteilen? Das eigentliche Ärgernis sind doch die engen Grenzen, die unserer Arbeit gesteckt werden, nicht wir Hebammen, die in Momenten zwischen Leben und Tod das Leben wählen – und damit Mittel, die uns verboten sind. Wer nicht weiß, wovon ich rede, mag Clara weiter mit Fragen bestürmen oder gar den Stab über sie brechen. Ich für meinen Teil meine, dass die Angelegenheit erledigt ist.» Auffordernd blickte sie in die Runde.

Blickten die meisten Frauen zunächst auf ihre Hände oder auf die Tischplatte, so hoben sie nach und nach die Blicke und sahen nacheinander Rose, Clara und dann Johanna an, bis die Erste sagte: «Ich glaube, dieses wohl gesunde Kind erübrigt alle weiteren Fragen. Wir müssen dich wohl um Entschuldigung bitten, Clara. Und auch dich, Johanna.»

Die anderen Hebammen murmelten Zustimmung, doch Käthe Frings sagte mit ehrlichem Interesse: «Das ging vorhin alles viel zu schnell. Ich würde, wenn's denn schon so ist, dieses Treffen gerne nutzen, um Näheres über die Zange zu erfahren. Wie ist es, Clara, wärst du wohl bereit, uns in aller Ruhe zu berichten, was du berichten wolltest, bevor wir dich so rüde angingen? Zeige uns doch noch einmal die Zeichnung!»

Womöglich hätte Clara dieses Ansinnen abgelehnt, wäre nicht der Wirt mit dem Wein zurückgekommen. Bis er allen

Frauen einen Becher eingeschenkt hatte, war wieder so viel Ruhe eingekehrt, dass Clara in die Runde fragte, ob denn allgemeines Interesse an Käthes Vorschlag bestehe, und als alle Zustimmung signalisierten, willigte sie ein.

Johanna beschloss jedoch zu gehen, wickelte Constanze in eine Decke und verabschiedete sich nervös. Clara meinte zu wissen, dass sie sich Vorwürfe machte, Constanze überhaupt zu der Versammlung gebracht und damit der Zangendiskussion Tür und Tor geöffnet zu haben.

«Ich denke, Rose hat die Richtung vorgegeben», sagte Clara leise zu ihr, als sie sie durch den Schankraum nach draußen begleitete. «Wir alle haben unsere Geheimnisse, und ich werde einen Weg finden, klar und verständlich über die Zange und ihre Möglichkeiten zu sprechen, ohne mich und dich und Constanze zu verraten. Vertraue mir nur!»

Clara bemühte sich sehr, das selbst Erlebte mit dem angelesenen Wissen zu verbinden, ohne sich dabei ihre praktische Erfahrung anmerken zu lassen. Die mitgebrachte Zeichnung leistete ihr dabei gute Dienste. Die Klügeren unter ihren Zuhörerinnen merkten trotzdem, dass Clara mehr wusste, als die Zeichnung offenbarte.

Es war eine der Klügeren, die anschließend fragte, ob denn das Instrument nicht schwere Verletzungen bei der Mutter verursachen könne, und von da war es nicht weit bis zum Tod von Auguste Peters. So wurde die Debatte noch einmal äußerst lebhaft. Nun ging es Clara hauptsächlich darum, Gerlinde Harms zu schützen und deren Fehler nicht zu offenbaren, zumal sie sich nicht vollkommen sicher sein konnte, in welchem Zustand Auguste von der Hebamme verlassen worden war. So verzichtete sie darauf, den Geburtsverlauf vor ihrem Eintreffen so zu schildern, wie sie ihn sich vorstellte. Ihr Bericht über die übermäßige Ermattung Augustes und Hinweise auf die Aussagen von Augustes Arzt überzeugten die Kolleginnen zu ihrer Erleichterung davon, dass Augustes Herz zu schwach gewesen war, um die Geburt zu überstehen.

Die Hamburger Hebammen hatten viele Fragen, von denen Clara etliche, aber nicht alle beantworten konnte. Als sich, angeregt durch das Gespräch, ihre eigenen Fragen häuften, holte sie sich vom Wirt einen Bogen Papier und einen Kohlestift, um sich zu notieren, was sie selbst noch in Erfahrung bringen wollte.

Als sie am frühen Abend das kurze Stück um die Nikolaikirche herum zum Fleet zurückspazierte, hatte sie nur einen Gedanken: Die Hebammen müssten sich – vielleicht ein- oder zweimal im Jahr – treffen und ihre Erfahrungen austauschen, um sich gegenseitig die Kenntnisse zu erweitern. Jede erlebte bei der Arbeit so viel, oft zum ersten Mal und ganz auf sich gestellt, und manches war gewiss von allgemeinem Interesse, wiederholbar, weitergebbar, so wie bei diesem Treffen. Allerdings hätte dieses Treffen von ungleich größerem Erkenntnisgewinn sein können, hätte sie offen über Auguste und Gerlinde, Constanze und die Zange sprechen können. Eine vertane Chance! Den Umständen geschuldet, doch nichtsdestotrotz eine vertane Chance. Dann sagte sich Clara, dass sie nicht so streng mit sich sein sollte. Dieses Treffen war ein Anfang gewesen. Vielleicht konnte es ihr gelingen, andere folgen zu lassen – und unter günstigeren Umständen. Nicht nur Rose, sondern auch die anderen waren äußerst wissbegierig gewesen. Ohne einen Blick für die schmucken Bürgerhäuser am Fleet, die im Abendlicht strahlten, sah sie auf die Mappe in ihrer Hand, in der nun neben der Zeichnung noch die Liste ihrer Fragen steckte. Statt etwas zu lernen, gehe ich mit Fragen nach Haus, dachte sie. Aber das ist etwas Gutes. Die anderen haben etwas gelernt. Und ich werde tun, was ich kann, um die Antworten auf meine Fragen zu finden. Dennoch mischte sich in ihre Zuversicht das Unbehagen über alles, was sie bei diesem Treffen *nicht* gesagt oder worüber sie rundheraus gelogen hatte. Wie viel leichter, dachte sie, wäre es gewesen, eine Zangengeburt in Glückstadt durchzuführen, denn dort hätte es jeder wissen dürfen und Constanzes Wohlergehen wäre viel aufmerksamer beobachtet worden, vor allem von Olsen. Es war furchtbar, ein so bedeutendes Geschehen geheim halten zu müssen.

Sie war schon nahe der Apotheke, ging aber noch ein Stück weiter Richtung Hafen. Dort genoss sie eine Weile den unvergleichlichen Anblick der großen Segelschiffe, von denen einige gerade hinter der Hafeneinfahrt die von der Abendsonne beschienenen Segel setzten. Es war Zeit zu gehen. Sie würde Groot darum bitten, mit der Suche nach einem geeigneten Schiff für ihre Rückreise zu beginnen.

Heinrich Peters bemühte sich nach Kräften, in seiner Verwandtschaft eine Familie zu finden, die Constanze aufnehmen konnte und wollte. Doch diejenigen, die Auguste gut gekannt hatten und wussten, dass sie oft gekränkelt hatte, fanden Ausflüchte, weil sie fürchteten, auch Constanze könne sich als kränklich erweisen. Andere, etwas entferntere Verwandte hatten selbst genug Mäuler zu stopfen oder kränkelten ihrerseits. Peters' Bemühungen zogen immer weitere Kreise, und die Anfragen bezüglich einer Pflegefamilie für Constanze gingen zum Teil schon nicht mehr von ihm selbst aus, sondern die Schwester einer Schwägerin fragte bei ihrer Base an und immer so weiter.

Peters selbst musste seine Verwandtenbesuche immer wieder unterbrechen oder aufschieben, weil ihm nicht nur sein Hamburger Kontorist, sondern auch einige Händler aus Bremen, Lüneburg und Lübeck Depeschen schickten, in denen von Schwierigkeiten die Rede war. Peters erstattete den Groots Zwischenberichte, wenn er seine Bemühungen in Sachen Constanze wieder einmal unterbrechen musste, und sprach von verzögerten Lieferungen, unbefriedigenden Qualitätsprüfungen und Abnehmerbeschwerden, die er sich nicht erklären könne und die sein persönliches Einschreiten erforderten.

Die Groots gewannen schon den Eindruck, es handle sich um Ausflüchte, bis Peters wenige Tage vor Claras Abreise ganz aufgeregt zu Groot in die Apotheke kam und berichtete, die Hafenmeisterei zu Lübeck habe nun endgültig eine Lieferung aus Indien und China beschlagnahmt, die schon seit Tagen Ärger mache, und er müsse unverzüglich nach Lübeck reisen. Da er nicht wisse, was ihn dort erwarte, könne er nicht sagen, wann er zurückkäme.

Groot versicherte ihm erneut, Constanze könne auf unbestimmte Zeit bei ihnen bleiben, und er möge sich in aller Ruhe seinen Geschäften widmen.

Peters nickte dankbar, war in Gedanken aber offenbar schon in Lübeck. «Ich hoffe nur, dieses Geschäft ruiniert mich nicht», sagte er ganz offen. «Außer einem großen Posten Bettfedern, mit denen ich seit langem handle und bislang nie Ärger hatte, handelt es sich vor allem um Safran und Seide. Beides habe ich zum ersten Mal angekauft. Verheerend, wenn gleich das erste Geschäft nicht klappt. Wie stehe ich dann da?»

Groot versuchte ihn zu beruhigen. «Sie sind seit fünfzehn Jahren als ehrbarer Kaufmann bekannt. So schlimm wird es wohl nicht werden.»

«Die Zeiten ändern sich», widersprach Peters. «In dem Maße, wie neue Waren in den Markt drängen, gründen sich immer neue Unternehmen. Neue Lagerungsmethoden werden erforderlich, die Handelswege werden immer verzweigter, die Zahl der Zwischenhändler nimmt zu. Nicht dass alles an den alteingesessenen Kaufleuten vorbeiginge, aber manches eben doch. Und manchmal muss man einfach Vertrauen haben und hoffen, dass die neuen Geschäftsverbindungen verlässlich sind. Bis jetzt ging alles gut. Aber dieses Mal scheine ich einen Missgriff getan zu haben.»

Groot konnte nicht mehr tun, als ihm Glück zu wünschen. Constanze schien Peters' geringste Sorge zu sein.

Groot hatte keine Eile, den anderen Mitgliedern seines Haushalts diese Nachricht zu überbringen. Bevor er am Abend die Apotheke schloss, überlegte er, ob es Johanna nicht das Herz brechen würde, Constanze wieder hergeben zu müssen – um so mehr, je länger sie das Kind umsorgte. Da er die Antwort auf diese Frage zu kennen glaubte, fragte er sich als Nächstes, ob er bereit war, nach so langer Zeit und in seinem Alter noch einmal ein Kind mit groß zu ziehen. Diese Frage war schwieriger zu beantworten, doch schließlich kam er auch hier zu einem klaren Ja. Seine dritte Überlegung galt Peters, und er fragte sich, ob es den Nachbarn nicht sehr erleichtern würde, wenn er seine Suche nach einem Zuhause für Constanze abbrechen könnte und sie ein für alle Mal versorgt wüsste. Diese Überlegung beendete er am schnellsten: Er war sich ganz sicher, dass das der Fall sein würde.

Als er nun aufräumte, fegte und die Fensterläden schloss, kam ihm schließlich die Frage, ob sich Johanna nicht die Chance auf eine Heirat entgehen ließe, wenn sie sich von jetzt an gänzlich an Constanze bände. Doch dann sagte er sich, dass sich Johanna ohnehin längst entschieden hatte, in der häuslichen Gemeinschaft und der Apothekenarbeit aufzugehen. Es war undenkbar, dass sie je heiraten und fern der

Apotheke ein anderes Leben führen würde. Auch die Leute in ihrer Umgebung schienen längst aufgehört zu haben, Johanna für seltsam zu halten. Sie war eben die tüchtige Apothekengehilfin, und später würde sie die Apothekerin sein. Niemand würde sie minder schätzen, wenn sie sich des halb verwaisten Nachbarkinds annähme.

Zufrieden hing Groot die Nachtglocke vor die Tür und ging nach oben in die Wohnung. Er würde Johanna recht bald fragen und ertappte sich dabei, wie ihn der Gedanke an Kinderlachen im Haus zum Schmunzeln brachte.

Clara war froh, als sich abzeichnete, dass Constanze bei den Groots bleiben würde. Zwar hatte Peters das letzte Wort in dieser Angelegenheit zu sprechen, und das konnte er erst bei seiner Rückkehr tun. Aber was sollte er dagegen einzuwenden haben?

Als Groot an diesem Abend zu Bett ging, blieben Clara und Johanna noch lange im Garten sitzen. Es war eine wunderschöne, warme Nacht. Blumen und Pflanzen verströmten Wohlgerüche, und der Mond ließ die kleinen Wellen auf dem Fleet glitzern. Überall in den Fenstern und Gärten waren noch Lichter zu sehen, und Stimmen und Gelächter drangen leise von hier und dort. Während Johanna über Constanze sprach, sprach Clara über Henriette – und so redeten beide im Grunde über dasselbe: die Liebe einer Frau zu einem Kind, das sie nicht selbst geboren hat.

Es war schon spät, als Clara versprach, bis zu ihrer Abreise alles zu erzählen und aufzuschreiben, was sie über Säuglingspflege und eine gesunde Kindesentwicklung wusste, bezweifelte aber, dass Johanna all diese Aufzeichnungen brauchte. «Fehlende Fürsorge ist oft ein Quell von Mangelentwicklungen. Das zumindest wird dir nicht passieren, so rührend, wie du dich um Constanze kümmerst», sagte sie. «Außerdem beherrschst du das Kräuter-Abc, du kennst viele Ärzte und Hebammen, und Leute mit Kindern gibt es in deiner Umgebung auch genug. Wovor solltest du dich also fürchten?»

«Du hast gut reden», sagte Johanna. «Für mich ist plötzlich alles anders. Das Wissen in meinem Kopf kommt mir plötzlich ganz fremd vor, wenn ich Constanze so anschaue.»

«Das ist es aber nicht», sagte Clara eindringlich. Dann lachte sie. «Oder höchstens, solange du das Kind anschaust. Das solltest du wirklich nicht tun, während du Rezepturen memorierst oder bestimmten Krankheiten die richtigen Kräuter zuordnest. Ich glaube, der Übergang von der Apothekerin zur ... ja, zur Mutter, gelingt dir ohne große Schwierigkeiten, und beides bist du mit ganzem Herzen.»

Johanna sah Clara mit Tränen in den Augen an. «Sag das noch mal», bat sie tonlos.

«Was denn?», fragte Clara und wusste im selben Moment, was Johanna meinte. Jetzt war sie selbst gerührt und räusperte sich. Dann beugte sie sich zu der Freundin vor und nahm sie in den Arm. «Im Grunde denke ich das seit der Nacht, in der Constanze geboren wurde», sagte sie leise. «Du warst von Anfang an wie eine Mutter zu ihr, und du bist täglich mehr dazu geworden. Sie ist dein kleines Mädchen, Johanna. Sie kennt gar keinen anderen Menschen, der ständig um sie herum ist und ihr alles gibt, was sie braucht. Dir mag es merkwürdig vorkommen, als Mutter bezeichnet zu werden, aber wenn du Constanze fragtest und sie schon sprechen könnte, würde sie nichts anderes zu dir zu sagen wissen als Mutter.»

Johanna ließ ihren Kopf auf Claras Schulter sinken, nahm ihre Hand und drückte sie dankbar. Eine Weile saßen sie schweigend da und schauten dem sanften Wellenspiel auf dem Fleth zu.

«Manchmal habe ich fast ein schlechtes Gewissen», nahm Johanna das Gespräch wieder auf, «so als nähme ich Constanze jemandem weg, als wollte ich ihre neugierigen Blicke, ihre fordernden Händchen, ihren hungrigen Mund ganz für mich allein haben. Was meinst du?»

Clara rückte ein wenig von Johanna ab, um ihr ernst ins Gesicht zu sehen. «Hör mal, Johanna, die fordernden Händchen und der hungrige Mund sind einfach da. Und schon sehr bald wird da noch viel mehr sein. Du hast nicht darum gebeten, diese Dinge zu bekommen. Du nimmst dich ihrer nur an, weil Constanze sonst niemanden hat, der es täte. Du nimmst etwas auf dich – und niemandem etwas fort. Es gibt nichts, aber auch gar nichts, worüber du ein schlechtes Gewissen zu haben bräuchtest.»

Johanna dachte eine Weile darüber nach, ehe sie sagte: «Ich glaube, ich verstehe jetzt, warum Henriette bis zu ihrem Tod niemandem gesagt hat, dass sie nicht deine Mutter war. Ich glaube, ihre Gefühle waren genauso verworren, wie meine es jetzt sind. Sich einem Kind so verbunden zu fühlen, als sei es das eigene ... Ich wüsste genauso wenig wie Henriette, wie ich es in Worte fassen sollte.»

Clara rückte bei Johannas Worten von der Freundin ab und straffte den Rücken. «Ich habe mir viele Gedanken darüber gemacht», sagte sie nach einer Weile. «Und ich will nicht leugnen, dass ich mittlerweile ein gewisses Verständnis dafür entwickelt habe, obwohl es mir nicht leicht gefallen ist. Auch dich kann ich verstehen. Aber ich beschwöre dich: Das darfst du Constanze nicht antun! Sonst ist sie eines Tages genauso außer sich, wie ich es vor zwei Jahren war, und kann sich nicht einmal ihrer Freundin anvertrauen.»

Johanna sah Clara fast belustigt an. «Aber Clara, davon kann doch gar keine Rede sein! Ihr Vater wohnt im Nebenhaus, und wenn er auch nicht sehr erpicht auf seine Tochter ist, so würde er doch nie die Vaterschaft leugnen. Auch Augustes Andenken werden wir pflegen. Ich weiß wirklich nicht, wovon du sprichst!»

Clara wusste es plötzlich selbst nicht recht. Wieder fassten sich die beiden an den Händen und schauten, jede in ihre eigenen Gedanken versunken, auf den Mond beschienenen Fleet, bis Clara Johanna losließ, sich fröstelnd die Arme rieb und mehr zu sich selbst sagte: «Das ist wohl ihr größtes Glück.»

Johanna wandte sich fragend zu Clara um. «Was soll ihr größtes Glück sein?»

Clara schloss die Augen und merkte, dass sich alles in ihr gegen das sträubte, was sie nun sagen musste. «Zu wissen, wer ihr Vater ist.»

Impulsiv legte Johanna den Arm um Claras Schultern und sagte: «Liebes, das habe ich ja noch gar nicht bedacht. Weißt du denn gar nichts über deine Eltern?»

Clara senkte den Blick und schaute auf ihre gefalteten Hände, als sie mit zitternder Stimme sagte: «Im Grunde nicht.»

Ein kalter Schauder lief Clara über den Rücken. Sie setzte sich auf und sah Johanna erschöpft an. «Lass uns schlafen gehen», sagte sie. «Ich bin entsetzlich müde. Und du musst es noch viel mehr sein.»

«Gut, gehen wir schlafen. Aber eins will ich dir noch sagen.» Beide griffen sich eine Kerze, standen auf und gingen auf das Haus zu. Johanna fasste Clara bei der Schulter. «Ich gehe jetzt viel unbeschwerter zu Constanze hinauf. Danke!»

Clara warf einen Blick auf die dunklen Fenster des Nachbarhauses. «Was es wohl für Schwierigkeiten sind, die Peters hat? Meinst du, ein Betrüger ruiniert seine Geschäfte?»

«Wie kommst du darauf?», fragte Johanna. «Das glaube ich nicht.»

«Aber was dein Vater sagte, legt den Gedanken nahe. Auch Peters scheint es zu fürchten.»

«Nun, dann wollen wir hoffen, dass er sich irrt.» Damit war für Johanna das Thema abgetan. Vor der Gästekammer wünschte sie Clara eine gute Nacht und ging weiter auf ihre eigene Kammer zu.

Kopfschüttelnd sah Clara der Freundin nach und fand es bemerkenswert, wie ausschließlich sich Johanna um das Kind kümmerte und dabei die sonst so rege Anteilnahme an ihrer Umgebung und den Nachbarn vermissen ließ. Und dass Johanna so wenig zu erfassen schien, wie quälend es war, nichts über die eigenen Eltern zu wissen, schmerzte sie.

Unruhig ging Clara zu Bett. Beim Einschlafen nahmen Peters' Geschäfte in ihren zunehmend schlaftrunkenen Gedanken eine immer bedrohlichere Färbung an, und in der Nacht wachte sie zweimal schweißgebadet auf, weil sie von Roselius geträumt hatte.

Die letzten Tage des Hamburgaufenthalts vergingen für Clara wie im Flug. Johanna lag ihr unablässig mit Fragen zur Säuglingspflege in den Ohren, die Clara teils mündlich, teils schriftlich beantwortete. Zwischendurch beschäftigte sie sich damit, die Samen auszuwählen und zu verpacken, die sie zur Komplettierung ihres Kräutergartens brauchte.

Von Peters kam bis zu ihrer Abreise keine Nachricht mehr, und er kehrte bis dahin auch nicht nach Hamburg zurück.

Als Clara mit Johanna und Groot in der Apotheke auf den Burschen warteten, der sie in der ersten Morgenröte des Reisetags zum Hafen begleiten und ihr Gepäck auf einem Karren mitnehmen sollte, ließen sie die knapp vier Wochen des

Besuchs Revue passieren. Alles war so anders gekommen als erwartet, und die Groots äußerten ihr Bedauern darüber, dass die sich seit Constanzes Geburt nicht recht um den Gast hatten kümmern können.

«So war es aber viel schöner», hielt Clara dagegen. «Ich konnte einfach an eurem Leben teilhaben, und das bedeutet mir mehr, als wenn ihr mich in Kirchenkonzerte, zu Gauklern und Blütenfesten geführt hättet. Das wäre sicher auch schön gewesen, aber das können wir ein anderes Mal nachholen, wenn auch Constanze ihren Spaß daran hat. Was hier in den letzten Wochen geschehen ist, war ungleich schöner.»

«Und du hast uns Constanze geschenkt», sagte Johanna und umarmte Clara.

«Ihr Wohlergehen ist nicht allein mein Verdienst», wehrte Clara ab. «Seid so gut und haltet mich über ihr Fortkommen auf dem Laufenden, besonders was die Dellen angeht, aber auch sonst möchte ich alles wissen.»

Groot lachte. «Alles?», wiederholte er. «Das wird schwerlich möglich sein.»

Johanna hingegen blieb ernst und fragte Clara ganz ängstlich: «Glaubst du denn, sie könnte sich anders entwickeln als andere Kinder?»

«Dafür gibt es keinerlei Anzeichen, aber genau beobachten solltet ihr sie doch. Allein schon, weil sie gewiss das erste Kind ist, das hierzulande so auf die Welt kam. Ich muss einfach wissen, wie es ihm ergeht, wenn die Zange auch hier ihren Weg in die Geburtshilfe finden soll.»

«Sollen wir sie denn ständig untersuchen, wiegen, vermessen und dergleichen?», fragte Johanna ungläubig.

«Beruhige dich», sagte Groot. «Niemand wird deiner Constanze ein Haar krümmen. Trotzdem hat Clara vollkommen Recht. Wir müssen Constanzes Gedeihen genau beobachten. Schaut, da kommt schon der Bursche. Nehmt Abschied voneinander und macht kein großes Getue, wenn ich bitten darf.»

Am Ende war er es aber, dem die Stimme versagte, als er Clara umarmte. Er drückte ihr noch einen Früchtekorb als Proviant in die Hand, half dem Burschen, Claras Reisetruhe auf den Karren zu hieven, und dann winkte er die beiden eilig in Richtung Hafen.

Sechs

GLÜCKSTADT
Ende Juli 1634

Die Rückreise war angenehmer und komfortabler als die Hinfahrt, das Schiff größer, die Besatzung respektvoller und die Brise kräftiger, was Clara bei der zunehmenden Sommerhitze sehr willkommen war. Sie wusste nicht, was Groot unternommen hatte, um die Passage auf diesem alten, aber soliden Ewer für sie zu finden, aber sie war ihm sehr dankbar dafür. Da der Wind aus südlichen Richtungen blies, wurden schon knapp drei Stunden später kurz vor Glückstadt die Segel gerefft.

Als in Fahrtrichtung zuerst das Kastell der Südermole in Sicht kam und kurz darauf die Bastionen, die Schiffsmasten im Hafen und die Türme der Stadt, verband Clara damit – deutlicher und lebendiger als bei der Anfahrt auf Hamburg – Bilder von Straßen, Häusern und Menschen. Die Hamburger Türme waren ein Wissensspiel für sie gewesen, bei dem sie sich an die Namen der Kirchen erinnerte und sich in Gedanken einen Stadtplan malte. Hier kamen ihr Gesichter und Erinnerungen vor Augen. Beim Anblick des Schlosses an der Hafenmündung und des Turmhauses etwas weiter stadteinwärts musste sie an die zahlreichen Begegnungen mit dem König denken, die fast immer mit Auseinandersetzungen zu tun hatten, in denen er ihr beistand. Suchend schweifte ihr Blick über die Häuserzeile am Hafen, während der Ewer daran vorbeiglitt. Willems Haus mit den grünen Fensterrahmen lag so schmuck da wie immer, und fast glaubte Clara, etwas Gutes auf dem Herd zu riechen und den Garten hinterm Haus vor sich zu sehen. Ein Stückchen weiter am Ende des Hafenbeckens, und dann linksherum am Fleth lag das Wirtshaus von Lenes Vater. Clara freute sich sehr auf die Freundin. Der Kirchturm inmitten der Stadtsilhouette führte ihr die jüngsten Begegnungen mit dem Pastor vor Augen, den Marktplatz und die Streitereien, die sie dort erlebt hatte. Als sie an Greetje Skipper dachte, verzog sie spöttisch und amüsiert die Mundwinkel, weil ihr die dumme Streithenne plötzlich überaus komisch vorkam. Sie reckte den Kopf, so als könne sie von der nahen Stadt dann noch mehr sehen.

«So aufgeregt?», sprach sie plötzlich jemand von der Besatzung an, der aufs Vorschiff gekommen war, um die Taue zu prüfen, die bald zum Festmachen gebraucht wurden. «Ich dachte, es wäre Ihre Heimfahrt.»

«Darum ja», murmelte Clara. Aber auch, wenn sie lauter gesprochen hätte, wären ihre Worte vom Wind verweht worden, und der Seemann hatte sich ohnehin schon wieder seiner Arbeit zugewandt, ohne eine Antwort abzuwarten.

Clara ging zu der Vertiefung auf dem Schiffsdeck, in der ihre Reisetruhe sicher verstaut war, als könne sie die Ankunft und das Entladen dadurch beschleunigen.

Um so enttäuschter war sie, als sie eine knappe halbe Stunde später in dem Gewimmel hinter der Hafenmauer mutterseelenallein neben ihrer Truhe auf der Straße stand. Sie brauchte einen Augenblick, ehe sie sich eine dumme Gans schalt und sich fragte, was sie denn wohl erwartet hätte. Die Salutschüsse etwa, mit denen die Ankunft des Königs im Hafen immer gefeiert wurde? Außerdem wusste ja niemand, wann genau sie zurückkommen würde.

Die ersten zwei Lastkarrenzieher, denen sie winkte, waren schon mit anderen Aufträgen betraut, aber der dritte nahm sich ihrer an. Vor Willems Haus hieß sie den Burschen anhalten, aber Willem war nicht da. Sie wies den Burschen an, seinen Karren direkt über die Flethbrücke zu ziehen, und nach ein paar weiteren Schritten war sie zu Hause.

«Zu Hause», sagte sie laut und klopfte wie zur Vergewisserung auf die Truhe, die der Bursche in der engen Diele abgestellt hatte. Plötzlich merkte sie, wie sehr sie schwitzte, und vernahm einen unangenehmen Geruch. Sie drehte sich einmal um sich selber und schaute sich prüfend um. Nein, dieser Geruch kam nicht von ihr. Das Haus roch stickig. Ehe sie irgendetwas anderes tat, öffnete sie alle Fenster. Als sie durchs Haus eilte, blickte sie in alle Zimmerecken und fühlte sich, als begrüße sie liebe alte Bekannte. An der Gartentür blieb sie stehen und sah, wie viel Mühe Amalie gehabt haben musste, um bei dieser Hitze alles so frisch zu halten, wie es aussah. Um nicht wieder ihr Saatgut verdorren zu lassen, machte sie sich sogleich an der Reisetruhe zu schaffen, um die mitgebrachten Samen herauszunehmen. Obwohl sie derlei in ihrem Lagerraum an der Vorderseite des Hauses zu lagern pflegte, beschloss sie, die Samen an der kühlsten Stelle des Hauses, in der kleinen Speisekammer zwischen Küche und Gartenzimmer, aufzubewahren, solange die Hitze andauerte. Erst als das getan war, legte sie ihre verschwitzten Kleider ab, wusch sich und zog sich um. Ehe sie weiter auspackte, beschloss sie nun, zum Mittagessen zu Lene ins Wirtshaus zu gehen. Sie war hungrig, aber mehr als aufs Essen freute sie sich auf Lene.

Ins Gespräch kamen die Freundinnen aber erst, als Lene am späten Nachmittag unverhofft die Zeit fand, Clara zu besuchen, denn mittags war im Wirtshaus so viel Betrieb gewesen, dass Lene Clara nur herzlich umarmen und ihr zum Möhreneintopf eine unverlangte Schale mit Roter Grütze hinstellen konnte. Sie hatte es sich mit Lene gerade erst im Gartenzimmer bequem gemacht und ihr das ersehnte Mitbringsel überreicht, ein Paar Haarnadeln mit einem Besatz aus silberner Filigranarbeit, als Amalie sich überraschend dazugesellte. Sie wäre ohnehin gegen Abend gekommen, um den Garten zu wässern, aber die Kunde von Claras Rückkehr erreichte sie beim Wäschewaschen am Fleth, und sobald sie ihre Arbeit beendet hatte, eilte sie zu ihr. Clara überreichte ihr eine Bahn feiner spanischer Spitze für ein Brusttuch oder einen sommerlichen Ausgehschal. Kokett führten die Beschenkten Clara ihre Schätze vor.

«Abgesehen davon, dass ich in Hamburg gar nicht viel Zeit hatte, um mich auf Märkten und bei Händlern umzusehen, war es gar nicht leicht, etwas zu finden, das es in Glückstadt nicht gibt», sagte Clara und musste sogleich über die übermütigen Posen lachen, die Lene und Amalie einnahmen. «Hätte ich mir nicht ohnehin vorgenommen, nach etwas Spanischem Ausschau zu halten, und nicht zufällig den Stand eines Silberschmieds entdeckt, wäre ich womöglich mit leeren Händen wiedergekommen.»

«Und uns genauso willkommen gewesen», sagte Amalie.

Wieder lachte Clara. «Aus deinem Munde glaube ich das sogar. Du musst dir ja einen Buckel an dem Gießwasser geschleppt haben!»

Amalie lächelte verschämt. «Auch ohne Spitzentuch habe ich jemanden gewinnen können, mir dabei zu helfen», sagte sie.

Lene hielt mitten in einer Drehung inne, die sie vor einem kleinen Spiegel vollführte. «Etwa der neue niederländische

Tischler, der Rothaarige, dem die Frau auf der Überfahrt gestorben ist?»

«Woher weißt du das?», entfuhr es Amalie. Die schmale, blasse Frau mit dem sonst so gleichmütigen Gesicht schlug sich die Hand vor den Mund und errötete – wie ein Kind, das bei irgendeinem Schabernack ertappt wurde.

«Ihr versteckt euch ja nicht gerade», erwiderte Lene und sah Amalie herausfordernd an. «Ich habe dich und Lukas Zuiderboom mitten durch die Stadt spazieren sehen, bei hellem Sonnenschein am Fleth. Ich dachte noch: Sieh an, sieh an!»

Amalie nahm die Hand vom Mund, und erbost zog sie die Brauen hoch, sodass sich eine Zornesfalte auf ihrer Stirn bildete. «Lene, wie kannst du es wagen …»

«Hört auf, euch wie streitlustige Waschweiber zu gebärden», fuhr Clara dazwischen. «Das können andere Frauen in dieser Stadt besser als ihr. Setzt euch lieber hin und erzählt!»

«Nein, erzähle du, Clara», sagte Lene, nachdem sie Amalie noch schnell einen frechen Blick zugeworfen hatte. «Ich habe nicht viel Zeit und bin extra gekommen, um deinen Reisebericht zu hören.»

«Ja, erzähle du», stimmte Amalie zu. Sie schien geradezu erleichtert zu sein, dass sie nicht gleich zu berichten brauchte, welcher Art ihre Bekanntschaft mit Lukas Zuiderboom war.

«Du hast es ohne Arbeit also nicht ausgehalten», sagte Lene. «Ich hab's Amalie schon erzählt, obwohl deinen dürren Zeilen nicht viel zu entnehmen war. Und was ich gar nicht verstehe: Warum hat dich die eine Geburt, von der du berichtet hast, so beschäftigt, dass du mir nur einmal schreiben konntest? Sag ehrlich: Hast du etwas zu verbergen?» Lenes große blaue Augen blitzten die Freundin so herzlich an, dass ihren Worten alle Schärfe genommen war.

Clara hingegen machte ein recht bekümmertes Gesicht und suchte sichtlich nach Worten. «Herrje», sagte sie nach einer Weile und lachte. «Ich komme mir gerade wie eine der Wöchnerinnen vor, die mir zuhauf ihr Leid geklagt haben, sie kämen zu nichts und seien doch den ganzen Tag über Gebühr beschäftigt. So ging es mir auch. Windeln, Bettzeug, Nachtkleider waschen, Fläschchen wärmen und … und … und …»

Lene und Amalie sahen Clara fragend an.

Ehe Amalie, die plötzlich ganz erschrocken auf Claras Bauch schaute, etwas sagen konnte, beugte sich Clara vor und sagte leise: «Aber das ist nicht alles, und ich brenne förmlich darauf, es euch zu erzählen. Aber ihr müsst es zunächst wirklich für euch behalten, ihr werdet gleich verstehen, warum. Also …»

Clara holte tief Luft und begann, von der Zangengeburt zu erzählen, und sprach gerade über das Treffen der Hamburger Hebammen, als von der offenen Haustür her jemand rief: «Clara, Sie sind doch gewiss im Haus, nicht wahr?»

Clara erkannte die Stimme. «Olsen!», rief sie erfreut. «Nur herein mit Ihnen!»

«Viel mehr Leute sollten ihre Türen offen halten bei dieser Hitze», grummelte Olsen im Näherkommen. «Obwohl …»

Clara war aufgestanden und ihm entgegengegangen. An der Tür zum Gartenzimmer trafen sie sich. Clara begrüßte den geschätzten Arzt, zeigte dann ins Zimmer und sagte: «Amalie und Lene sind auch da. Wie schön, dass Sie gekommen sind! Denn in gewisser Weise sind Sie die Hauptperson der Geschichte, die ich gerade erzähle.» Clara spielte darauf an, dass sie durch Olsens Aussage vor dem Magistrat der Stadt das Recht zur Benutzung der Zange bekommen hatte.

Als er mit Erlaubnis der Frauen seinen schwarzen Überrock abgelegt und sich gesetzt hatte und Clara ihren Bericht in großen Zügen für ihn wiederholte, zeigte er daran weit weniger Interesse, als Clara erwartet hatte.

Amalie hingegen hatte vor Erregung rote Flecken auf den Wangen und sagte: «Oje! Dann wissen die Hamburger Hebammen jetzt im Grunde, dass Clara die Zange benutzt hat.» Hilfesuchend wandte sie sich an Olsen. «Sie kennen die Gesetze. Was meinen Sie, können die Hamburger sie verklagen, obwohl sie doch jetzt Glückstädterin ist?»

«Wieso sollten die Hamburger unsere Clara verklagen?», fragte Olsen und machte ganz den Eindruck, als habe er gar nicht zugehört.

Clara kniff die Augen zusammen und sah ihn aufmerksam an. Wenn er nicht gekommen war, um zu hören, wie es ihr in Hamburg ergangen war, musste er wohl selbst etwas Dringendes zu berichten haben, überlegte sie. «Amalie», sagte sie zurechtweisend. «Niemand sagt, dass er mich verklagen will. Doch nun genug davon! Unser guter Medicus scheint sehr besorgt zu sein.» Sie blickte wieder auf Olsen.

Der nickte ernst. Dann warf er einen unbehaglichen Blick auf Lene und Amalie.

Clara beugte sich zu ihm vor und fragte leise: «Möchten Sie mit mir allein sprechen?»

Olsen zögerte noch einen Augenblick, während Lene und Amalie ihn mit einer Mischung aus Neugier und Besorgnis anstarrten. Dann sagte er: «Vielleicht ist es sogar ganz gut, dass Sie hier sind. Womöglich brauche ich Ihre Hilfe.»

«Ich muss bald wieder gehen», sagte Lene. «Ist es eine lange Geschichte?»

«Noch nicht», sagte Olsen und wiegte bedächtig den Kopf. «Aber es könnte eine werden.»

«Was denn?», fragte Lene und hob ungeduldig die Hände.

Olsen wandte den Blick von ihr ab und sah Clara an. «Haben Sie Fracastroso gelesen oder von ihm gehört?»

«Fracastroso?» Clara überlegte einen Moment. «Er lehrte an der Universität von Padua, zusammen mit Kopernikus. Aber Sie sorgen sich doch nicht um Fragen der Astronomie!»

«Nein», sagte Olsen. «Ich meine seine Schriften über Sympathie und Antipathie.»

Claras Augen weiteten sich erschrocken. «Verstehe», sagte sie. «Die Fernwirkung zwischen Körpern. Kleinste Partikelchen lösen sich aus einem Körper und dringen in einen anderen ein.» Clara brach ab und blickte Olsen ganz entsetzt an. «Aber es sind entsetzliche Krankheiten, von denen er spricht. Warum fragen Sie?»

Olsen hob die Hände und machte eine ebenso vage wie allumfassende Bewegung. «Wir scheinen es hier in Glückstadt mit einer kontagiösen Krankheit zu tun zu haben, einer Krankheit, die sich durch Übertragung verbreitet, und zwar durch Übertragung bei Berührung. Ich spreche nicht von der Berührung, die Dirnen krank macht, sondern von Berührungen unter Handwerksburschen beim Arbeiten, von Händlern und Käufern am Fleth und auf dem Markt.»

«Dann sprechen Sie ja von der ganzen Stadt», sagte Clara und presste voller Entsetzen die Hände an die Wangen.

«Ich fürchte, ja», sagte Olsen und blickte die Frauen ernst an. Dann erzählte er von Leuten, die in den letzten zwei Wochen mit stark geröteten Händen zu ihm gekommen seien, Händen, die sich bisweilen schuppten und an einzelnen Stellen honiggelbe Krusten gebildet hatten. Zuerst, sagte er, habe er es auf die sommerliche Hitze geschoben, bis ihm die Häufung zu denken gegeben habe. Doch als dann Leute kamen, die zudem noch ähnliche Beschwerden rund um Mund und

Augen hatten, sei er stutzig geworden. Als dann der Porzellanbrenner Lopez Continho zu ihm gekommen sei, der sich wegen des Staubes in seiner Werkstatt häufig über die Augen wischte, sei ihm aufgegangen, worin der Zusammenhang zwischen all den Erkrankungen bestehen könne.

«Die Menschen fassen sich nämlich viel öfter ins Gesicht, als es ihnen bewusst ist», sagte Olsen und zeigte auf Clara, die sich nachdenklich eine Hand ans Kinn gelegt hatte und sich mit den Fingern über die Lippen fuhr. «Sie tun es gerade.»

Erschrocken ließ Clara die Hand sinken. «Sie meinen also, dass die Leute eine Krankheit durch Berührung untereinander und an sich selbst von einer Körperstelle zur anderen übertragen?»

Ehe Olsen antworten konnte, sagte Lene: «Aber das ist ja fürchterlich! Ich komme doch jeden Tag mit so vielen Menschen in Berührung!»

«Ich auch», sagte Amalie und sah Olsen skeptisch an. «Besonders bei Geburten. Und die giftigen Ausflüsse haben mich noch nie krank gemacht. Bei allem Respekt, Herr Olsen, aber was Sie da sagen, kann ich nicht glauben.»

«Ach, Amalie!» Clara warf Amalie einen ungeduldigen Blick zu. «Wie oft habe ich dir schon gesagt: Es ist eine Mär, dass diese Ausflüsse giftig sind!» Dann sah sie wieder Olsen an. «Sie glauben also, hier verbreite sich eine Krankheit? Woher stammt sie? Ich kann mir gar nicht vorstellen, dass eine Person davon befallen war und das Leiden dann durch fortwährendes Händeschütteln oder dergleichen auf die halbe Stadt übertragen hat. Wie viele Menschen waren deswegen schon bei Ihnen?»

Olsen räumte ein, er könne all diese Fragen nicht recht beantworten. Dennoch sei er davon überzeugt, dass sie nicht durch die Luft übertragen werde. «Sonst müssten mehr Menschen davon befallen sein», sagte er. «Eine Übertragung durch die Luft würde die Menschen unterschiedsloser treffen und keinen Bogen um Alte, Schwache und Kinder machen. Gerade die bleiben aber merkwürdigerweise verschont. Was mir jedoch den Schlaf raubt, ist das Faktum, dass sich die Krankheit auch nicht allein durch Berührung der Menschen untereinander zu verbreiten scheint. Ich habe begonnen, die Menschen, die mit diesen Hautverletzungen zu mir kommen, aufzulisten und zueinander in Beziehung zu bringen. Und leider muss ich sagen, dass ich keinen direkten Zusammenhang zwischen ihnen erkennen kann. Beispielsweise kommt es kaum je vor, dass mehrere Mitglieder eines Haushaltes befallen sind, wohl aber viele Waschweiber sowie auffallend viele Brauer, Schlachtergehilfen, Holzhändler, Zimmerleute und Böttcher.»

«Das Fleth!», rief Lene aus und fasste sich erschrocken an die Brust. «Alle, die Sie gerade genannt haben, hantieren viel mit dem Wasser des Fleths. Himmel! Wir selbst holen täglich Wasser für die Pferde, zum Kochen, Waschen und Putzen daraus.»

Olsen nickte. «Daran habe ich auch schon gedacht.»

«Das wäre ja entsetzlich!» Amalie stöhnte laut auf. «Die ganze Stadt lebt vom Fleth.»

Olsen stand auf, ging zur Gartentür, schaute einen Moment sinnend hinaus und drehte sich dann zu den Frauen um, die sich gegenseitig ratlos und bedrückt anblickten.

«Wir müssen uns klar machen, dass es reine Vermutungen sind, die wir hier anstellen», sagte er. «Deswegen dürfen wir nicht loslaufen, ein großes Geschrei anstimmen und die Leute unnötig ängstigen. Und zweitens: Selbst wenn wir es mit einer Verunreinigung des Fleths zu tun haben sollten, die unsere Bürger krank macht, ist niemandem geholfen, wenn sich Angst und Schrecken ausbreiten.»

«Das stimmt», sagte Lene. «Aber wir müssen doch etwas tun!»

Olsen lächelte. «Das ist wohl wahr. Und ich freue mich zu hören, dass Sie dabei helfen wollen.»

«Ich selbstverständlich auch», sagte Clara schnell, sah Amalie an und fügte hinzu: «Wir alle.»

«Ich hatte es nicht anders erwartet», sagte Olsen zufrieden. «Allerdings muss ich zugeben, dass mir aufgrund der vielen unbeantworteten Fragen noch nicht recht klar ist, welches Vorgehen sinnvoll wäre.» Er ging zu seinem Stuhl zurück, setzte sich zurecht und faltete die Hände.

Eine Weile schwiegen alle, bis Clara fragte: «Sind Sie gekommen, um gemeinsam mit uns zu beraten, was zu tun ist?»

«So ist es», sagte Olsen. «Vor allem mit Ihnen, Clara. Doch bei den zu befürchtenden Ausmaßen und der fortschreitenden Verbreitung der Krankheit ist es eine glückliche Fügung, dass Amalie und Lene zugegen sind.»

Clara lächelte stolz, und Amalie nestelte nervös an ihrem neuen Schal.

«Ich sollte längst im Wirtshaus zurück sein», sagte Lene, stand auf und glättete ihre Röcke. «Aber ich gehe nur unter einer Bedingung. Während ich meinem Vater sage, er soll Lisbeth bitten, für mich einzuspringen, tut ihr nichts, aber auch gar nichts! Ich bin in wenigen Minuten zurück, und dann beraten wir gemeinsam weiter. Versprecht ihr mir, dass ich nichts verpasse?»

Olsen räusperte sich amüsiert, sagte dann aber ernst: «Gehen Sie nur. Allerdings stelle auch ich eine Bedingung: vorerst kein Sterbenswörtchen zu irgendwem, nicht einmal zu Ihrem Vater! *Versprechen* Sie das?»

Lene war schon an der Tür, die zum Garten führte, um die Abkürzung zum Fleth über den Pfad hinter Claras Haus zu nehmen. «Keinem anderen würde ich das versprechen», sagte sie und warf die blonden Locken zurück, in denen die silbernen Haarnadeln blitzten. «Denn nur Sie können meinen hübschen Kopf wieder annähen, den mein Vater mir gewiss abreißen wird, wenn ich ohne eine gescheite Begründung der Arbeit fernbleibe.» Sie machte eine wegwerfende Handbewegung und fügte hinzu: «Keine Sorge, mir fällt gewiss eine Ausrede ein. Bis gleich.»

Im nächsten Moment sah man sie schon durch den Garten eilen.

Später kamen sie überein, dass eine ganze Reihe von Maßnahmen zu ergreifen sei. Olsen sollte durch Magistrat und Stadtgouverneur eine Anweisung an die Bediensteten der Stadtbewässerung erwirken, nach der sie das Fleth trotz des derzeit geringen Tidenhubs bei jeder Flut mit reichlich Frischwasser versorgen sollten. Über den Garnisonsarzt sollte Olsen sicherstellen, dass auch die Soldaten, die Zeug- und Proviantmeisterei sowie alle anderen Militärpersonen beobachtet und gegebenenfalls nach gegenseitiger Absprache behandelt würden. Da neben Zivil- und Garnisonsgemeinde die Schlosszugehörigen und -bediensteten eine eigene Gesellschaft bildeten, sollte Olsen auch den Schlossmedicus und den Schlossapotheker in Kenntnis setzen und ihr Wissen oder gar ihre Erfahrung bezüglich kontagiöser Krankheiten erfragen. Über eine Zusammenarbeit mit dem Stadtapotheker wurden sich die vier an diesem Nachmittag noch nicht einig, da sie sich seiner Diskretion nicht sicher waren. Vorerst wollten sie ihn lieber außen vor lassen. Zunächst wollten sie prüfen, welches Ausmaß die vermutete Seuche überhaupt hatte. Zu dem Zweck sollten sich vor allem Lene und Amalie unter allerlei Vorwänden möglichst vielen Einwohnern nähern, sie in Augenschein nehmen und unauffällig befragen. Als all das besprochen war, sagte Clara, dass Fragen der Reinlichkeit unter diesen Umständen eine noch größere Bedeutung bekommen hätten, und kündigte an, sie wolle sich in aller Ruhe überlegen, was in dieser Hinsicht zu tun sei. Möglicherweise, sagte sie, seien auch in dieser Frage die städtischen Autoritäten gefragt, um Zustände härter zu prüfen und zu sanktionieren, die gegen den königlichen Reinlichkeitserlass über die Miststellen auf öffentlicher Gasse verstießen, einen Erlass, um den sich offenbar kaum ein Mensch scherte. Auch hierbei, mahnte Olsen, sei jedoch Behutsamkeit das oberste Gebot. Denn alle vier waren sich schnell darüber einig, dass sie unter allen Umständen vermeiden mussten, die Menschen übermäßig zu ängstigen. Und noch etwas wurde ihnen schnell klar: Da überwiegend Männer von der Seuche befallen waren, sollte Willem in den Kreis der Helfer einbezogen werden. Er konnte mit Handwerkern und Händlern, Fischern und Seeleuten in Verbindung treten, wie es den Frauen kaum möglich war, und Olsen viel Arbeit abnehmen. Nach dem Treffen wollte Olsen zu ihm gehen und ihn verständigen. Als Letztes beschlossen sie, sich nächstentags wieder zu treffen. Olsen und Clara wollten bis dahin aufschreiben, wie man Abszesse, Ekzeme, Eiterungen, Schrunden und Juckreiz am besten heilen oder zumindest lindern könnte. Amalie sollte Tücher zurechtschneiden und mitbringen, die man für lindernde Waschungen und als Auflagen zur Aufweichung von verhärteten und verkrusteten Hautpartien benutzen konnte. Dann sollten sich alle vier mit Salben, Tinkturen und Amalies Tüchern ausstatten und diese Dinge fortan stets bei sich tragen.

Die Beratung zog sich bis in den frühen Abend. Als sich Olsen, Lene und Amalie schließlich verabschiedeten, hatte Clara das Gefühl, sie wäre auf dem Stuhl eingeschlafen, hätte man noch länger beisammengesessen. Trotzdem begleitete sie ihre Gäste zur Haustür. In der Diele blickte sie verdutzt auf die Reisetruhe und dachte: Bin ich wirklich noch am Morgen in Hamburg gewesen? Sie hatte das Gefühl, als sei sie bereits seit Wochen wieder zu Hause. Nur dass sie Willem seither noch nicht gesehen hatte. Sie musste sich eingestehen, dass sie darüber ein wenig enttäuscht war. Doch das mochte nun getrost bis morgen warten.

Schon zwei Tage, nachdem Olsen mit Clara, Amalie, Lene und Willem auszuschwärmen begann, um die seltsame Krankheit zu bekämpfen, gerieten die Menschen in Panik. Das Wort *Pest* machte die Runde, obwohl keiner der Erkrankten blau und schwarz wurde. So sah sich Olsen vier Tage nach Claras Rückkehr genötigt, eine öffentliche Rede auf dem Marktplatz zu halten. Es gelang ihm zumindest, das Gerede von der Pest weitgehend zum Verstummen zu bringen. Hartnäckig hielt sich jedoch der Glaube, Feuer und Rauch könnten die Miasmen vertreiben, die gefährlichen Dünste, von denen man glaubte, sie verursachten die Krankheit. Trotz der sommerlichen Hitze prasselten in vielen Häusern Feuer, und beißender Rauch zog durch die Straßen.

Die kleine Gruppe von Helfern um Olsen gab sich redlich Mühe, nicht in Anwesenheit anderer Glückstädter von einer Seuche zu sprechen. Doch wer begriff, dass sich die Krankheit durch Berührung ausbreiten konnte, dachte ganz von selbst daran. Wer nicht aus dem Haus gehen musste, blieb daheim. Im Freien hielten die Menschen Abstand voneinander, schauten sich gegenseitig misstrauisch auf die Hände und mieden öffentliche Plätze, Wirtshäuser und ihre Abendspaziergänge unter den Linden am Fleth. Auf dem Marktplatz, der jetzt auch an Markttagen kaum besucht war, machten nur noch Amulettschnitzer gute Geschäfte.

Das Fleth galt Vielen als Zentrum der Seuchenverbreitung. Als sich während der Behandlungen durch die Helfer der Zustand einiger Männer deutlich besserte, die sonst am Fleth arbeiteten und sich dem Wasserlauf nun fern hielten, galt es als ausgemacht, das Fleth sei der Quell des Bösen. Das jedoch widersprach den Beobachtungen der Helfer, denn auch andere Handwerker, die kaum Berührung mit dem Fleth hatten, wohl aber häufig unter rissigen Händen oder Hautverletzungen litten, erkrankten. Deshalb vermutete Olsen, dass eine Hautwunde – und sei sie bisweilen noch so klein – der Herd war, in dem sich die Krankheitspartikel einnisteten, völlig unabhängig vom Fleth.

Als die Seuche zum Stadtgespräch wurde, gaben Olsen und seine Leute ihre Zurückhaltung auf, und Olsen begann, Behandlungsstunden vor seinem Haus am Markt abzuhalten, während die anderen mit Arzneien von Haus zu Haus zogen, ohne abzuwarten, bis die Leute sich selbst an sie wandten. Dabei zeigte sich, dass die Krankheit verbreiteter war als bisher bekannt. Unglücklicherweise wurden Stimmen laut, die den Helfern vorwarfen, *sie* verbreiteten die Krankheit, *sie* trügen sie in die Häuser. Während man nicht wusste, wie Clara, Lene, Willem und Amalie die Leute in ihren Häusern behandelten, konnte man Olsen bei der Arbeit beobachten. Und da die Neugier und das Misstrauen bei einigen groß waren, füllte sich der Marktplatz wieder, wenn Olsen zugegen war.

Die ganze bedrohliche Angelegenheit beflügelte den in Glückstadt sonst so seltenen Geist des Rückwärtsgewandten, und Frauen wie Greetje Skipper schwelgten in der Bereitschaft mancher Einwohner, sich Angst machen zu lassen und ihr Heil in Althergebrachtem und Aberglauben zu suchen. Wenn Olsen auf dem Marktplatz praktizierte, standen sie dabei und sparten nicht mit böswilligen Bemerkungen.

Bei der dritten Behandlungsstunde hielt Olsen gerade eine Holzschiene in der Hand, mit der er den schwärenden Arm eines Dachdeckers ruhig stellen wollte, als eine Frau rief: «Nu guckt euch das an! Mit 'nem Holzprügel rückt er dem armen Mann zu Leibe! Da kann man mal wieder sehen, was unsere Mediziners uns fürn Segen bringen dohn! Nix as Elend un Verderben!»

Olsen erhob sich, schwang drohend das Holz über dem Kopf und rief Greetje und den Frauen, die sich um sie scharten, zu: «Haltet eure Schandmäuler im Zaum, sonst will ich euch wohl eigenhändig eine ordentliche Portion Elend und Verderben erteilen! Doch falls ihr eure Neugier stillen wollt, kommt und seht euch den Arm dieses Mannes an. Und dann kommt an den nächsten Tagen wieder und seht ihn euch dann an. Vorher will ich kein Wort mehr von euch hören!»

Nach und nach blieb den Glückstädtern nicht verborgen, dass die Menschen, bei denen Olsen und seine Helfer tätig wurden, eine zügige Heilung erfuhren, und sie brachten ihnen mehr und mehr Vertrauen entgegen. Das galt auch für die Stadtoberen. Hatten sie sich gegenüber Olsens Bitten und Vorschlägen in puncto Flethflutung und nachdrücklicher Überwachung des Reinlichkeitserlasses zunächst taub gestellt, so wuchs mit dem Erfolg von Olsens Vorgehen auch ihre Bereitschaft, das ihrige zu tun, um der Krankheit Einhalt zu gebieten. Dabei beschränkten sie sich jedoch auf die öffentlichen Wasserwege, Straßen und Plätze.

Claras Bitte, durch Erlasse oder dergleichen auf eine strengere Reinlichkeit auch in nichtöffentlichen Bereichen hinzuwirken, in Häusern und Werkstätten, im Umgang mit Arbeitsgeräten, Haushaltsgegenständen, Wäsche und Kleidung, fand hingegen kein Gehör, denn das hielt man doch für übertrieben. Clara möge den Leuten raten, was sie für förderlich halte, beschied man ihr, doch amtliche Reglementierungen kämen nicht in Frage. So nutzte sie ihre knapp bemessene Zeit, um an ihrer Schrift über die Reinlichkeit zu arbeiten, die sie ohnehin erstellen wollte. Angesichts der Seuche hatte dieses Unterfangen an Dringlichkeit gewonnen, aber gleichzeitig raubte ihr die Seuche die Muße dafür.

Tagsüber widmeten sie und Amalie ihre ganze und Lene und Willem einen Großteil ihrer Zeit den Besuchen von Menschen in Häusern, Werkstätten und auf Schiffen. Nach und nach ergänzten sie die Arzneien, die sie bei sich führten, um eine Arnikatinktur für Kompressen, Butter und Salben aus Ringelblumensaft zum Einreiben und Verbinden, eine mit Ringelblumenkraut und -blüten aufgekochte Milch zur innerlichen Anwendung, um verschiedene Tees aus Eichenrinde, Kamille und Malve für Waschungen. Aber auch der Alkohol für Wickel, mit denen sie eiternde Hautpartien aufweichten, bevor sie den Eiter mit Hilfe heiß-feuchter Tücher zum Austreten brachten, fehlte nicht. Damit war ihre Arbeit aber längst nicht getan. Sie halfen Frauen im Haushalt, versorgten Kinder, und manchmal machten sie sich gar in den Werkstätten zu schaffen.

Vor allem Clara bemühte sich, den Leuten zu zeigen, wie einfach es im Grunde war, bei alltäglichen Verrichtungen auf reinliches Vorgehen zu achten, doch sie merkte, wie schwer sich die Leute damit taten, ihre Gewohnheiten zu ändern. So arbeitete sie oft bis zur Erschöpfung, ohne je ganz zufrieden mit den Ergebnissen ihrer Arbeit zu sein. Als Pastor Wördemann eineinhalb Wochen nach Beginn der Seuchenbehandlung seine Sonntagspredigt hielt, schienen ihre Arbeit und die der anderen Helfer jedoch plötzlich ganz vergeblich gewesen zu sein.

Clara saß müde und in andächtige Gedanken versunken in einer der hinteren Kirchenbänke, als der Pastor auf der Kanzel so heftig die Arme hob, dass sein Gewand flatterte. Seine drohende Haltung drückte sich auch in seiner Stimme aus, als er die Gemeinde beschwor, sich darauf zu besinnen, alles Irdische sei von Gott gesandt und gewollt. Mit irdischen Mitteln dem göttlichen Willen entgegenzuwirken sei folglich Sünde, wenn nicht gar Ketzerei. Nicht Geschäftigkeit sei geboten, sondern Ergebenheit, nicht Tinkturen, sondern das Gebet. Mit einigen gewundenen Formulierungen setzte der Pastor dann noch hinzu, nicht das Wirken des Arztes sei im Krankheitsfall zu beklagen, sondern der unerbetene Übereifer allerlei Unberufener, die sich dem göttlichen Lauf entgegenstellten.

Obwohl sich nur wenige der Gläubigen nach ihr umdrehten, hatte Clara plötzlich den Eindruck, alle starrten auf sie. Einen Moment lang fürchtete sie, das ganze Kirchenschiff stürze auf sie ein, die massiven Deckenbalken und die eisernen Leuchter von oben, die Emporen und hohen Fenster von der Seite. Unwillkürlich zog sie den Kopf ein und schloss die Augen. In ihren Ohren rauschte es so laut, dass sie nichts mehr hörte, und als sie die Augen wieder öffnete, stieg der Pastor bereits von der Kanzel, und die Gemeinde sang, als wäre nichts geschehen. Die Gebete und Segnungen zum Ausklang des Gottesdienstes zogen weitgehend ungehört an Clara vorbei. Nur die Fürbitte des Pastors um Demut und Fügsamkeit drang noch zu ihr durch, bevor sie als eine der Ersten, ohne rechts oder links zu blicken, den kurzen Weg über den Kirchplatz in ihre Straße und nach Hause eilte.

Sie schloss die Haustür fest hinter sich, ging durch die Diele und an der Küche vorbei ins Gartenzimmer und vergewisserte sich, dass auch dort Fenster und Tür geschlossen waren. Dann trat sie zurück an die Küchenbank und ließ sich auf einen Platz fallen, der von keinem Fenster aus einzusehen war. Sie fühlte sich wie gelähmt. Ihr Magen krampfte sich zusammen, und sie atmete so flach, dass sie sich wie erstickt fühlte. Wördemanns Predigt kam einem Verbot gleich, einem Verbot, mit der Seuchenbekämpfung fortzufahren. Doch durfte sie diesem Verbot folgen? Hatte der Pastor überhaupt die Schwären und Schrunden der Erkrankten gesehen? War es falsch, ihnen zu helfen? Clara wollte sich nicht versündigen, doch eine Versündigung bestünde nach ihrem Dafürhalten gerade darin, den Leuten *nicht* zu helfen. Demut und Fügsamkeit – gut und recht, dachte sie. Doch was der Pastor darunter verstand, wollte ihr nicht in den Sinn. Was aber, wenn es den anderen Kirchgängern einleuchtete?

Clara war so verwirrt, dass sie beschloss, nicht aus dem Haus zu gehen, bis Olsen und die anderen zu der mittäglichen Besprechung zu ihr kamen. Weil Sonntag war und alle neben den Krankenbesuchen einen Kirchgang machten, sollte das heutige Treffen später als sonst beginnen. Ausgerechnet, dachte Clara und seufzte ungeduldig. Doch sie durfte in der Zwischenzeit keine Hausbesuche machen, sagte sie sich, wenn sie mit einem Zuwiderhandeln gegen Wördemanns Wort nicht auch die Kranken und ihre Familien in Gewissensnöte bringen wollte.

Ihre Ratlosigkeit und das Unbehagen über ihre plötzliche Untätigkeit vergingen auch nicht, als sie sich im Schlafzimmer mit dem Ausbessern von Laken, Decken und Mundtüchern beschäftigte. Deshalb hastete sie erleichtert die Treppe hinab, als Olsen am frühen Nachmittag zu ihr kam und ihr – noch in der Haustür – einen kleinen Stapel Papier überreichte.

«Olsen, gut dass Sie endlich kommen!», rief sie und blickte auf die schmalen Papierbögen, die sie in der Hand hielt, noch ehe sie die unterste Stufe erreicht hatte. «Was ist das?»

«Eine ärztliche Anordnung mit den Namen von Kranken, deren Behandlung ich Sie zu übernehmen bitte. Eine Liste ist für Sie, die anderen sind für Amalie, Lene und Willem.»

Clara war sprachlos. Mit einem Schlag waren all ihre sorgenvollen Überlegungen beendet, die das Wort des Pfarrers mit dem zu vereinbaren suchten, was sie für ihre Christenpflicht hielt. Ein Blick auf die oberste Liste in ihrer Hand zeigte, dass Olsen die Namen der Kranken aufgeschrieben hatte, die sie ohnehin betreute. Gewiss war es mit den anderen Listen genauso. «Sie haben also bereits von der Predigt gehört», sagte Clara.

«Darf ich eintreten?», fragte Olsen dagegen. «Bin ich der Erste? Nun, die anderen müssen auf dem Weg hierher womöglich unschöne Gespräche führen.» Er folgte Clara ins Gartenzimmer und nahm auf dem angebotenen Stuhl Platz. «Immerhin war es das Erste, was mir zu Gehör kam, als ich zum Mittagessen aus Krempe zurückkehrte. Meine Haushälterin wusste allerdings nicht nur von Wördemanns Predigt zu berichten, sondern auch von Gesprächen, die sich in der Zwischenzeit unter den Kirchgängern unserer und anderer Gemeinden entsponnen hatten. Wenn meine Inken recht versteht, was die Leute reden – und gemeinhin tut sie das –, so herrschen wohl Furcht und Empörung vor. Furcht, man könne sich durch Bekämpfen der Seuche versündigen, Furcht aber auch vor einer wild wuchernden Seuche. Und Empörung herrscht wohl hauptsächlich unter den Mitgliedern anderer Gemeinden vor, insbesondere der niederländischen, deren Handwerkerfamilien, wie Sie wissen, den Großteil der Erkrankten ausmachen.»

Aufgebracht über das Stadtgespräch – denn dazu war Wördemanns Predigt binnen weniger Stunden geworden –, trafen kurz darauf auch die anderen ein. Clara sah an ihren Gesichtern, dass sie ob Olsens «ärztlicher Anordnung» genauso verblüfft und erleichtert waren wie sie selbst. Zwar waren sie über die Predigt nicht gar so erschrocken wie sie, weil sie anderen Gemeinden angehörten, aber dass sich die Leute ängstigten und nicht recht wussten, ob und von wem sie sich nun noch behandeln lassen durften, bereitete ihnen Sorgen.

«Ich werde keine Gelegenheit ungenutzt lassen, um den Leuten einzuschärfen, dass ihr in meinem Auftrag und nach meinen Anweisungen handelt», sagte Olsen, als er in die bei aller Erleichterung immer noch besorgten Gesichter blickte. «Und ich werde erklären, dass es ganz unmöglich wäre, anders vorzugehen, weil ich die Menge der Erkrankten nicht allein versorgen kann.»

«Wem das nicht genügt», sagte Willem, dessen Miene sich als erste wieder aufhellte, «der treibt die Sache auf die Spitze. Denn das bedeutet Streit der Religionen – es sei denn, die anderen Kirchen schließen sich Wördemanns Ansichten an. Das halte ich jedoch für unwahrscheinlich. Denn worum ginge es bei diesem Streit am Ende? Ob wir einen gütigen oder einen strafenden Gott haben? Liegt es nicht viele Jahrhunderte zurück, dass sich die Menschheit darüber zerstritten hätte? Und nun bei uns? Heute? Hier in Glückstadt?»

«Dass sich ein Streit der Religionen anbahnen könnte, kam mir auch schon in den Sinn», sagte Olsen bedächtig. «Doch wenn ich mich nicht sehr täusche, ist das gerade in dieser Stadt höchst unerwünscht.»

«Und wie!», stimmte Lene ihm bei. «Da ist der König vor. Wozu sonst gewährt er allen Religionen dieselben Privilegien?»

«Ich verstehe das alles ohnehin nicht», sagte Amalie. Ihr ernstes Gesicht drückte zu Claras Erstaunen mehr Verärgerung als Ängstlichkeit aus. «Wir Remonstranten haben heute für die Genesung der Kranken gebetet und dafür, dass die Krankheit nicht noch weiter um sich greift. Ich war so stolz darauf, eine von denen zu sein, die sich tätig dafür einsetzen. Und dann höre ich, dass bei euch Evangelen», sie blickte Clara kopfschüttelnd an, «zur gleichen Zeit dagegen gepredigt wird.»

«Ich kann ja nichts dafür», sagte Clara und blickte Amalie entschuldigend an. «Aber ich freue mich sehr zu hören, dass du dich davon nicht beirren lassen willst.» Sie atmete tief durch und blickte dann nacheinander in die anderen Gesichter. «Machen wir also weiter?»

Lene warf den Kopf in den Nacken und streckte ihre Liste in die Höhe: «Auf ärztliche Anordnung! Die Greetje Skippers dieser Stadt wird's übrigens freuen. Wir müssen uns darauf gefasst machen, dass sie uns die Predigt auf der Straße hinterherrufen.»

«Darum scheren wir uns keinen Deut», sagte Willem mit einer wegwerfenden Handbewegung. «Ich hoffe nur, dass sich die Kranken nicht davon beeindrucken lassen – davon und von Wördemanns Predigt.»

«Das ist auch meine größte Sorge», sagte Clara. «Deshalb sollten wir uns von nun an vor den Besuchen einige Worte zurechtlegen, mit denen wir den Leuten ihre Ängste nehmen können.» Clara blickte auf die Liste in ihrer Hand, lächelte und sah dann zu Olsen auf. «Ich glaube, Ihre ‹Anweisungen› werden sich als sehr hilfreich erweisen. Vielen Dank!»

Olsen räusperte sich. «Was wir heute noch einmal dringend besprechen sollten, sind die genauen Krankheitsbilder und wer die Erkrankten sind, wo sie wohnen, welcher Profession sie nachgehen, wie sie behandelt werden und ob die Behandlung anschlägt oder nicht. Daraus ergeben sich gewiss Hinweise auf die für jeden Erkrankten angeratene Weiterbehandlung. Ich schlage vor, jeder von uns notiert dann für sich hinter jedem Namen, was weiter zu geschehen hat.»

Schon zeigte Clara auf den ersten Namen ihrer Liste, las ihn vor und begann, von dem Mann zu erzählen. Als sie endete, berichtete Olsen über einen von ihm selbst betreuten Mann mit sehr ähnlichem Krankheitsverlauf und fragte die anderen, ob sie vergleichbare Fälle kannten.

Vier Stunden waren vergangen, als jeder Name auf jeder Liste mit einer Bemerkung über Krankenstand und Behandlungsfortgang versehen war. Vier Stunden, in denen bei den fünf Versammelten ein genaues Bild über Verlauf und Verbreitung dieser Krankheit entstand. Und dennoch konnten sie dieser Krankheit keinen Namen zuordnen, da sie keiner bekannten Krankheit entsprach.

«Wie viele Kranke sind es eigentlich?», fragte Lene, als alle erschöpft die letzten Notizen zu ihren Listen hinzufügten.

«Dreiundsechzig», sagte Olsen. «Ich hatte sie schon vorher gezählt.»

«Dreiundsechzig?», wiederholte Willem, der sich sonst mit Zahlen sehr leicht tat. «Dann betreut jeder von uns ... mehr als zehn? Das kann nicht sein.»

«Nein, nein», sagte Olsen, und Clara bemerkte plötzlich, wie müde und abgespannt er wirkte. «Neunzehn von ihnen haben sich auf dem Marktplatz von mir betreuen lassen.»

Clara fühlte sich ganz steif vom langen Sitzen, stand auf,

ging zu Olsen hinüber und legte ihm mitfühlend eine Hand auf die Schulter. «Sie waren heute in Krempe», sagte sie. «Sind auch dort schon Erkrankungen aufgetreten?»

«Eine», sagte Olsen niedergeschlagen. «Und ich habe getan, was ich konnte, um irgend sicherzustellen, dass es die einzige bleibt.»

Willem fuhr sich sorgenvoll mit der Hand über das breite Kinn und sagte: «Ich dachte bislang, es sei etwas übertrieben von euch, das Ganze als Seuche zu bezeichnen, doch nun ...»

Olsen tätschelte Claras Hand, bevor er aufstand. «Obwohl wir heute kaum einen Kranken besucht haben, ist uns doch ein großer Schritt gelungen.» Steif verbeugte er sich zu niemand Bestimmtem und drehte sich dann zu Clara um. «Wenn ich bedenke, dass wir, als wir heute hier zusammenkamen, gar nicht wussten, ob wir überhaupt weitermachen können ...»

»Wissen wir es denn schon?», fragte Clara.

«Wir werden sehen», sagte Olsen. «Jedenfalls haben wir heute getan, was wir konnten.»

In den nächsten Tagen erwiesen sich manche Familien als durchaus beeindruckt von Wördemanns Predigt. Aber nur wenige ließen die Helfer nicht mehr zur Tür herein. Die Furcht legte sich, je mehr Menschen wussten, dass die Helfer tatsächlich in Olsens Auftrag unterwegs waren. Weitere Beruhigung brachte ein Gespräch, das Olsen mit dem Pastor führte. Selbstverständlich wolle er keinem Kranken die Behandlung verweigern, berichtete Olsen darüber später und ermutigte die Helfer, dieses Wort zu verbreiten, genau, wie er es tun wolle. So setzten alle weitgehend unbeirrt die Arbeit fort, und niemand wusste genau, was der Pastor mit seiner Predigt eigentlich bezwecken wollte.

Abends ging Clara oft zu Willem, der strikt auf ihren regelmäßigen Besuchen bestand. Zum einen fürchtete er um Claras Gesundheit, wenn sie nach ihrer unermüdlichen Arbeit nicht abends noch etwas Ordentliches zu sich nahm, das er ihr mit Freuden bereitete. Und zum anderen arbeitete er an einem Behältnis für die verschiedenen Salben und Tinkturen, die Clara stets bei sich führte. Es sollte leicht zu tragen sein und doch Platz genug für alles bieten, was Clara benötigte. Was er baute, sah aus wie ein Tablett, in das tiegelförmige Vertiefungen eingelassen waren. Jede Vertiefung war mit einer metallenen Scheibe verschließbar, und ebendieser Mechanismus bereitete noch Probleme. Willem behauptete, er brauche Clara bei der Entwicklung des Geräts, weil sie die praktische Nutzanwendung überwachen und ihm Hinweise für Verbesserungen geben konnte. So arbeitete er etwa auf ihr Betreiben hin an den Seiten des Tabletts längliche Vertiefungen ein, in denen Verbandstücher, eine Schere, Löffel und Pinsel Platz fanden. Und als sich Clara darüber beklagte, dass ihr Schultern und Arme schmerzten, wenn sie den ganzen Tag mit abgewinkelten Armen herumlief, kam er auf den Gedanken, das Tablett in der Mitte mit einem beweglichen Gelenk auszustatten, sodass man es zusammenklappen und hochkant wie eine flache Mappe tragen konnte. Clara war so begeistert von diesem Arzneikasten, dass sie Willem bat, auch für Lene und Amalie welche zu bauen.

Die mittäglichen Besprechungen in Claras Haus erbrachten immer wieder die Vergewisserung, dass man den Kranken wirklich helfen konnte. Allerdings schien immer noch jedem Geheilten ein neu Erkrankter gegenüberzustehen. War die große Aufregung über den Ausbruch der Seuche und über die Predigt überwunden, so war der vorwiegende Zustand Olsens und seiner Helfer nun Erschöpfung, die ob der immer neuen Erkrankungen bisweilen in Mutlosigkeit umzuschlagen drohte. Auch die anhaltende Hitze machte ihnen zu schaffen, ebenso wie den Kranken.

Diese Hitze brachte auch das Leben im Hafen durcheinander. Schiffsladungen und Proviant verdorrten oder verdarben vorzeitig auf See. Schiffe, die längst hätten auslaufen sollen, blieben im Hafen liegen, ehe sie es wagten, verderbliche Fracht aufzunehmen, und manches Schiff, das die Elbmündung eigentlich nur kreuzen und weitersegeln wollte, drehte bei und lief den Glückstädter Hafen an, um frische Lebensmittel an Bord zu nehmen.

Eines dieser Schiffe brachte eine hochschwangere, jüngst verwitwete Frau aus dem hohen Norden in die Stadt. Längst hatte die Frau aus Karelien mit ihren beiden größeren Kindern bei ihrer Tante in Brabant sein wollen, doch flaue Winde hatten die Reise verzögert. Als ihr Schiff in Glückstadt anlegte, war sie in einem Zustand, in dem niemand eine Weiterfahrt mit ihr riskieren wollte, und so nahmen Mutter und Kinder in einem Wirtshaus in der Mitte des Fleths Logis, unweit der Marktbrücke.

Am Tag nach ihrer Ankunft ließ ein jäher Temperatursturz in der ganzen Stadt Betriebsamkeit ausbrechen. Herbstkleider wurden aus Truhen geholt, Windfänge vor die Türen gehängt und Fenster geöffnet, die man lange verschlossen gehalten hatte. Löste das Ende der Hitzewelle zunächst Erleichterung aus, so war man sich schnell einig, dass sich der Wechsel zu schnell vollzogen hatte, und wer am Vortag noch über die Hitze gestöhnt hatte, beklagte sich jetzt über die Kälte.

Noch am selben Abend verspürte die schwangere Fremde die ersten Wehen, und die Wirtshausmagd, die Clara holen wollte, fing diese auf ihrem Heimweg von Willem mitten auf der Straße ab, als sie gerade über die Flethbrücke gehen wollte.

Clara beeilte sich, den neuen Arzneikasten von Willem gegen ihren Hebammenkoffer auszutauschen. Wie immer in solchen Momenten verspürte sie keinerlei Müdigkeit, obwohl sie einen anstrengenden Tag hinter sich hatte. Eine Geburt im Wirtshaus, dachte sie. Hoffentlich mangelt es in dem Zimmer nicht an allem! Hoffentlich ist das Bett sauber! Hoffentlich zeigen sich die Wirtsleute hilfsbereit!

Die Wirtsleute zeigten sich bei Claras Ankunft erwartungsgemäß wenig erfreut, doch sie hatten bereits Wasser gekocht und Tücher und Laken bereitgelegt. Das Zimmer war nicht so klein und dunkel, wie Clara befürchtet hatte. Ein großes Doppelbett stand an einer Wand, Reisetruhen und -kisten waren an der gegenüberliegenden Wand aufgereiht. Vor dem Fenster standen ein Tisch und zwei Stühle. Alles wirkte sauber und aufgeräumt.

Die Arbeit mit der Fremden erwies sich jedoch als schwierig, weil die Frau nicht ein einziges von den Wörtern kannte, die im Nationengemisch Glückstadts allgemein bekannt und Clara geläufig waren. Schließlich griff sie auf Mimik und Gestik zurück, um sich mit der Frau zu verständigen. Außer dass die Geburt schon vor Stunden begonnen hatte, begriff Clara, dass die Frau Lenka hieß, ihr Sohn Viktor und ihre Tochter Katja. Die Sprachschwierigkeiten machte die Frau jedoch durch ihre Erfahrung wett. Die Geburt ging zügig und ohne Komplikationen voran, und schon nach wenigen Stunden konnte Clara die Fremde von einem gesunden Jungen entbinden. Sie blieb nur deshalb bis zum frühen Morgen, damit sie die anderen beiden Kinder beruhigen und ihren Schlaf bewachen konnte. Sie waren im selben Zimmer untergebracht. Während der Geburt durften sie sich in der Wirtsküche am

Ofen wärmen, doch nun waren sie zurück, und dass sie ihre Mutter ganz erschöpft vorfanden, schien sie sehr zu ängstigen. Erst als Wöchnerin und Säugling von dem Geklapper erwachten, das unten in der Küche von den Frühstücksvorbereitungen heraufdrang, und die Frau dem Kleinen, den sie Anton nannte, zum ersten Mal wie selbstverständlich die Brust gegeben hatte, verabschiedete sich Clara, um auf direktem Wege zu Amalie zu gehen und ihr die weitere Betreuung von Frau und Kindern zu übertragen.

Unterwegs überfiel sie schlagartig die Müdigkeit. Seit fast drei Wochen währte der Kampf gegen die Seuche nun schon, und Clara hatte das Gefühl, noch nie im Leben so erschöpft gewesen zu sein.

An der Marktbrücke über das Fleth vernahm sie unter all dem Lärm, den die ersten Handwerker unten am Wasser machten, eine wohlbekannte Stimme.

«So sucht sich jeder seine Kundschaft nach der eigenen Fasson. Dirnen und Frauen ohne Männer sind ja nun wohl zu deiner Spezialität geworden. Na ja, was Wunder, wenn man selber keinen Mann hat, jedenfalls keinen verehelichten.»

Clara blieb stehen und sah zu Greetje hinüber, die bereits zu dieser frühen Stunde mit zwei anderen Frauen mitten auf der Brücke stand. Einen Moment lang sah Clara die Frauen ganz ruhig an und versuchte sich zu erinnern, wer die beiden neben Greetje waren. Clara wusste, dass sie sie kannte, aber sie war zu müde, um darauf zu kommen. Dann merkte sie plötzlich, wie heiße Wut in ihr aufwallte. Sie bekam einen roten Kopf und schrie: «Du bösartige, dumme, hinterhältige Vettel! Nichts als Gift und Galle quillt aus dir, sobald du den Mund aufmachst. Kümmer dich lieber um deinen eigenen Mann und hol ihn von dem Saufgelage ab, bei dem er um diese Stunde gewiss noch weilt!»

Nun wurde auch Greetje rot vor Zorn, stemmte die Arme in die Seiten und suchte nach Worten, während sich die anderen beiden verschämt zum Gehen wandten.

Clara wartete Greetjes Erwiderung nicht ab, sondern raffte die Röcke und setzte eilends ihren Weg zu Amalie fort. Wut über ihre eigene Unbeherrschtheit beschleunigte ihre Schritte noch zusätzlich. Als Amalie ihr die Tür öffnete, begann sie, sich ihren Ärger von der Seele zu reden, noch ehe Amalie sie in die Wohnküche geführt hatte.

«Ich dachte, es wäre vorbei», sagte sie, als sie sich wieder einigermaßen beruhigt hatte und mit Amalie am Tisch saß. «Ich dachte, niemand würde es mehr wagen, mich so anzupöbeln. Und dann mache ich mich auch noch mit dieser Person gemein und pöbele zurück!» Ungehalten klopfte sie mit der Hand auf die Tischplatte.

So zaghaft Amalie in anderen Fragen auch sein mochte, wenn es um Greetje und deren Umgangston ging, war sie entschieden auf Claras Seite. «Greetje wird sich nie ändern», sagte sie. «Und sie wird immer Frauen an ihrer Seite haben, die gern ihre Spitzen verteilen. Das hat aber wirklich nichts zu bedeuten. Mach dir einfach nichts daraus. Die meisten sehen sowieso in kurzer Zeit, aus welchem Holz Greetje geschnitzt ist, und wenden sich von ihr ab.»

«Dein Wort in Gottes Ohr», sagte Clara immer noch sorgenvoll, aber viel leichteren Herzens.

Ehe Clara an diesem Tag nach einem ausgedehnten Schlaf bis in die frühen Nachmittagsstunden wieder ihrer üblichen Arbeit nachging, nahm sie sich eine halbe Stunde Zeit, um Johanna einen längst überfälligen Brief zu schreiben. Sie hatte das Gefühl, dass sie die unverhoffte Geburt und vielleicht sogar das Geschrei an der Marktbrücke wieder zur Besinnung gebracht hatten. Nur weil sich Glückstadt gerade in einem üblen Zustand befand, war der Rest der Welt nicht plötzlich unwichtig geworden, mahnte sie sich. Dass ihr Johanna seit dem Hamburgbesuch erst einmal – und dazu noch sehr kurz – geschrieben hatte, legte die Vermutung nahe, dass sie von Constanze auf Trab gehalten wurde. Clara wollte aber genau wissen, wie es dem Kind ging.

Als der Brief fertig war, entschloss sie sich, noch einen zweiten zu schreiben, nämlich an den Londoner Arzt Terence Plimsoll. Die jetzigen Betreiber des Holborner Kräutergartens, aus dem ein Großteil ihres eigenen Kräutergartens stammte, hatten sie mit ihm in Kontakt gebracht, und es war nicht das erste Mal, dass sie ihn wegen der Geburtszange um Auskunft bat. Nur dieses Mal waren ihre Fragen weitaus konkreter.

Sieben

GLÜCKSTADT
September 1634

Die Kälte dauerte an, und da es den Anschein hatte, als breite sich die Seuche nun – vier bis fünf Wochen nach dem Ausbrechen – nicht weiter aus, begannen die Leute davon zu sprechen, es habe sich wohl um eine Hitzekrankheit gehandelt, die auch ohne Claras Übereifer ein natürliches Ende gefunden hätte. An Olsen übte niemand Kritik. Schließlich war er Arzt und hatte lediglich seine Arbeit getan. Clara jedoch hatte versucht, die Gewohnheiten der Menschen zu verändern – ganz unnötigerweise, wie es nun schien. Was ging es die Hebamme an, wie viele Personen im Haushalt denselben Kamm, dasselbe Laken benutzten? Was scherten sie Becher, Teller und Löffel? Sollte jedermann seinen Hausrat verdoppeln und verdreifachen, damit all diese Gegenstände nicht von Hand zu Hand gingen? Und wer sollte all das frische Wasser für das viele Waschen herbeischaffen, das sie forderte? Wer von der Krankheit stark betroffen gewesen war, stimmte in dieses Gerede meist nicht mit ein, ließ aber in den Bemühungen nach, Claras Reinlichkeitsgebote zu befolgen. Werkstätten, die von den erkrankten Meistern geschlossen worden waren, wurden wieder geöffnet und mit vermehrtem Fleiß betrieben, um das Liegengebliebene aufzuarbeiten. Der Handel auf dem Markt und am Fleth wurde wieder lebhafter, obwohl es deutlich kühler war als sonst um diese Jahreszeit.

Die Furcht vor der Seuche geriet in Vergessenheit, und man wähnte sich wieder in Sicherheit, obwohl immer noch viele Menschen krank waren, als Anfang September ausgerechnet eine von Olsens Helferinnen von der Krankheit erfasst wurde. Es war Lene. Wie ein Lauffeuer verbreitete sich diese Kunde.

Lene hatte mitten im Schankraum Messer und Brotlaib fallen lassen, sich die Schürze abgebunden und war geradewegs zu Clara gelaufen, als sie einen Schmerz in der rechten Hand verspürte. Erschrocken hatte sie auf ihre Hand geschaut, sie gedreht und dabei allen Umsitzenden einen Blick auf ihre roten, rissigen Finger und einen hässlichen Ritz in der Handfläche gewährt. Einige Gäste, die den Gedanken der Übertragung verstanden hatten, verließen erschrocken das Wirtshaus, andere begannen laut über ärztliche Helfer zu schimpfen, die sich selbst nicht helfen konnten.

Als Lene bei Clara ankam und ihr die Hand entgegenstreckte, glaubte Clara einen Moment lang, ihren Augen nicht trauen zu können. Stumm fasste sie Lene beim Handgelenk, zog sie ans Licht des Gartenfensters und ließ sich dann so unvermittelt auf einen Stuhl sinken, dass sie Lene mitriss und diese fast gestürzt wäre. Clara schloss die Augen, und in ihren Ohren dröhnte der ganze Chor der Übelreder.

«Aber Lene, das ist ja furchtbar!», murmelte sie und sah die Freundin ganz entsetzt an. «Ist es sehr schmerzhaft? Hast du noch mehr solcher Stellen?»

Lene verneinte beides, obwohl sich ihre Handfläche anfühlte, als stehe sie in Flammen. Am liebsten hätte sie die Hände unter ihrem Umhang versteckt und gesagt, sie habe sich getäuscht und alles sei in Ordnung.

«Das glaube ich nicht», sagte Clara. «Komm, lass uns zu Olsen gehen.»

«Zu Olsen? Warum zu Olsen? Ist meine Hand denn so schlimm? Kannst du sie mir nicht verbinden?»

Clara wusste selbst nicht, warum sie den Drang verspürte, Olsen zu bemühen. Andere Kranke mit viel schlimmeren Wunden hatte sie schließlich selbst behandelt und geheilt. Sie wusste, was zu tun war. Dennoch schien es ihr viel schwerwiegender zu sein, dass nun einer aus ihrem Kreis erkrankt war. «Komm schon!», sagte sie nur und stand auf, ohne Lene loszulassen.

Es begann schon zu dunkeln, als die beiden Frauen im Laufschritt den kurzen Weg zum Marktplatz zurücklegten.

Olsens Haushälterin, die alte Inken, brummelte unwirsch, als sie die Tür öffnete, aber als sie sah, wer da Einlass begehrte, änderte sich ihr Ton, und sie winkte die beiden die Treppe hinauf, während sie laut rief, der Doktor möge die Nachtmütze wieder absetzen, Clara und Lene seien gekommen.

Clara registrierte flüchtig, wie angenehm es ihr war, so vertraut beim Namen genannt zu werden statt «die Hebamme» oder gar «die *neue* Hebamme». Oben am Treppenaufsatz wartete Olsen schon auf sie.

Inken beeilte sich, Kerzen in die Studierstube zu bringen, in die Olsen die beiden Frauen führte und sich zu setzen bat. Mit ernster Miene untersuchte er Lenes Hand.

«Heute Mittag gab es Schweinezungen in Kapernsoße, nicht wahr?», sagte er.

Lene nickte verdutzt, und Clara wollte schon auffahren und fragen, wie er jetzt übers Essen sprechen könne.

«Wer hat die Haut von den Zungen abgezogen?»

«Vater und ich», sagte Lene.

«Aber die Soße ... Die rührst du doch wohl ohne deinen Vater an, was?»

«Das ist doch wohl Frauenarbeit», sagte Lene konsterniert.

«Hackst du auch die Kapern selbst?»

«Gewiss. Das ist ja nicht schwer.»

«Und diese Kapern schöpfst du aus einer Essiglake?»

«Woraus sonst?»

Olsen nickte. «Hast du heute auch Zwiebeln geschnitten?»

Lene runzelte die Stirn. «Ja, doch», sagte sie ungeduldig. «Zwiebeln gibt's immer zu schneiden.»

«War das vor oder nach dem Kapernhacken?»

«Bei allem Respekt, Olsen», schaltete sich nun Clara ein. «Ich verstehe nicht, warum Sie jetzt die Vorgänge in der Wirtsküche in aller Ruhe erörtern wollen. Begreifen Sie denn nicht, was für ein Unglück geschehen ist? Die Krankheit greift auf uns über!»

Lene reckte Olsen die Hand entgegen und fragte: «Was ist denn nun mit meiner Hand?»

«Schwer zu sagen», sagte Olsen. Er schien nicht im mindesten beeindruckt von der Aufregung der Frauen. «Was meinst du selbst? Für jemanden, der tagtäglich in der Küche arbeitet, hast du sonst wirklich sehr glatte Hände. Das ist mir immer schon aufgefallen. Du wäschst und salbst sie häufig, nicht wahr? Gewiss hast du bemerkt, wie sehr sich das Wasser in den letzten Tagen abgekühlt hat.»

«In unserem Brunnen erst!», sagte Lene. «Wir haben heute einen Eimer hochgezogen, in dem das Wasser eisig kalt war. Doch was ist nun mit meiner Hand?»

Clara hatte neben Lene gesessen, einen Arm um ihre Schultern gelegt. Nun stand sie auf, beugte sich über Olsen und sagte gereizt: «Ganz recht. Was ist mit ihrer Hand?»

Olsen stellte die Kerze, mit der er sich über Lenes Hand gebeugt hatte, aufs Fensterbrett und sah zu Clara auf. «Es dürfte Ihnen nicht entgangen sein, liebste Freundin, dass Lenes Hand so aussieht wie von jemandem, der Tag für Tag in einer Wirtsküche arbeitet. Das Erstaunliche bei Lene ist allenfalls, dass ihre Hände nicht ständig so aussehen. Und bitte setzen Sie sich wieder hin!»

«Ja, wollen Sie denn sagen, ich bin nicht erkrankt?» Ungläubig drehte Lene die Hand vorm Gesicht, so als müsse sie nur besser hinschauen, um zu sehen, dass sie unverletzt war.

«Nein, mein Kind, das will ich nicht», erwiderte Olsen. «Wenn Sie sich nun bitte setzen wollen!»

Clara verdrehte die Augen, setzte sich aber.

«Schön», sagte Olsen. «Und nun schauen Sie sich Lenes Hand einmal in aller Ruhe an und sagen mir, welche Krankheitserscheinungen Sie daran erkennen!»

Lene hielt Clara die Hand hin, und Clara betrachtete sie eingehend. «Nun», begann sie. «So sieht es anfänglich aus, wenn ...» Sie unterbrach sich und sah Lene beschwichtigend an. «Ich meine, wenn man die Krankheit in einem sehr frühen Stadium gewahr wird und ...»

«Falls es überhaupt zu einem krankhaften Fortgang kommt», sagte Olsen. «Erinnern Sie sich an die Vermutung, die ich vor einigen Wochen äußerte und die sich dann zu bewahrheiten schien? Verletzungen, die sich die Menschen bei der Arbeit zuziehen, nehmen nur dann einen krankhaften Verlauf, wenn die unbekannten Krankheitspartikel, mit denen wir es die ganze Zeit zu tun haben, in diese verletzten Stellen eintreten.»

Clara ließ Lenes Arm los, lehnte sich zurück und senkte beschämt den Blick.

Olsen strich ihr besänftigend über die Schulter. «Seien Sie nicht so streng mit sich», sagte er. «Sie haben in den letzten Wochen so viele kranke Hände gesehen, dass Ihre Sorge nur zu verständlich ist. Und ernst nehmen müssen wir diese Hand allemal, denn jede offene Stelle kann ein Eintrittstor für die Krankheit sein.» Er stand auf und holte einen Lappen, ein Fläschchen Alkohol und einen Tiegel sehr fetter Ringelblumensalbe aus einem Regal und wandte sich Lene zu. «Du weißt ja, dass das Abreiben mit Alkohol wehtut, aber es muss sein.» Während er Lenes Hand abrieb und salbte, fuhr er fort: «Du darfst nicht mehr zu den Kranken gehen. Und ehe wir uns ganz sicher sein können, dass du wirklich nicht erkrankt bist, hältst du dich zunächst einmal zwei Tage aus der Küche fern. Ich schreibe deinem Vater einige Zeilen auf, damit es ihn nicht wieder gelüstet, dir den hübschen Kopf abzureißen. Salbe dir die Hände alle zwei Stunden. Hast du noch genug von der Salbe in deinen Vorräten? Sehr schön. Wenn du gleich zu Bett gehst, salbe noch einmal kräftig nach und wickle dir ein Tuch um die Hand. Morgen Mittag kommst du zu unserer täglichen Zusammenkunft, wie immer. Ich sehe mir deine Hand dann noch einmal an. Wenn sie nicht schnell und deutlich heilt oder sich gar verschlimmert, kommst du wieder zu mir, noch in der Nacht oder morgen früh.»

«Und das ist alles?», fragte Clara ganz ungläubig. Sie hatte den Schreck noch nicht recht überwunden. «Lene hat Küchenhände?»

Olsen wiegte bedächtig den Kopf. «Ich denke schon. Aber sie muss Acht geben, dass nicht mehr daraus wird.» Dann sah er Clara besorgt an. «Und Sie sagen mir jetzt, welche Kranken Sie morgen besuchen wollen. Ich werde die Hälfte davon übernehmen. Nein, widersprechen Sie mir nicht. Sie brauchen Ruhe.»

Als Clara die Freundin kurz darauf nach Haus begleitete, galt Lenes Hauptsorge den Geschäften ihres Vaters, denen sie womöglich Schaden zugefügt hatte. Sie schalt sich eine dumme Gans ob ihres auffälligen Verhaltens im Schankraum. «Gerade jetzt musste es so kommen», lamentierte sie. «Wo das Geschäft in letzter Zeit ohnehin so flau war.»

Diese Sorge konnte Clara ihr nicht nehmen, obwohl sie sagte: «Wenn Olsen Recht behält, kommt gewiss alles schnell wieder in die Reihe. Hauptsache, du bleibst gesund!»

Das Faulenzen lag nicht in Claras Natur, und so gönnte sie sich die von Olsen verordnete Ruhe nicht. Die ungewöhnlich starke Sommerhitze hatte ihrem Garten so schwer zugesetzt, dass sie in aller Frühe die brachen Flecken und die Erde zwischen den Pflanzen umzugraben begann, um noch etwas Torf in den Boden einzuarbeiten und ihn dann gründlich zu wässern.

Bei dieser Tätigkeit fand Amalie sie vor, als sie Clara um einen Besuch bei Lenka bitten wollte. «Ich weiß nicht recht», sagte sie. «Irgendwie gefällt mir das Kind nicht. Und die Mutter eigentlich auch nicht. Dabei kann ich gar nicht sagen, was ihnen fehlt. Sie sind nicht krank, aber ...»

«Gib mir ein klein wenig Zeit, um das Stück bis zum Zaun fertig zu düngen und mich zu säubern. Ich gehe dann gleich mit dir hin», sagte Clara.

Als sie kurz darauf das Gästezimmer betrat, in dem Lenka mit den drei Kindern wohnte, bemerkte sie gleich, wie kalt es hier drinnen war. Bei der Gartenarbeit hatte sie die Kälte nicht sonderlich gespürt. Doch schon auf dem Weg zum Wirtshaus hatte sie gefroren, und hier im Zimmer schien es nicht wärmer als draußen zu sein. Clara kreuzte die Arme und rieb sich fröstelnd mit beiden Händen über Schultern und Oberarme, als sie auf die Wöchnerin zuging.

Lenka saß, in einen pelzbesetzten Mantel gehüllt, am Fenster. Sie nickte Clara bekümmert zu, sagte etwas in ihrer fremden Sprache und imitierte Claras Geste mit einem verlegenen Lächeln.

Clara befühlte Lenkas Wangen und Stirn und eilte dann auf den Weidenkorb zu, den die Wirtin für den Säugling in das Zimmer gestellt hatte.

«Um Himmels willen!», rief sie, als sie das Kind hoch nahm. «Hier sind ja alle unterkühlt! Amalie, weißt du, wo die beiden großen Kinder sind? Haben sie etwas Warmes anzuziehen? Was für Decken liegen auf den Betten?» Während sie sprach, eilte sie, das Kind im Arm, auf das Doppelbett zu, prüfte die Decken, runzelte missbilligend die Stirn und fuhr fort: «Die Wirtin soll sofort noch zwei Decken bringen und Wärmflaschen oder heiße Steine.»

Amalie wusste nicht, was sie zuerst sagen oder tun sollte, und stand hilflos mitten im Zimmer.

Clara besann sich und erklärte ihr, zuerst solle sie zur Wirtin gehen und für ein warmes Bett sorgen. Als sie fort war, wandte sich Clara an Lenka. Sie seufzte und überlegte, wie sie ihr klar machen könnte, dass sie mit dem Kind ins Bett gehen sollte. Sie nahm die Decke von einem der beiden Betten und legte sie auf die andere. Dann winkte sie die Frau zu sich und zeigte ihr, dass sie sich hinlegen sollte. Schließlich legte sie ihr das Kind auf den Bauch, schlug die beiden Decken über Mutter und Kind, setzte sich auf die Bettkante und begann, Lenkas Schultern und Arme zu reiben. Dabei redete sie ruhig und eindringlich, wohl wissend, dass die Frau kein Wort verstand. Trotzdem war sie sich sicher, dass Lenka begriff, worauf es jetzt ankam.

Als Amalie mit Decken, heißen Steinen und der Wirtin zurückkam, zeigte sich Letztere weniger pikiert, als Clara erwartet hatte.

«Etwas kühl für die Jahreszeit, nicht wahr?», sagte sie.

«Sie können ja nichts dafür», sagte Clara, um sie milde zu stimmen. «Genauso wenig wie die Frau und das Kind. Ich vermute, Sie haben keine anderen Gäste im Haus, die den ganzen Tag auf dem Zimmer bleiben müssen?»

Die Wirtin verneinte.

«Dann könnten Sie der Frau doch ein anderes Zimmer geben, eines, das man beheizen kann. Um die Bezahlung kümmere ich mich.»

«Wenn das so ist ...», sagte die Wirtin.

«Versprochen», sagte Clara. «Und noch etwas. Haben Sie eine Daunendecke im Haus?»

«Daunendecken?» Nun ereiferte sich die Wirtin doch. «Dies sind nicht die Gästezimmer des königlichen Schlosses, sondern ganz gewöhnliche Herbergsräume. Wenn wir ...»

«Gute Frau», sagte Clara beschwichtigend. «Sie haben ja vollkommen Recht. Ich wollte Sie nur um einen Gefallen bitten, denn es handelt sich um eine ungewöhnliche, ja, um eine Notlage. Sehen Sie ...» Geduldig erklärte sie der Wirtin, dass sie um das Leben des Säuglings fürchtete, wenn er weiter so unterkühlt bliebe, und dass stickige Wärme und schwere Decken nicht das seien, was er brauche. «Zufällig ist mir bekannt, dass im Hafen kürzlich ein Posten Daunendecken gelöscht wurde. Ihr Mann wird sicher einen günstigen Preis aushandeln können.»

Clara wusste nicht, wie ihre Bitte aufgenommen worden wäre, hätte nicht in diesem Moment das Kind zu schreien begonnen. In Claras Ohren schrie es viel zu schwach, und seine Versuche, sich von den schweren Decken zu befreien, waren ebenfalls vergeblich. Der Wirtin jedoch reichte das Geschrei, um sich von der Notwendigkeit der verlangten Decke überzeugen zu lassen, und sagte, sie wolle ihrem Mann Bescheid sagen.

Als sie gegangen war, bat Clara Amalie, warme Kleidung für alle Familienmitglieder zu beschaffen. Vielleicht würden einige Gemeinden etwas spenden oder Amalie könnte etwas schneidern. Dann verabschiedete sie sich und versprach, noch vor dem Abend wiederzukommen. «Lass die Wirtin wissen, dass ich mich noch heute davon überzeugen werde, ob sie meine Anweisungen befolgt», sagte sie im Hinausgehen zu Amalie, was sie aber sogleich bereute, als sie deren verschrecktes Gesicht sah. «Ach was», überlegte sie laut. «Ich werde es ihr selber sagen.»

Doch dann fiel ihr noch etwas ein, bevor sie ging. «Wir müssen das Kind schnell taufen lassen. Wer, glaubst du, könnte das tun? Welcher Religion mag Lenka angehören?»

Amalie sagte, sie wolle versuchen, das herauszufinden.

Am Abend stellte Clara zufrieden fest, dass das neue Zimmer größer, luftiger und heller war. Ein gut ziehender Ofen verbreitete eine angenehme Wärme, und eine neue dicke Decke lag über Mutter und Kind. Lenka schien der Wechsel sehr gut getan zu haben. Die Wirtsleute hegten keinen Groll, sondern zeigten sich hilfsbereit. Und Amalie hatte bereits einige warme Kleidungsstücke für die größeren Kinder aufgetrieben. Lenkas Religionszugehörigkeit hatte sie hingegen nicht klären können.

«Dann bitte den Garnisonspastor», sagte Clara. «Der ist für Leute aus aller Herren Länder da. Warum sind wir nicht schon bei der kleinen Miranda darauf gekommen? Ihn zu fragen ist einfacher, als wieder einen Geistlichen auf einem Schiff zu suchen. Er ist ja nicht nur für die Soldaten zuständig.» Und als Amalie schon wieder ein ängstliches Gesicht machte, fügte sie hinzu: «Er ist ein freundlicher Mann, ich kenne ihn. Du findest ihn in dem Haus hinterm Schloss. Oder willst du, dass der kleine Anton ungetauft bleibt?»

Am nächsten Tag nach der mittäglichen Besprechung führte Claras erster Gang zu Lenka. Erst dann stellte sie fest, dass die Unterkühlung des Kindes trotz der angenehmeren Raumtemperatur kaum zurückgegangen war. Auch der Mutter wurde im Bett nicht recht warm. Clara hatte die heißen Steine entfernen lassen, als die neue Decke eingetroffen war, und nun waren Mutter und Kind im Bett immer noch nicht so warm, wie sie sein sollten. Lenka drückte den kleinen Anton an sich, um Clara zu zeigen, dass die beiden Leiber praktisch das einzig Wärmende waren. Kopfschüttelnd befühlte Clara die Decke, um sich gleich darauf der Nachlässigkeit und Gutgläubigkeit zu schelten. Denn neu mochte die Decke wohl sein, aber mit Daunen war sie keineswegs gefüllt.

Sofort eilte Clara nach unten in die Schankstube, um den Wirt zu fragen, wie er es trotz ihrer Warnung wagen konnte, den beiden geschwächten Gästen diese minderwertige Decke zu geben. Verärgert kramte der Wirt den Kaufbeleg aus einer Holzschatulle, den er sich extra hatte ausstellen lassen, um Clara zufrieden zu stellen, und dort stand schwarz auf weiß, es handle sich um eine Daunendecke. Als Clara erfragt hatte, wo und von wem er die Decke gekauft hatte, machte sie sich auf zum Speicherhaus.

Auf dem Weg dahin kam ihr der Garnisonspastor entgegen, dessen beeindruckende Statur in dem geistlichen Gewand noch beeindruckender wirkte, und lächelte vergnügt. «Man hört ja allerlei über Sie, aber dass Sie mir zu einer Taufe verhelfen würden, hätte ich nicht gedacht.»

«Dann können Sie es also tun?», fragte Clara erleichtert.

«Gewiss kann ich das. Sie würden staunen, wie oft ich zu zivilen Aufgaben herangezogen werde, wenn unklare oder gemischte Religionszugehörigkeiten vorliegen. Und meine erste Taufe ist es auch nicht, allerdings die erste in Glückstadt. Eine schöne Aufgabe, die schönste überhaupt.»

Clara hätte sich gern noch länger mit dem netten Mann unterhalten, doch da sie in Eile war, verabschiedete sie sich herzlich von ihm und setzte ihren Weg fort. Schon nach wenigen Schritten blieb sie jedoch plötzlich wie angewurzelt stehen. Minderwertige Handelsgüter, schoss es ihr durch den Kopf, darüber hatte doch Heinrich Peters so geklagt! Über Probleme in Hamburg, Lübeck und ... war es Bremen gewesen? Warum nicht auch Glückstadt, fragte sich Clara. Was, wenn hier wieder ein Schwindel im Gange war, so wie damals im Zeughaus? Jedenfalls nahm sie sich vor, Peters zu schreiben und ihn um Auskunft zu bitten. Aber erst einmal musste sie den Verwalter des Speicherhauses befragen.

Langsam ging Clara weiter. Ihre Brust fühlte sich wie eingeschnürt an, und im Hals spürte sie ihren Herzschlag. Sie kannte dieses Gefühl. Es hatte ein Gesicht, einen Körper, einen Namen: Roselius. Der Mann, der vor zwei Jahren vermutlich hinter dem Schwindel im Zeughaus gesteckt hatte, der Mann, der sich ihr gegenüber so merkwürdig verhalten hatte, dass ihr der Gedanke gekommen war, er könne ihr Vater sein. Als sie ans Hafenende des Fleths kam und vor dem Speicherhaus stand, blickte sie auf die andere Hafenseite zum Zeughaus hinüber. Unsinn, sagte sie sich. Hier geht es um etwas ganz anderes. Dieser Roselius wird nicht hinter allen krummen Geschäften stecken. Nur du machst dir immer dieselben krummen Gedanken, wenn du an ihn denkst.

Im Gegensatz zum Garnisonspastor war der Speicherverwalter ein ungewöhnlich kleiner Mann. Er wirkte auf Clara fast wie ein Gnom, ein übellauniger zumal, denn er behandelte sie zunächst äußerst unwirsch. Diese Daunendecken machten nichts als Scherereien, sagte er gereizt. Und dazu noch, obwohl sie nicht einmal für Glückstadt bestimmt seien, sondern hier lediglich zwischenlagerten. Die Frachtpapiere seien unvollständig, zum Teil unleserlich, und überhaupt seien diese Decken in jeder Hinsicht ein großes Ärgernis. Ganz plötzlich seien sie angelandet worden, ohne jede Vorankündigung. Das Schiff, das sie gebracht habe, sei schneller wieder aus- als eingelaufen. Keine der zahlreichen Ungereimtheiten habe er klären können. Dazu sei ein Ballen noch geplatzt, und zehn leicht beschädigte Decken habe er aussortieren müssen, damit eine eventuelle Fäulnis nicht auf die anderen Decken übergreife. Aber die Decke, die er dem Wirt günstig gelassen habe, sei gewiss nicht faul gewesen.

«Das wohl nicht, aber sie enthält minderwertige Federn oder jedenfalls keine Daunen.»

«Was? Sie scherzen!», sagte der Verwalter aufgebracht. «Was verstehen Sie überhaupt davon?» Er machte eine ausladende Armbewegung durch seine kleine Amtsstube, als wolle er beweisen, dass Dutzende von Warenproben, Waagen, große und kleine Kisten und Hunderte von Papierstapeln, Schreibfedern, Siegellack und Stempel Güte und Verlässlichkeit garantierten. An den Wänden hingen lange Listen mit Verzeichnissen von Schiffsbewegungen, Handelswegen, Preis- und Warenverzeichnissen.

Als Clara sich umschaute, merkte sie, dass der Raum nicht so klein war, wie er wirkte. Er war nur unglaublich überladen.

«Wissen Sie eigentlich, wie viele Federsorten es gibt?», fuhr der Mann in anklagendem Ton fort, stand auf und kramte in einem Stapel von Papieren. Er zog eine Mappe daraus hervor, die in einen Bogen groben Papiers eingeschlagen war, öffnete sie und präsentierte Clara ein knappes Dutzend Pappen, die eng beschriftet und mit allerlei Federn beklebt waren. «Das hier», er wedelte mit einigen Pappen, «sind nur die verschiedenen Federnarten. Das da», er blätterte die unteren Pappen vor Clara auf den Schreibtisch, auf dem gar kein Platz dafür war, sodass er die Warenproben über das ganze Durcheinander legte, «sind Beschreibungen der handelsüblichen Federnmischungen. Der *handelsüblichen* wohlgemerkt! Ich sage nicht, dass es keine anderen gibt.» Er machte eine wirkungsvolle Pause, um Clara Gelegenheit zu geben, von der Fülle des dargebotenen Materials beeindruckt zu sein. Dass sie sich auf die Schnelle alles durchlas, erwartete er wohl nicht. «Und nun kommen Sie daher und behaupten, eine Decke enthalte nicht ganz genau die angegebene Federnart.»

Clara hatte nicht erwartet, hier auf einen Mann zu treffen, der seine Arbeit so genau nahm und außer Lagerverwaltung noch Warenexpertise betrieb.

«Ich wollte Sie doch nicht des Warenschwindels bezichtigen.» Clara sah den kleinen Mann, dessen Namen sie nicht kannte, verlegen an. «Nur die Decke, die angebliche Daunendecke ...»

«... hat mit uns sowieso nichts zu tun», unterbrach sie den Mann. «Ich habe Ihnen ja bereits gesagt, wie sie hierher gelangt ist. Es gehört nicht zu meinen Aufgaben, Waren zu prüfen, die hier nur zwischengelagert werden. Wäre der Ballen nicht geplatzt, hätte ich von dem Posten überhaupt nichts zu sehen bekommen. Machen Sie mich nicht verantwortlich für beschädigte Fracht, die ausgemustert und dadurch zu frei verkäuflicher, billiger Ware für jedermann wird. Damit kann ich mich nicht auch noch aufhalten.» Er war um den Schreibtisch herum zu seinem Platz zurückgegangen, setzte sich Clara gegenüber und sah sie finster an. «Also, was wollen Sie nun?»

Dass es sich bei der Decke also um so etwas wie herrenloses Gut handelte, änderte die Sache natürlich, und Clara wusste nun selbst nicht recht, was sie von dem Mann noch wollte. Sie fühlte sich sehr unbehaglich und blickte abwechselnd auf die Warenproben und den Mann, der sich angriffslustig zu ihr vorbeugte, wobei allerdings nur Brust, Schultern, Hals und Kopf von ihm zu sehen waren.

«Ich habe dem Wirt nicht mehr dafür berechnet als eine Aufwandsentschädigung. Schließlich musste ich das Stück heraussuchen und aufzeichnen, was damit geschehen ist. Nicht dass es hinterher noch heißt: Was im Glückstädter Speicher eingelagert wird, ist mehr, als ihn später wieder verlässt.»

Der Mann war drauf und dran, sich in Rage zu reden, weil er sich offenbar in seiner Ehre gekränkt wähnte. Clara wusste gar nicht, wie sie ihn beschwichtigen sollte. Doch sich einfach zu entschuldigen und zu gehen kam für sie auch nicht in Frage. Dafür war sie zu sehr davon überzeugt, dass hier etwas nicht stimmte. Ohne nachzudenken, sagte sie schließlich genau das.

«Aber hier stimmt doch etwas nicht.» Der Mann wollte schon aufbrausen, als sie schnell hinzufügte: «Ich habe verstanden, wie die Federdecken hierher kamen und dass Sie nichts damit zu tun haben. Aber wenn sie als Daunendecken deklariert sind und es in Wahrheit gar keine sind, dann ...»

«Tja dann!» Zu Claras Überraschung machte der Mann plötzlich ein sehr vergnügtes Gesicht und stieß einen leisen Pfiff aus. «Dann haben wir einen Fall von Betrug – und viel Arbeit, bis alles wieder seine Ordnung hat.» Er schien durchaus nicht abgeneigt, sich dieser vielen Arbeit zu stellen.

Clara sah ihn mit großen Augen an. Er stand wieder auf und ging zu einem anderen Papierstapel.

«Wolln wir doch mal sehen», murmelte er. «Ich bin mir sicher, dass es Daunen sein sollen, ohne jeden Zusatz, kein Gemisch, reine Daunen. Ah ja, da haben wir's.» Er zog ein

Dokument aus dem Stapel und las darin. «Einwandfrei», sagte er. «Daunen. Ohne Wenn und Aber.» Er ging zu seinem Platz zurück und nahm das Dokument mit. Als er wieder saß, sagte er: «Und Sie behaupten nun, es sind keine Daunen?»

Clara nickte schweigend.

Der Mann rieb sich die Hände. «Habe doch geahnt, dass an der Sache etwas faul ist! Die ganze Art und Weise ...» Nachdenklich brach er ab, trommelte mit den Fingern auf das Dokument und stand dann abrupt wieder auf. «Ich werde der Sache nachgehen. Leider kann ich Sie oder den Wirt nicht entschädigen, da es, wie gesagt, keine Ware aus unseren regulären Beständen ist. Aber wenn Sie eine gute Decke brauchen ...»

«Danke, ich weiß schon, wie ich mir helfen kann», sagte Clara und stand ebenfalls auf. «Dürfte ich in einigen Tagen wohl wiederkommen und fragen, was sich in der Sache ergeben hat?»

Die Miene des Mannes verfinsterte sich wieder. «Sie sind doch die neue Hebamme, nicht wahr? Sie haben meinen Schwager gerade von der Krankheit befreit, Claas Manntje, den Böttcher. Ich weiß nicht, wann ich Ihnen etwas über einen Warenposten sagen kann, der mich im Grunde nichts angeht. Es wartet genügend anständige Arbeit auf mich. Aber ich schätze es nicht, hintergangen zu werden. Mal schauen, was sich ermitteln lässt.»

Als Clara wieder auf der Straße stand, ging sie die wenigen Schritte zu der Ecke, an der sich Fleth und Hafenbecken kreuzten. Abwechselnd blickte sie über beide Wasserläufe, an denen Dutzende Schiffe lagen und noch mehr Menschen ihrer Arbeit nachgingen. Im Hafen wurden Schiffe be- und entladen, Warenbündel auf Karren gehievt, durch die Hafenstraße gezogen. Am Fleth wurde Wasser geschöpft, Wäsche gewaschen, von den kleineren Schiffen aus Handel getrieben. Bei all diesem Treiben, dachte Clara, ist es eigentlich erstaunlich, dass nicht viel mehr Gaunereien geschehen. Man müsste es nur wollen, es darauf anlegen. Und man müsste eben ein Mensch sein, der so dachte. Sie schloss die Augen, nur um wieder Roselius vor sich zu sehen. Dann beeilte sie sich, nach Haus zu kommen, um schleunigst Heinrich Peters zu schreiben.

Zwei Stunden später fand sie ein Schiff, das ihren Brief mit nach Hamburg nehmen konnte. Anschließend ging sie ins Wirtshaus am Fleth zurück. Sie wollte Lenka nicht nur die Decke aus fettiger Schafwolle bringen, die schon Henriette in ähnlichen Fällen benutzt hatte, sondern der Wirtin sagen, was sie ihr längst hätte sagen sollen: dass sie der Frau alle zwei Stunden heiße Suppe oder heißen Most bringen oder ihr einen Krug oder eine Schüssel hinstellen sollte, die sie auf dem Ofen warmhalten konnte. Schuldbewusst fragte sie sich, warum sie nicht eher daran gedacht hatte.

«Langsam ist mal gut», empfing die Wirtin sie ungehalten. «Dies ist ein Wirtshaus und kein Spital.»

Ihre Worte und ihre ablehnende Haltung erklärten sich Clara erst, als sie Greetje Skipper bei Lenka vorfand. Greetje baute sich besserwisserisch vor ihr auf und zog voller Verachtung über «die jungen Dinger» her, die keine Ahnung hätten, was «schon immer das Richtige» gewesen sei.

«Das Richtige» waren in diesem Fall – und Clara machte sich gar nicht erst die Mühe herauszufinden, wie Greetje von Lenkas Schwierigkeiten erfahren hatte – Schweiß treibende Tees aus Holunderblüten und Minze, mit denen Clara keineswegs einverstanden war, schon gar nicht mit dem ordentlichen Schuss Branntwein, den Greetje dazugegeben hatte. Obwohl es Clara zuwider war, ließ sich ein offener Streit vor

Lenka nicht vermeiden. Sie gab der Frau zu verstehen, dass sie diesen Tee nicht trinken sollte, nahm ihr den Becher fort und goss den Inhalt in den Nachttopf. Zu Greetje sagte sie: «Es genügt doch, wenn der Frau wohlig warm ist. Wozu das Schwitzen? Es schwächt sie, bereitet ihr Unwohlsein, und wenn sie aufsteht, um sich um ihre anderen Kinder zu kümmern oder sonstwas zu tun, erkaltet ihr Schweiß, und die gegenteilige Wirkung wird erzielt.»

Aber Greetje hörte ihr gar nicht zu, sondern raffte allerlei Dinge zusammen, die sie noch mitgebracht hatte, murmelte etwas von: «... wenigstens nicht meine Schuld, wenn noch ein Unglück geschieht», und knallte die Tür so kräftig zu, dass der Säugling aufwachte und vor Schreck zu schreien begann.

Merkwürdig, wie schnell Greetje immer aufgibt, sobald ich dagegenhalte, dachte Clara und zuckte mit den Schultern. Na, mir soll's recht sein.

Dieses Mal blieb Clara so lange bei Lenka, bis sie sicher war, dass es ihr besser ging.

Nach einigen Krankenbesuchen ging Clara gegen Abend in das Wirtshaus von Lenes Vater am Ende des Fleths, um sich noch einmal Lenes Hand anzuschauen.

Lene war auf ihrem Zimmer und sortierte mit der unverletzten Hand die getrockneten Blüten, die sie so gern sammelte. Sie sprang gleich auf, als Clara hereinkam, streckte ihr die Hand entgegen und sagte: «Ich spüre gar nichts mehr. Der Schmerz hat vollkommen nachgelassen. Heute Mittag hat auch Olsen gesagt, es sei ein gutes Zeichen, dass es nicht schlimmer geworden ist. Komm, wir schauen noch einmal nach!» Damit wickelte sie den Lappen ab, den sie den ganzen Nachmittag getragen hatte, und tatsächlich war zu erkennen, dass die Wunde zuheilte.

«Ich glaube, die Heilung hast du dem Lappen zu verdanken», sagte Clara erleichtert. «Er hält deine Hand ruhig. Wickle ihn nur wieder um. Denn, siehst du ...» Sie zeigte auf die Wunde. «Der Riss sitzt genau in der Daumenfalte, und bei jeder Handbewegung klappt sie auf oder zu, sodass er nicht zur Ruhe kommt und nur langsam heilt.»

«Was wird mein Vater bloß sagen?» Lenes Freude war verflogen. «Wenn sich herausstellt, dass es eine ganz gewöhnliche Küchenverletzung war, um die ich so viel Gewese gemacht habe, wird er bestimmt ganz böse. Noch dazu, wo ihm die Gäste ausbleiben, die etwas von meiner Hand mitbekommen haben.»

«Aber er weiß doch, warum wir die Sache so ernst nehmen. Soll ich mit ihm reden? Oder Olsen? Stell dir nur vor, du hättest wirklich die Krankheit gehabt und sie womöglich an die Gäste weitergegeben.»

«Viel Unterschied hätte das wohl nicht gemacht, bei dem flauen Geschäft.»

«Ich rede lieber doch mit ihm. Dann kann er auch gleich anfangen, den Leuten zu erzählen, dass man sich bei euch nicht die Krankheit holt. Das ist auch für uns wichtig, damit die Leute nicht denken, dass nun selbst die Helfer erkrankt sind.»

Die nächsten Tage brachten Clara weitere Erleichterung. Lenes Genesung kam zügig voran, und auch die wirklich Erkrankten wurden einer nach dem anderen gesund. Lenka und Anton erholten sich ebenfalls. Clara erhielt einen Brief von Johanna, die von Constanze berichtete. Die Kleine zeigte keinerlei Auffälligkeiten. Eine Antwort aus London hatte Clara noch nicht bekommen, und auch von Heinrich Peters hatte sie noch nichts gehört.

Der Verwalter des Speicherhauses empfing Clara recht freundlich, als sie ihn vier Tage nach dem ersten Gespräch noch einmal aufsuchte. Er war Clara dankbar, dass sie ein schmutziges Geschäft ans Licht gebracht hatte, denn eine Warenprobe hatte ergeben, dass es sich tatsächlich durchweg um ganz minderwertige Federn handelte. Man habe dann auch gleich noch die anderen Waren überprüft, die mit demselben Schiff gekommen und ebenfalls nur zur Zwischenlagerung bestimmt gewesen seien. Mit denen sei auch etwas faul gewesen. Die Frachtpapiere hatten sich teils als falsch, teils als unvollständig entpuppt. Viel mehr, so sagte er, dürfe er ihr nicht verraten, nur so viel, dass man noch nicht wisse, wer hinter alledem steckte.

Clara fragte, um welche anderen Waren es sich handelte, doch der Mann sagte, auch darüber dürfe er ihr keine Auskunft geben. «Außerdem haben wir sie aus dem Verkehr gezogen, also konfisziert. Einige haben wir einfach umdeklariert. Was nun damit wird, weiß ich nicht. Es ist vollkommen unklar, wohin sie weiterverschifft werden sollen. Jedenfalls wäre es mir höchst unlieb gewesen, falsch deklarierte Ware aus Glückstadt zu entsenden. Das hätte unserem Ruf sicher geschadet, und durch Ihr Eingreifen konnte das ja nun – gottlob! – verhindert werden.»

«Und was wird in der Sache weiter unternommen?», fragte Clara.

«Ich habe das Hafenkontor verständigt, in der Hoffnung, eine Verbindung mit dem Lieferschiff oder seinem Eigner herzustellen. Die Stadtgemeinde und das Schloss sind ebenfalls ins Bild gesetzt. Aber, wie gesagt, mehr weiß ich selbst noch nicht. Falls der Lieferant weiter im Verborgenen bleibt, hoffen wir, etwas von dem Schiff zu erfahren, das die Waren abholt – wann immer das sein mag. Ewig wird das Zeug hier ja wohl nicht liegen bleiben. Ich muss Sie allerdings bitten, Stillschweigen über die ganze Angelegenheit zu bewahren, solange wir nicht wissen, was sich zugetragen hat.»

Nachdenklich trat Clara den Heimweg an und hoffte auf eine baldige Klärung dieser dubiosen Geschichte, damit sie nicht ständig wieder an Roselius erinnert würde. Sie war noch ganz in Gedanken versunken, als sie vom Marktplatz her ein tumultartiges Stimmengewirr hörte. Sie hob den Kopf, änderte die Richtung und ging auf den Lärm zu. Wo die Häuserzeile der gegenüberliegenden Flethseite endete und den Blick auf den großen Marktplatz freigab, sah sie, dass sich allerlei Volk um eine Linde scharte.

«... Anweisungen des Stadtmedicus Jesper Olsen und der Hebamme Clara Cordes unbedingt Folge zu leisten», hörte Clara im Näherkommen jemanden mit tragender Stimme deklamieren, worauf ein vielstimmiges Protestgeschrei ausbrach.

Na, da komme ich ja gerade recht, dachte Clara und überlegte nur kurz, ob sie doch noch schnell in die Nübelstraße abbiegen und nach Hause gehen sollte, bevor sie jemand bemerkte. Doch ihre Neugier gewann die Oberhand, und im nächsten Moment schrie schon jemand:

«Da kommt sie! He, Clara, hast du noch ein paar mehr Anweisungen für uns?»

Aus dem Gelächter und Rufen wie «Du musst dich erst waschen, ehe sie mit dir redet» konnte Clara entnehmen, worum es gehen könnte. Schnell war sie von den Leuten umringt, die alle gleichzeitig auf sie einredeten, bis das Stimmengewirr verebbte, weil Clara einfach nur aufrecht und schweigend dastand und den Leuten ernst in die Gesichter blickte.

Als niemand mehr etwas sagte, fragte sie in die Runde: «Worum geht es denn überhaupt?»

Schnell stellte sich heraus, dass ein Erlass, die Seuche betreffend, von König und Magistrat aufgesetzt und an die Linde genagelt worden war. Während Clara versuchte, das Blatt zu lesen, zitierten die Leute daraus lauthals die Stellen, die sie am meisten aufregten: Gebote der Reinlichkeit in Häusern, Werkstätten, Straßen und Wasserläufen. Clara fand sie ebenso selbstverständlich, wie sie den Leuten unbequem waren. Da der Erlass einige Forderungen wiederholte, die schon länger bestanden, ohne dass sich jemand darum geschert hatte, kam wohl bei manchen ein schlechtes Gewissen hinzu. Überdies drohten nun Kosten – wie etwa für die Rein- und Instandhaltung des Fleths durch die Anwohner. Besonders misslich aber war, dass Olsen und sie namentlich genannt waren, sodass der Eindruck entstand, sie seien diejenigen, die den Leuten nun all die Mühe und Kosten abverlangten. Dennoch fand Clara das Schreiben in allen Punkten korrekt. Dass es ein regelrechtes Verbot für Aberglauben aller Art enthielt – die Räucherungen, Amulette, Wundersteine und rituellen Waschungen etwa –, fand sie dankenswert. Aber sie war auch erschrocken, weil sie sich fragte, ob es bei der langen Liste der gängigen Praktiken tatsächlich um die ging, die man hier in der Stadt beobachtet hatte, oder ob die Verfasser an dieser Stelle lediglich alles aufgelistet hatten, was allgemein bekannt war und wovor in heilkundlichen Schriften seit Jahrzehnten gewarnt wurde. Clara hoffte auf Letzteres und verstand die Wut, die sie einzelnen Kommentaren der Umstehenden entnahm: Die Leute fühlten sich verunglimpft, weil sie als vollkommen unwissend dargestellt waren.

Clara hatte sich zur Ruhe gezwungen und der Menschenmenge den Rücken zugewandt, solange sie las. Nun wandte sie sich um und brauchte nicht mal die Hände zu heben, um sich Gehör zu verschaffen, denn alle warteten schon ungeduldig darauf, was sie nun wohl sagen würde.

«Ich wusste nichts von diesem Erlass», begann sie, «und dennoch finde ich ihn richtig und nötig.» Danach machte sie eine Pause, weil sie wusste, dass das Geschrei nun erst richtig losgehen würde. Erst als es wieder ganz still geworden war und alle sie gespannt ansahen, fuhr sie fort: «Ist einer unter euch, der unter der Krankheit zu leiden hatte?»

Dieses Mal blieb die Menge still. Nur einige Menschen murmelten etwas wie «mein Nachbar», «der Wagenbauer hinten in der Daneddelstraße» oder «der lütte Marten». Clara nickte. Das hatte sie erwartet. «Wie bereit wärt ihr, diesem Erlass zu folgen, hätte die Krankheit euch selbst erfasst, euer Gewerbe zum Erliegen gebracht, die kleinsten Verrichtungen im Haushalt zur Qual gemacht? Wisst ihr eigentlich, wie glücklich ihr euch schätzen könnt, dass ihr verschont geblieben seid? Seid ihr nicht bereit, etwas dafür zu tun, dass es so bleibt?»

Clara nutzte die momentane Stille, in der manche unbehaglich mit den Füßen scharrten oder sich gegenseitig fragend ansahen, und sagte: «Ab morgen erteile ich in meinem Haus tägliche Unterweisungen in dieser Sache für jedermann.» Und ehe wieder das allgemeine Geschrei einsetzte, fügte sie hinzu: «Von neun bis zehn Uhr morgens werde ich wichtige Dinge vortragen und erläutern, wie die einzelnen Punkte des Erlasses zu verstehen sind, und von sieben bis neun Uhr abends stehe ich für Fragen zur Verfügung. Jetzt weiter zu debattieren erscheint mir ganz unsinnig.» Damit trat sie zur Seite, ging um die Linde herum und machte sich auf den Heimweg. Sie ignorierte die Fragen, Rufe und Proteste, die hinter ihr ertönten. Sie hatte gesagt, was sie zu sagen hatte. Es kostete sie viel Mühe, die zur Schau getragene

Selbstgewissheit und Gelassenheit aufrecht zu halten, bis sie in ihre Straße einbog.

Im Haus angekommen, sank sie erschöpft und verwirrt auf die Küchenbank, stützte den Kopf in die Hände und murmelte: «Was habe ich mir jetzt schon wieder aufgebürdet?» Obwohl sie die Bestimmungen des Erlasses begrüßte, konnte sie sich gewisser Skepsis nicht erwehren.

Anders beurteilten Olsen und Willem, Lene und Amalie den Erlass. Früher als sonst kamen sie an diesem Tag zur mittäglichen Besprechung in Claras Haus. Ihre einhellige Meinung war, dass es sich um einen großen Triumph handelte, und sie konnten Claras Zurückhaltung gar nicht verstehen.

«Ihr habt ja auch nicht die aufgebrachte Menge erlebt», sagte sie. «Habt ihr denn niemanden auf den Straßen getroffen, der euch deswegen angepöbelt hat?»

«Gewiss haben wir das», sagte Willem unbekümmert. «Aber was erwartest du denn, wenn unsere stolzen und freiheitsliebenden Glückstädter plötzlich Verhaltensmaßregeln übergestülpt bekommen?»

«Aber in diesem Fall ist es doch nur zu ihrem Besten», wandte Clara ein.

«Genau das müssen wir ihnen verständlich machen», sagte Olsen. «Können wir das vielleicht im Sitzen tun?»

Sie standen alle noch in der Diele, wo Clara sie empfangen hatte. Clara murmelte eine Entschuldigung und bat sie ins Gartenzimmer.

Dort beschlossen sie, Clara mit den Unterweisungsstunden nicht allein zu lassen. Jeder übernahm etwas von der Vorbereitung, und auch in den Fragestunden am Abend sollte Clara nie mit den Leuten allein sein. Olsen und Clara konzentrierten sich auf das Erkennen und Behandeln der Krankheit, Willem auf Vorsicht und Reinlichkeit im Arbeitsbereich, Lene auf Reinlichkeit im häuslichen Bereich, während Amalie ganz erpicht darauf war, gegen den Aberglauben zu Felde zu ziehen, der ihr immer schon ein Gräuel gewesen war. Als sie auseinander gingen, schlug Willem vor, dass sich alle noch einmal am Abend bei ihm treffen sollten, um sich gegenseitig vorzutragen, was sie den Leuten sagen wollten, «und diesen großen Tag würdig zu beenden», schloss er. «Keine Feier, aber so etwas Ähnliches. Ich glaube, wir sind heute einen großen Schritt weitergekommen und haben es bloß noch nicht recht begriffen.»

Bis zum Abend hatte sich nicht nur bei den fünfen die Aufregung gelegt. Ganz ohne ihr Zutun schien sich auch unter einigen anderen Bürgern der Stadt die Erkenntnis durchzusetzen, dass man genauso gut in der alten Heimat hätte bleiben können, wenn zugelassen würde, eine Seuche in dieser neuen, reichen und schönen Stadt ungehindert grassieren zu lassen.

Die Bereitschaft, etwas für die Eindämmung einer Seuchengefahr zu tun, hielt sich zwar noch in Grenzen, aber von Wut und Empörung konnte keine Rede mehr sein, als sich Clara am Abend auf den Weg zu Willem machte. Obwohl der Weg nicht weit war, wurde sie ein gutes Dutzend Mal angesprochen, und der Ton, in dem es geschah, war gänzlich verschieden von dem morgendlichen Geschrei auf dem Marktplatz.

«Ich glaube, wir haben wirklich etwas zu feiern», sagte sie, als sie die anderen zu ihrer Überraschung in Willems Garten versammelt fand. Und erst jetzt merkte Clara, was für ein wunderbarer Spätsommerabend es war, womöglich der letzte des Jahres. «Wie schön!», sagte Clara, breitete die Arme aus und meinte damit alles – die Anwesenheit der Freunde, das gemeinsame Unterfangen der nächsten Tage oder Wochen, den Garten, das letzte Vogelgezwitscher, die Entschlossenheit der Stadtoberen, das Wohl der Menschen ernst zu nehmen, und ihre eigene Beteiligung bei alledem.

Acht

GLÜCKSTADT
Ende September 1634

Zu den morgendlichen Unterweisungsstunden kamen fast nur Frauen. Clara hatte das nicht anders erwartet, und nicht nur, weil die Männer morgens arbeiteten. Es lag auch daran, dass sie den Frauen näher stand und dass sich die Wissbegier der Männer meist auf rein berufliche Belange beschränkte. Zu den abendlichen Fragestunden kamen allerdings auch einige Männer. Der einzige Mann, der gleich am ersten Morgen zu Clara kam, war der Pastor. Clara erschrak, als sie ihn sah, denn sie glaubte nicht, dass er plötzlich seine Wissbegier über die Glückstädter Krankheit entdeckt hatte, sondern dass er hören wollte, ob sie die Grenzen der gebotenen Demut und Gottgefälligkeit einhielt.

An diesem ersten Morgen hatte Olsen die gemeinsame Unterweisung mit Clara übernommen, und selten war Clara so froh über einen Mann an ihrer Seite gewesen. Beide wechselten nur einen Blick, als der Pastor in Claras Gartenzimmer spazierte und missbilligend die Kopien von Michelangelos Skizzen mit stillenden Müttern beäugte, die in schlichten Holzrahmen an den Wänden hingen. Obwohl die Kinder darauf so nackt waren wie die Mütter, enthielt sich der Pastor des Kommentars, der ihm beim ersten Anblick dieser Bilder ganz offensichtlich auf der Zunge gelegen hatte. Ob er den Meister erkannte und merkte, dass diesen Bildern bei näherem Hinsehen nicht die geringste Frivolität innewohnte, war für Clara und Olsen nicht auszumachen.

Er hielt sich auch im Weiteren sehr zurück und beschränkte sich darauf, die ein oder andere Frage zu stellen. Allerdings zielten all seine Fragen darauf zu erfahren, ob Clara oder Olsen glaubten, mit ihrem Tun den göttlichen Plan durchkreuzen zu können, aber beide blieben so stur bei genauen Beschreibungen von Arzneien und ihren Wirkungsweisen, dass die Fragen des Pastors, die auf einen höheren Plan abzielten, ins Leere liefen. Überdies wurde Olsen nicht müde, anerkannte Kapazitäten aus Vergangenheit und Gegenwart beim Namen zu nennen, seine Rede mit Fachausdrücken zu spicken und bisweilen ganz ins Lateinische zu verfallen, sodass der Pastor nicht wagte, Olsens Autorität anzuzweifeln.

Hinterher gab Olsen zu, dass er ganz anders gesprochen hatte, als es seine Absicht gewesen war. «Den anderen Leuten hätte ich mich anders gewiss besser verständlich gemacht, aber am Ende habe ich ihnen auf diese Weise wohl besser genützt», sagte er zu Clara.

«Ich weiß», erwiderte diese und sah ihn dankbar an. «Am Ende haben Sie den Leuten mit Ihrem ... verzeihen Sie den Ausdruck ... mit Ihrem gelehrigen Geschwätz womöglich gar mehr geholfen, als Sie sich ihnen verständlich gemacht hätten. Denn stellen Sie sich nur vor, der Pastor hätte unsere Unterweisungen rundheraus verboten!»

«Das kann er nicht», sagte Olsen etwas zu laut.

«Nicht direkt», räumte Clara ein. «Aber ein Wort von ihm, und ein mancher traut sich nicht mehr hierher.»

Olsen zwinkerte Clara zu. «Deswegen habe ich ja so ‹gelehrig geschwätzt›.»

Hatten sie geglaubt, die Unterweisungen würden fürderhin ungestört abgehalten werden können, so hatten sie den

Zorn Greetje Skippers und den einiger anderer Frauen unterschätzt.

Gleich am nächsten Morgen – Lene hatte die Unterweisung an diesem Tag mit Clara übernommen, und seit einer halben Stunde hörten ihnen vier Frauen aufmerksam zu – kamen sie zu viert hereingestürzt. Schon in der Diele lärmten sie und spotteten über den würzigen Geruch von Salbei, der das Haus durchzog. Clara und Lene hatten einen Tee gekocht, um den Frauen zu zeigen, was sie tun mussten, um Mund, Nase und Augen zu spülen, damit die entzündete Innenhaut wieder heilen konnte.

«Hexenküche» war das erste Wort, das die Frauen in Claras Gartenzimmer aus dem allgemeinen Gepoltere deutlich heraushören konnten.

«Ihr seid spät dran, aber wenn ihr zuhören wollt, setzt euch bitte», sagte Clara, als die vier in der Tür erschienen.

Auf der eingebauten Sitzbank und einigen Stühlen, die Clara vorsorglich in das Zimmer gestellt hatte, war noch Platz, aber Greetje zog es vor, stehen zu bleiben. Die anderen Neuankömmlinge warfen ihr unsichere Blicke zu und blieben ebenfalls stehen.

«Was heißt hier spät dran?», geiferte Greetje. «Die Akademie ist doch von neun bis zehn, und nun ist es halb.»

«Es ist keine Akademie, sondern eine Unterweisung, aber in jedem Fall ist die Stunde schon halb um», sagte Lene. «Setzt euch bitte!» Dann wandte sie sich den anderen Frauen zu und fuhr fort: «Clara wird euch jetzt etwas über die Aufbewahrung und Reinhaltung der benötigten Kräuter sagen, und was Geschirrpflege und reines Wasser angeht, werde ich anschließend …»

«Augenblick mal!», sagte Greetje und machte immer noch keinerlei Anstalten, sich zu setzen. «Niemand hat gesagt, dass diese Weisheiten hier von Punkt neun bis Punkt zehn gehen. Ist man nicht willkommen, wenn man am Morgen erst seine Arbeit erledigt, statt gleich hierher zu rennen?»

«Greetje», sagte Clara und trat einen Schritt auf sie zu. «Wenn du nur gekommen bist, um zu stören ...»

«Wieso stören? Ich dachte, dies wäre eine Volksbelehrung für jedermann. Sind wir euch nicht gut genug?» Sie blickte auf die Frauen, die mit ihr gekommen waren und sich gar nicht wohl zu fühlen schienen. Zwei waren junge Mägde, deren Herrschaft wahrscheinlich nicht einmal wusste, dass sie hier waren, statt zu arbeiten. Die vierte war die junge Frau, der Clara einmal auf dem Markt bei einem Schwächeanfall geholfen hatte. Sie schien ganz unschlüssig zu sein, auf wessen Seite sie sich schlagen sollte, und warf Clara immer wieder verstohlene Blicke zu. Dann zeigte Greetje auf die Frauen, die schon früher dagewesen waren und saßen. «Oder was haben die Millersch, die Gantendeel, die Primarosa und die Butoni euch gegeben, dass sie in diesem Geheimzirkel willkommen sind und wir nicht?»

Dass Greetje nun auch noch diese guten Frauen anpöbelte, ging Clara entschieden zu weit. Erregt fuhr sie sich mit den Händen an die Wangen. Am liebsten hätte Clara sie aus dem Haus gewiesen, aber das würde Greetje kaum mit sich machen lassen. Die Vorstellung von einer handgreiflichen Rangelei in ihrem Haus war ihr so zuwider, dass sie einen Moment lang unschlüssig dastand, als eine amüsierte männliche Stimme von der Haustür her tönte:

«Geheimzirkel? Hier geht's ja zu wie bei Hofe!»

Gleich darauf trat der König forschen Schritts ins Gartenzimmer. «Ach, Sie sind es nur», sagte er und wirkte enttäuscht, als er Greetje sah.

Ihre drei Begleiterinnen huschten beim Anblick des großen, breitschultrigen Mannes einige Schritte weiter ins Zimmer. Von den glänzenden Stiefeln, über das prächtige Reitgewand bis zum ausladenden Federhut bot er, wie stets, einen Respekt einflößenden Anblick. Die beiden Mägde setzten sich schnell.

Der König warf Clara einen knappen Blick zu und gab ihr augenzwinkernd zu verstehen, dass sie ihn nur machen lassen solle. Obwohl kaum noch Platz im Zimmer war, ging er zwei Schritte auf Greetje und die junge Frau zu, die noch stand. «Ihr lasst euch wohl lieber im Stehen unterweisen, was? Verdaut ihr die neuen Gedanken so besser? Nun, jedem das Seine.» Darauf wandte er sich zu Clara um. «Sie machen sich sehr verdient um unsere Stadt, Hebamme Cordes. Besten Dank! Und wie ich sehe, werden Ihre Dienste rege angenommen. Sehr schön.» Er nickte den Frauen ermutigend zu.

Während seiner letzten Worte setzte sich auch die junge Frau. Nur Greetje stand noch.

Der König sah sie auffordernd an. «Sie wollten gerade etwas sagen, über Geheimzirkel, wenn ich mich recht entsinne. Fahren Sie nur fort.»

Greetje machte den Mund auf und wieder zu, verkrampfte eine Hand in ihrem Umhang und führte sie zum Herzen. Sie war sichtlich eingeschüchtert, doch den Mund zu halten war ihr nicht gegeben, und so sagte sie: «So wahr ich hier stehe, durchlauchtigste Majestät, diese Frau bringt alles durcheinander.» Sie ließ den Umhang los und zeigte auf Clara. «Und sie zieht immer mehr Menschen in ihren Bann. Regelrecht unheimlich ist das. Neulich hat sie ein unterkühltes Kind geholt und nix getan, dass es wärmer wurde, bis ich gekommen bin und für alles gesorgt habe. Und was tut diese undankbare Person? Verbietet mir, das Kind zu retten! Wo ich mir doch so viel Mühe gemacht hatte, und dabei ist die Mutter noch nicht mal eine Glückstädterin, bloß auf der Durchreise. Ich sag immer: Auch um solche Leute muss man sich kümmern, der liebe Gott ist für alle da. Aber unsere so genannte Hebamme ...»

«Verstehe ich Sie recht, werte Frau?», unterbrach sie der König. «Sie und der liebe Gott kümmern sich um die Glückstädter und gnädigerweise auch um das bisschen Welt drum herum? Wer von Ihnen beiden hat dabei denn das Sagen? Ich vermute: Sie.»

Die meisten Frauen lachten, aber Greetje bekreuzigte sich. «Durchlauchtigste Majestät, versündigen Sie sich nicht an Ihrem Herrgott!», rief sie beschwörend aus, taub für des Königs beißenden Spott.

«Sie sind nie um einen Ratschlag verlegen, was?» Der König sah Greetje amüsiert an. «Sollte ich weitere Fragen in Glaubensdingen haben, wende ich mich künftig wohl besser an Sie. Und was nun die medizinische Versorgung der Stadt angeht», damit wandte er sich wieder den sitzenden Frauen zu, «tun Sie gut daran, dem Rat unserer Hebamme und dem des Medicus zu folgen. Ich erwarte, dass unser Erlass befolgt wird.» Er blickte Greetje scharf an und fügte hinzu: «Auch von Ihnen.»

Greetje setzte sich vor Schreck auf den nächstbesten Stuhl.

Der König machte mit dem Federhut, den er in der Hand hielt, eine fächelnde Bewegung. «Rieche ich übrigens Salbei?», fragte er Clara.

«Richtig», sagte Clara. «Ein Tee, der hilft, wenn ...»

«Mund, Nasenwände, Augen betroffen sind», vollendete der König ihren Satz. «Sehr gut. Meine Hofmedici sprachen davon. Doch nun, gute Frauen, ist die Belehrung für heute beendet. Ich habe mit der Hebamme etwas zu besprechen.»

Als die Frauen gegangen waren, legte der König seinen

Hut auf den kleinen Tisch vor dem Fenster und wischte sich mit dem Rockärmel über die Stirn. «Herrje!», sagte er. «Was für ein impertinentes Weibsbild! Haben Sie öfter das Vergnügen ihrer guten Ratschläge?»

«Stets und ständig», sagte Clara.

«Das dachte ich mir», erwiderte der König. «Deshalb habe ich mir so viel Zeit für diese Person genommen, denn ich habe ja gesehen, dass sie noch viel Gift im Köcher hat. In Zeiten wie diesen sind die Leute recht anfällig dafür, daher gehört solchen Hetzern gehörig das Maul gestopft. Was nun mein eigentliches Anliegen betrifft …»

«Himmel, bin ich unhöflich!», sagte Clara erschrocken. «Bitte verzeihen Sie! Kommen Sie, setzen Sie sich!» Sie zeigte auf den Tisch am Fenster.

Sie setzten sich einander gegenüber, und der König lehnte Claras Angebot, ihm etwas zu trinken zu holen, ab.

«Ich kehre soeben aus Kopenhagen zurück und möchte wissen, wie ernst es mit der Krankheit ist», sagte er. «Und ich frage Sie und nicht Olsen, weil Sie vermutlich besser als er die allgemeine Stimmung zu beurteilen wissen. Ich hörte von dem Tumult auf dem Marktplatz, bei dem Sie wohl zur Zielscheibe des Unmuts wurden. Ich will die Seuche schnellstens beendet wissen.»

«Nun, ich denke, wir sind auf einem guten Weg dahin», erwiderte Clara. «Der Unmut galt dem Reinlichkeitserlass, der mittlerweile aber schon einsichtiger aufgenommen wird. Die Behandlung der Erkrankten erweist sich als wirkungsvoll, und in den letzten Tagen sind keine neuen Erkrankungen aufgetreten. Wie ernst die Leute den Erlass jedoch fürderhin nehmen …» Zweifelnd sah sie den König an und berichtete ihm von der Schrift, an der sie mit Olsen, Koch und Willem arbeitete. «Sie wird so abgefasst sein, dass jeder ihr leicht entnehmen kann, was zu tun ist – vorausgesetzt, man versperrt sich diesen Gedanken nicht rundheraus.» Sie musste jedoch zugeben, dass diese Haltung bei vielen noch vorherrschte.

«Ich weiß», sagte der König. «Solche Dinge brauchen Zeit.» Dann schwieg er einen Augenblick, ehe er fortfuhr: «Sie waren kürzlich einige Wochen lang in Hamburg, Ihrer alten Heimat. Muss ich mir darüber Sorgen machen?»

Clara sah den König verblüfft an. Woher wusste er von ihrer Reise? Sie wusste so schnell gar nichts zu sagen als: «Worüber sollten Sie sich Sorgen machen?»

«Dass Sie an eine Rückkehr denken», erklärte der König.

«Nach Hamburg?» Clara dachte an den Tag des Hebammentreffens, an dem sie tatsächlich kurz daran gedacht hatte, und war sich nicht sicher, ob sie errötete – aus schlechtem Gewissen und weil der König sie gerade so unverhohlen seiner Wertschätzung versichert hatte. «Aber nein!», beeilte sie sich dann zu sagen. «Ich habe dort liebe Freunde besucht und möchte das auch künftig tun.» Sie sah den König so fragend an, dass er lachte.

«Ich hatte nicht vor, Ihnen das zu verbieten», sagte er und wurde wieder ernst. «Hauptsache, Sie bleiben uns erhalten.» Damit rückte er seinen Stuhl vom Tisch, um aufzustehen.

Clara hob eine Hand. «Majestät», sagte sie, «wenn ich Sie meinerseits noch auf ein Wort bitten dürfte?»

«Nur zu!»

«Haben Sie schon von der Sache mit der absichtlich falsch deklarierten Ware gehört, die auf mysteriöse Weise zuerst im Hafen und dann in unserem Speicherhaus landete?»

«Jetzt erzählen Sie mir nicht, dass Sie schon wieder einem Verbrechen auf der Spur sind!»

«Ich kann ja nichts dafür», sagte Clara und lächelte bescheiden. Da der König sie interessiert ansah, berichtete sie ihm, was sie in Erfahrung gebracht hatte. «Vielleicht habe ich sogar eine Spur», fügte sie hinzu und erzählte dem König von Heinrich Peters' Schwierigkeiten. «Ich habe ihm geschrieben und warte noch auf Antwort.»

«Sehr gut.» Der König nahm seinen Hut vom Tisch. «Ich brauche Sie wohl nicht darum zu bitten, dem Magistrat und dem Hafenamt oder dem Ihnen vertrauten Speicherverwalter Bescheid zu geben, wenn Sie etwas hören?»

Clara versicherte ihm, sie werde alles tun, was sie könne, um auch dieses Mal Schaden von der Stadt abzuwenden. Darauf geleitete sie den König zur Haustür und kehrte ins Gartenzimmer zurück.

Sie öffnete die Gartentür, um frische Luft hereinzulassen, und blickte sinnend nach draußen. Insgeheim hatte sie gehofft, der König würde etwas über Roselius sagen, den er vor zwei Jahren bei den Vorgängen um das Zeughaus hatte suchen lassen. Da es jedoch keinen Grund gab, ihn mit den jetzigen Geschehnissen in Verbindung zu bringen, hatte sie sich nicht getraut, nach ihm zu fragen, und der König hatte keinen Grund, ihn zu erwähnen. Dennoch kehrte er jedes Mal in Claras Gedanken zurück, wenn es um betrügerischen Handel ging, und immer wieder hatte sie jene Begegnung mit ihm vor Augen, bei der ihr einziger Gedanke war, er müsse ihr Vater sein. Doch dann wurde ihr bewusst, was sie tatsächlich vor Augen hatte, nämlich den brachen Garten. Ich habe zu tun, dachte sie. Hier bei mir. Und in der Stadt.

Der kleine Anton entwickelte sich ganz, wie er sollte. Amalie nahm sich seiner – wie auch der anderen beiden Kinder und der Mutter – in einem Maße an, das weit über das Nötige hinausging. Sie machte sogar jemanden aus dem baltischen Raum ausfindig, der Lenkas Sprache verstand und selbst ein wenig Karelisch sprechen konnte. An eine Weiterfahrt zu Lenkas Tante war mit dem Säugling einstweilen nicht zu denken.

Da traf es sich gut, dass ein junger Schiffszimmerer, der erst wenige Monate zuvor mit seiner Frau nach Glückstadt gekommen war und in Amalies Nachbarschaft zwei Zimmer bewohnte, noch in diesem Monat in die holländische Heimat zurückkehren wollte. Amalie einigte sich mit dem Hausherrn auf einen äußerst geringen Mietzins und versprach ihm dafür, die neuen Mieter stets mit Brennholz zu versorgen, so werde die kleine Wohnung über den Winter nicht leer stehen und das ganze Haus auskühlen. Erst als diese Abmachung getroffen war, ging sie mit dem Übersetzer zu Lenka und unterbreitete ihr den Vorschlag, in eine neue Bleibe zu ziehen. Überglücklich willigte sie ein, und noch an dem Tag, als der Schiffszimmerer abreiste, siedelte die kleine Familie in die neuen Räume um. Lenkas erste Worte, als sie mit ihren wenigen Habseligkeiten dort ankam, sagte sie auf Deutsch: «Zu Hause.» Auch Viktor und Katja, die beiden größeren Kinder, hatten längst angefangen, ein wenig Deutsch zu sprechen. Sie rannten nun von einem Zimmer ins andere, klatschten in die Hände und riefen unentwegt «unse neue ßu Hauße».

Seit Amalie die Betreuung der Karelier übernommen hatte, strahlte sie zunehmend Selbstgewissheit und Gelassenheit aus. Clara und Lene, die oft darüber sprachen und nur zu gern gewusst hätten, welche Rolle Amalies neuer Begleiter dabei spielte, freuten sich, dass die stille, ernste Frau sichtlich aufblühte. Ihre Miene war immer noch ruhig und ernst, aber zufriedener und bisweilen gar fröhlich. Als sie Lenka und die Kinder neu eingekleidet hatte, begann sie, sich selbst neue Kleider zu nähen. Hatte sie sich in den letzten Jahren nur in Grau und Schwarz gekleidet, so bevorzugte sie jetzt grüne und ockerfarbene Stoffe, dezent gemusterte Brusttücher, Schals und Umhänge, und als sie eines Mittags mit einer Spitzenhaube zur Besprechung in Claras Haus kam und die bereits dort Versammelten anerkennende Bemerkungen darüber machten, schaute sie nicht beschämt zu Boden, wie es sonst ihre Art war, wenn man ihr etwas Nettes sagte, sondern richtete sich auf, drehte sich und sagte: «Hübsch, nicht wahr? Oder findet ihr derlei unpassend für eine Frau in meinem Alter?»

«Nicht doch!», sagte Willem schmunzelnd.

«Worum es mir heute geht», begann Olsen kurz darauf das Gespräch über den eigentlichen Anlass der Zusammenkunft, «ist die Frage, ob wir die Seuche als eingedämmt betrachten können. Ich bitte euch, einmal reihum zu berichten. Zuerst Lene und Willem. Was haben eure jüngsten Erkundungen ergeben?»

«Ich bin fast froh über mein Missgeschick mit der Hand neulich», begann Lene. «Zwei Waschfrauen am Fleth haben in den letzten Tagen Pferdedecken und Proviantsäcke gereinigt. Die Arbeit hat ihre Hände arg geschunden, und obwohl ich durch die Arbeit der letzten Wochen einen Blick für Haut bekommen habe, hätte ich ohne meine eigene Erfahrung bei diesen beiden doch gedacht, es handle sich um die Krankheit. Ihre Hände waren nicht nur sehr gerötet, sondern auch schuppig und rissig, doch dieser Zustand kam eindeutig von der Arbeit. Ich habe ihnen trotzdem Salbe gegeben und ihnen gesagt, was sie tun sollen. Erst heute Morgen war ich noch bei ihnen, und ihre Hände sind wie neu.»

«Das hast du gut gemacht, Lene», sagte Olsen. «Und obwohl du mit deiner Beurteilung gewiss Recht hattest, hätten diese geschundenen Hände, wie du sie beschreibst, ein Nährboden für die Krankheit sein können. Dass die Frauen sie nicht bekommen haben, deckt sich mit ähnlichen Beobachtungen, die ich gemacht habe.»

«Ich auch», sagte Willem und erzählte von einem Schmied, der sich an einem rostigen Hufnagel verletzt habe. Sein Geselle habe vor einigen Wochen eine ähnliche Verletzung gehabt, und bei ihm habe sich die Krankheit schnell und schlimm entwickelt. Der Meister hingegen habe seine Hand nach der üblichen Wundbehandlung bereits zwei Tage später wieder benutzen können, und nichts sei nachgekommen.

«Wann war das?», fragte Olsen.

«Verletzt hat er sich vor drei Tagen, und seit gestern arbeitet er wieder.»

«Heißt das, es ist vorbei? Haben wir alles richtig gemacht und die Krankheit besiegt?», fragte Clara mit leuchtenden Augen.

«Es hat ganz den Anschein, als sei es vorbei», sagte Olsen. «Ob es jedoch *unser* Verdienst ist, ob *wir* es waren, die die Krankheit besiegt haben, ist ungewiss.»

«Warum? Wer hat denn sonst etwas dagegen getan?», fragte Lene.

«Ach, Lene!», sagte Olsen. «Ich will euren Verdienst natürlich nicht schmälern und möchte euch allen für euren unermüdlichen Einsatz danken.» Dann verdüsterte sich sein Gesicht. «Mir wäre jedoch wohler, wenn ich wüsste, mit welcher Krankheit wir es zu tun hatten, woher sie kam, wie sie sich verbreiten konnte und warum sie es nun nicht mehr tut.»

«Mir genügt, dass es vorbei ist – was immer es war», sagte Lene forsch. Dann blickte sie sich im Gartenzimmer um, und ein fast wehmütiger Zug umspielte ihren Mund. «Obwohl ...», sagte sie leise und zögerte ein wenig. Als die anderen sie fragend ansahen, sagte sie: «Die letzten Wochen hatten auch ihr Gutes. Noch nie zuvor habe ich eine so wichtige

Arbeit getan. Und dann unsere täglichen Besprechungen ... Es war alles so ... Ihr wart mir so ...» Sie wusste nicht recht, wie sie ausdrücken sollte, was sie empfand.

Clara sah sie verständnisvoll an. «Ich glaube, ich weiß, was du meinst. Auch für mich war es das erste Mal, dass ich mit so vielen Vertrauten so lange und so eng zusammengearbeitet habe. Ich glaube, ich werde unsere täglichen Zusammenkünfte vermissen.»

«Als gäbe es nichts anderes zu tun!» Willem klatschte in die Hände, wie um einen Kontrapunkt gegen den sentimentalen Ton zu setzen, in den Lene und Clara gefallen waren. «Nun können wir mehr Zeit auf unsere Schrift verwenden und sie endlich fertig stellen!»

«Ganz recht», sagte Olsen. «Im Übrigen sollten wir noch einige Tage weitermachen wie bisher, um ganz sicherzugehen. Und selbstverständlich müssen wir die Wundbehandlungen zu Ende führen. Wir dürfen keinen erneuten Ausbruch der Krankheit riskieren.» Und kopfschüttelnd setzte er hinzu: «Wenn ich doch bloß mehr darüber wüsste!»

«Müssen wir denn weiterhin täglich zusammenkommen?», fragte Amalie. «Nicht dass ich diese Zusammenkünfte nicht schätzte, aber um die Mittagszeit legt sich Lenka gern hin, und ich könnte mich um den kleinen Anton kümmern, der dann meist hellwach ist.»

«Du und deine Lenka!», sagte Lene und verdrehte die Augen. «Vergiss nicht, dass sie nur vorübergehend hier ist!»

«Wenn es dabei bleibt, dass nun nur noch die bereits Erkrankten weiterbehandelt werden, brauchen wir diese Besprechungen nicht mehr», kam Olsen auf Amalies Frage zurück. «Ich schlage vor, dass wir uns in drei Tagen noch einmal zusammensetzen. Das wäre am Samstag. Wenn alles beim Alten bleibt, ist das dann vielleicht das letzte Treffen.»

«Jedenfalls in Sachen Seuche», setzte Willem hinzu. Damit stand er mit den anderen auf, und beim Verabschieden sagte er zu Clara: «Außer dem Medicus hast du in den letzten Wochen die meiste Arbeit gehabt. Er geht seiner Profession nach. Aber wer entlohnt dich eigentlich dafür?»

«Wie kannst du in so einer Notlage an Entlohnung denken?», empörte sich Clara.

«Nicht nur Willem denkt daran. Auch ich tue es», sagte Olsen, der sich in der Tür nochmals umgedreht hatte.

«Ich komme zurecht», sagte Clara ausweichend.

«Ich frage mich nur, wie lange noch», murmelte Olsen und warf Willem einen viel sagenden Blick zu, ehe er sich ihm anschloss und sie das Haus verließen.

Außer der Bestätigung, dass der Seuche tatsächlich Einhalt geboten war, brachten die nächsten Tage Clara teils erfreuliche, teils ersehnte Briefe. Zwei kamen mit demselben Schiff aus Hamburg.

Heinrich Peters schrieb, nur knapp sei er dem Ruin entgangen. Einer Offerte aus London folgend, habe er umfangreiche Posten Safran und Seide vorfinanziert, die in so miserabler Qualität geliefert worden seien, dass er sie an seine Kunden unmöglich weiterverkaufen konnte. Darauf hätten zwei Großhändler die Kontrakte mit ihm aufgekündigt, nicht nur für Safran und Seide, sondern insgesamt. Einem anderen Hamburger Kaufmann sei es ähnlich ergangen. Mit ihm habe er sich daraufhin zusammengetan, weil keiner von ihnen noch über ausreichende Mittel verfügte, um das Geschäft allein fortzuführen. Sein Kompagnon sei mit Bettfedern hereingelegt worden, einer kompletten Schiffsladung voll. Dessen Lieferant habe auch in London gesessen, habe aber einen anderen Namen getragen und eine andere Adresse gehabt. Beide Hamburger Kaufmänner hätten nach Offenbarwerden des Schwindels keine Verbindung mehr zu ihnen herstellen können. Die Hamburger Handelskammer habe sich des Falls angenommen. Sein Brief schloss mit der Bitte um Nachricht für den Fall, dass Claras Nachfrage zu bedeuten habe, dass in Glückstadt ähnliche Probleme aufgetreten seien. Die Ausmaße des Schwindels ließen nämlich darauf schließen, dass er sich nicht allein auf Hamburg beschränke. In einem Postskriptum dankte er Clara noch einmal für das Leben seiner gesunden Tochter. Erst nach und nach werde ihm klar, was für ein großes Glück es sei, sie in nächster Nähe zu haben.

Seinem Brief lag einer von Johanna bei, flüchtig hingeworfene Zeilen, in denen sie so eindrucksvoll über Constanze berichtete, dass Clara die Kleine lebhaft vor Augen hatte.

Noch am selben Tag unterrichtete Clara den Speicherverwalter über die Hamburger Verhältnisse. Er hingegen konnte ihr nichts Neues berichten, nickte nur wissend, als sie London als Quelle für die falschen Lieferungen nannte, und sagte: «So weit waren wir auch schon.» Trotzdem dankte er ihr und bat um Peters' Anschrift. Clara hoffte sehr, etwas zur Beendigung des Schwindels beigetragen zu haben.

Tags darauf bekam sie einen Brief von Terence Plimsoll aus London, und Clara setzte sich damit in den Garten, weil es möglicherweise einer der letzten strahlenden Spätsommertage war. Der Arzt schrieb, in einem Brief könne er die erbetenen Auskünfte nicht in der gebotenen Ausführlichkeit geben. Zu einem Besuch in England lade er sie jedoch herzlich gerne ein. Er könne ihr zunächst nur soviel sagen, dass es bei Kindern, die mit einer Geburtszange geholt wurden, später durchaus zu Fehlentwicklungen gekommen sei. Allerdings seien diese nur bei Kindern dokumentiert, die grobe, auch später nicht zurückgebildete Kopfverformungen aufwiesen.

Claras Brust fühlte sich plötzlich wie eingeschnürt an. Sie erinnerte sich daran, wie deutlich die Spuren der Zange an Constanzes Kopf zu sehen gewesen waren. Konnte sie Johanna glauben, dass nichts mehr davon übrig war? Oder betrachtete Johanna ihren Schützling mit den Augen der Liebe und sah Dinge nicht, die sie nicht sehen wollte? Doch dann dachte sie daran, dass sie vor ihrer Abreise aus Hamburg selbst gesehen hatte, wie schnell die Dellen an Constanzes Schläfen verschwanden. Und so liebesblind war Johannas Bericht gewiss nicht, dass ein gänzlich falsches Bild entstand. Dennoch wollte sie dieser Gedanke nicht gänzlich beruhigen, denn was blieb, war die Erkenntnis, dass der Einsatz der Zange große Gefahren bergen konnte. Ehe sie weiter damit arbeitete, musste sie mehr darüber in Erfahrung bringen. Sie musste nach London reisen. Dann wollte sie Plimsoll auch bitten, ihr Kenntnisse über die Zangen zu verschaffen, die man dort benutzte. Was, wenn sie selbst mit einem ganz ungeeigneten Gerät arbeitete, das Willem auf Grundlage einer längst veralteten Konstruktionszeichnung gebaut hatte? Andererseits hatte Willem beim Bau vieles bedacht. Und war es nicht gar denkbar, dass Willems Zange sogar besser war als die in London gebräuchlichen? Austausch, dachte Clara. Wir brauchen viel mehr Austausch! Sie stand auf und ging ins Haus. Wenn der Druck auf ihrer Brust nachlassen sollte, musste sie Plimsoll sofort schreiben und ihn bitten, sie möglichst bald zu empfangen, bevor die Herbststürme begannen und eine Reise unerfreulich und gefährlich machten.

Neun

GLÜCKSTADT
Oktober 1634

Schon Ende September kehrte fast das gewohnte Leben in die Stadt zurück. Handel und Handwerk krankten jedoch immer noch.

Ein Besenbinder und ein Seifensieder aus Kopenhagen eröffneten Werkstätten im neuen Wohnquartier westlich des Fleths. Es wurde gemunkelt, der König höchstselbst stecke dahinter, aber das wiesen beide Männer weit von sich. Dennoch umgab sie der Nimbus königlicher Autorität, und ihre Geschäfte liefen von Anfang an prächtig.

Doch nicht nur Putzmittel waren gefragt. Eine Abordnung des Magistrats machte mit Clara aus, dass sie möglichst vielen Haushalten ganz praktisch die Reinlichkeitsmaßnahmen nahe bringen sollte.

Claras Tätigkeit wirkte sich auch auf ihre Arbeit an der Schrift aus, und sie setzte Olsen, Koch und Willem darüber in Kenntnis, dass sie noch viel weiter ausholen mussten als geplant. Anschließend luden die vier noch einmal zu einem Treffen des alten Helferkreises ein, denn Clara konnte unmöglich allein schaffen, was der Magistrat ihr aufgetragen hatte. Clara drang darauf, dass die Leute lernen müssten, Schmutzarbeiten nicht in der Nähe von Nahrungsmitteln zu erledigen, ihre Abfälle separat zu lagern, ehe sie aus dem Haus gebracht wurden, und dergleichen mehr. Und nachdem sie festgestellt hatte, dass alles Gerede darüber nicht viel nützte, hatte sie beim letzten Helfertreffen gesagt: «Es hilft alles nichts. Wir müssen zu den Leuten gehen, ihre Besen und Dreckeimer und Seifenschalen in die Hand nehmen und ihnen erklären, was gut für sie ist. Wir müssen einen Hausputz mit ihnen machen und ihnen zeigen, dass manche Dinge nur sauber aussehen, es in Wahrheit aber nicht sind, wenn man sie nicht heiß oder mit Essig reinigt. Wo Vieh ist, Hühner oder Hasen, da müssen wir Plätze für sie finden, an denen nicht gegessen oder Essen zubereitet wird. Und was Kriechgetier angeht, müssen wir ihnen an den einzelnen Tieren zeigen, was Ungeziefer ist und was nicht. Spinnen sollen sie getrost an den Wänden lassen, aber Fliegen und Würmer, Schaben und Mäuse ... Nun, euch brauche ich das nicht zu erklären. Aber es den Leuten nur zu erklären ist müßig. Wir müssen es einfach tun. Nicht reden – tun!»

«Mein Vater wird davon nicht begeistert sein, wenn ich losziehe und unsere Kundschaft belehre», sagte Lene zögerlich. «Meinst du nicht, dass es den Leuten unangenehm ist, sich so von uns belehren zu lassen?»

«Mag sein», gab Clara zu. «Wenn du merkst, dass es schwierig wird, sag ihnen, der königliche Erlass will es so. Und dass hinter dem Erlass neue Erkenntnisse der Wissenschaft stecken.»

In dem Moment kam Amalie ein Gedanke. «Was haltet ihr davon, das Treffen der Handwerkerfrauen zu nutzen, um die neuen Reinlichkeitsmaßnahmen zu besprechen?», sagte sie. «Diese Frauen stehen neuen Gedanken aufgeschlossen gegenüber und haben es sowieso nicht so mit dem Reden, sondern sind schnell auf Taten bedacht.»

Wie Recht sie damit hatte, erwies sich binnen weniger Tage, und von da an ging «der Reinlichkeitsfeldzug», wie es der Kreis um Clara scherzhaft ausdrückte, zügiger und siegreicher voran als erwartet.

Bald schon konnte sich Clara wieder mehr um den eigenen Haushalt kümmern und begann mit der Herbstbestellung ihres Gartens. Aus den wenigen Pflanzen, die den Sommer überlebt hatten und nicht im Freien überwintern konnten, schüttelte sie Samen aus den Blütenständen. Bevor sie die Erde um die winterfesten Pflanzen anhäufelte und mit Reisig bedeckte, lockerte sie das Erdreich dazwischen und grub die übrige Fläche um. Obwohl es zu regnen begann, machte sie weiter und arbeitete gegen die einsetzende Dämmerung an. Wie jedes Jahr um diese Zeit konnte oder wollte sich Clara noch nicht daran gewöhnen, dass es schon so früh dunkel wurde, und dann schaffte sie es am späten Nachmittag des elften Oktobers doch nicht mehr, mit dem Umgraben fertig zu werden. Als es so dunkel wurde, dass sie nicht mehr sehen konnte, ob sie mit dem Spaten in Wurzelwerk stach, musste sie aufgeben und ärgerte sich über ihre Unvernunft.

Obwohl sie sehr hungrig war, fühlten sich ihre Arme und Beine zu schwer an, um noch zu Lene ins Wirtshaus zu gehen. Sie aß einen Apfel, ein paar Mohrrüben und etwas Brot dazu, und obwohl sie eigentlich noch nähen wollte, ging sie schon vor neun Uhr zu Bett. Als sie hörte, dass der Wind auffrischte, der mit dem Regen gekommen war, stand sie noch einmal auf und prüfte, ob alle Fenster und Türen fest geschlossen waren. Inzwischen war es so kühl geworden, dass sie schnell noch die Strohsäcke zum Abdichten der Türen aus dem Verschlag unter der Treppe holte und vor Haus- und Gartentür legte. Dann schleppte sie sich wieder ins Schlafzimmer hoch und ließ sich von prasselndem Regen und heulendem Wind in einen unruhigen Schlaf begleiten.

Im Traum war sie auf der Reise nach London. Doch statt auf Deck hockte sie zwischen knatternden Segeln und peitschender Takelage hoch oben im vordersten Mast einer dreimastigen englischen Galeone. Sturmwind nahm ihr den Atem, und mit tosendem Rauschen tat sich ein Wellental vor ihr auf, in dem das Schiff zu versinken drohte.

«Alles beisammenhalten», rief jemand vom Deck zu ihr hinauf, und sie wusste nicht, wie sie das bewerkstelligen sollte, denn obwohl sie sich an einer Rahe festklammerte, konnte sie sich kaum halten. Wenn sie losließ, würde sie in die Tiefe stürzen oder von einer Sturmböe über Bord gerissen werden.

«Alles beisammenhalten», ertönte der Ruf umso nachdrücklicher.

Clara wachte auf und setzte sich erschrocken auf. Sie atmete schnell und kam nur langsam zur Ruhe. Sie wollte sich gerade wieder hinlegen, als ihr plötzlich bewusst wurde, dass zwar die Traumbilder verschwunden waren, nicht aber die dazugehörigen Geräusche. Ganz im Gegenteil hörte sie nun sogar lauter und deutlicher als im Traum Wasser rauschen, Wind tosen, das Krachen von berstendem Holz, metallisches Klirren, dumpfe, undefinierbare Schläge und aufgeregte Stimmen.

Schnell stand sie auf und ging über den kleinen Flur zum vorderen Zimmer, um auf die Straße zu schauen.

Dass draußen ein Gewitter tobte, bemerkte sie schon, bevor sie am Fenster war, und einen Moment lang verspürte sie Erleichterung, weil sie glaubte, die ungewöhnlichen Geräusche kämen daher. Doch der Anblick, der sich ihr bot, als sie ans Fenster trat, ließ sie vor Entsetzen erstarren: Wassermassen wälzten sich durch die Straße und schoben einen Pferdekarren, der wohl am Fleth abgestellt worden war, vor sich her. Nur schemenhaft ragte er aus der aufgepeitschten Wasseroberfläche. Das Fleth war nur sechs Häuser entfernt und stieß schon ein kurzes Stück weiter ans Hafenbecken. Wie viel Wasser würde noch von dort kommen?

Clara lief ins Schlafzimmer zurück, zündete die Kerze neben dem Bett an und eilte damit zur Treppe. Sie beugte sich mit ausgestrecktem Arm nach unten und erwartete schon, dass ihr das Wasser auf der Treppe entgegenkäme, aber erst auf der untersten Stufe bekam sie nasse Füße. Nach dem, was sie draußen gesehen hatte, hätte das Wasser in ihrem Haus viel höher stehen können, dachte sie, und beglückwünschte sich dazu, dass sie am Abend die Türen abgedichtet hatte. Sie raffte ihr Schlafgewand mit der freien Hand, watete zur Haustür und sah, dass die Strohsäcke noch an ihrem Platz lagen, aber sie waren voll gesogen. Sie wandte sich zu dem Verschlag unter der Treppe um, wo noch zwei gefüllte Säcke an der Bretterwand hingen, und ersetzte die durchnässten. Bang fragte sie sich, wie lange das Wasser wohl noch steigen und wann es abfließen würde.

Sie watete ins Arbeitszimmer, um ihren Tidenkalender zu holen. Gleich beim ersten Schritt in das kleine Zimmer stieß etwas gegen ihren Knöchel. Clara leuchtete nach unten und sah, dass die Pflanzen im Zimmer umherschwammen. Schnell fischte sie sie aus dem Wasser und legte sie auf ein Regal. Als sie nach dem Tidenkalender griff, überlegte sie, wo im Haus sonst noch Dinge auf dem Fußboden standen. Natürlich standen alle Möbel im Wasser, das war nun nicht mehr zu ändern, aber was konnte, was musste sie schnell noch retten? Sie klemmte sich den Kalender unter den Arm und griff nach dem Gebärstuhl, der zusammengeklappt an einer Wand lehnte, um ihn in die Küche zu tragen und auf die Küchenbank zu legen.

In der Diele standen und lagen die Gartengeräte auf dem Boden, die sie am nächsten Tag weiterbenutzen wollte. Sie hatte sie nicht gereinigt, und folglich sah sie nun, dass das Wasser in der Diele torfrot war. Noch bevor sie die Küche erreichte, schwirrte ihr der Kopf von all den Dingen, die sie am liebsten zuerst getan hätte.

In der Küche legte sie Gebärstuhl und Tidenkalender ab, stellte die Kerze auf den Küchentisch, zündete noch zwei weitere Kerzen an und räumte in der Speisekammer die Lebensmittel, die knapp über dem Wasserspiegel lagerten, auf höher liegende Regale. Was dort keinen Platz mehr fand, stellte sie auf den Küchentisch. Dann setzte sie sich. «Nur die Ruhe», murmelte sie. «Gedankenlose Geschäftigkeit hilft in der Not noch weniger als sonst.» Zuerst musste sie wissen, wie lange das Wasser noch auflaufen und wann die nächste Ebbe einsetzen würde. Erleichtert stellte sie fest, dass schon um Mitternacht Hochwasser sein sollte. Danach würde es also ein wenig besser werden.

Clara watete ins Gartenzimmer, um auf die Uhr zu schauen. Es war kurz vor elf. Also würde das Wasser noch eine Stunde lang ansteigen. Konnten die Strohsäcke so lange verhindern, dass ihr Haus noch voller lief? Fröstelnd rieb sie sich die Arme. Sie musste sich etwas Warmes anziehen.

Als sie die Treppe hinaufstieg und überlegte, wie sie ihre Röcke hochbinden sollte, damit sie sich nicht gleich voll Wasser sogen, konnte sie die Rufe wieder hören, die durch die oberen Fenster deutlicher ins Haus drangen als unten. Erschrocken dachte Clara: Wie mag es in anderen Häusern aussehen? Wie viele Häuser liegen der Elbe viel näher als meins? Der Schaden wird anderswo viel größer sein als hier bei mir! Ich muss raus und helfen! Unsinn, war ihr nächster Gedanke. Niemand kann sich bei diesem Wasserstand durch die Straßen kämpfen. Sie schaute wieder aus dem Fenster. Das Wasser schien jetzt niedriger zu stehen. Wie konnte das sein? Clara blickte nach links, in Richtung Fleth und Elbe, horchte und merkte, dass sich der Wind legte. Auch das Gewitter hatte aufgehört. Vielleicht, überlegte sie, war es der Wind gewesen, der das Wasser in die Stadt gedrückt hatte, und nicht eine übermäßige Flut.

Als sie stadteinwärts nach rechts blickte, traute sie ihren Augen nicht. Im ersten Moment glaubte sie, die Galeone aus ihrem Traum zu sehen. Masten, zerfetzte Segel, ein beschädigter Schiffsrumpf wurden irrlichternd sichtbar. Menschen mit Laternen gingen um das Schiff herum, das mitten auf dem höher gelegenen Kirchplatz lag. Daher kamen auch die Rufe. Unfassbar! Was musste das für eine Flut gewesen sein, die ein Schiff mitten in die Stadt hob?

Clara blickte wieder nach unten in die Straße, fixierte einen Punkt an der gegenüberliegenden Hauswand und beobachtete den Wasserpegel. Schnell erkannte sie, dass das Wasser tatsächlich ablief. Dann war es also wirklich der Wind, der das Wasser in die Stadt gedrückt hatte.

Clara überlegte, was zu tun war. Das nächste Hochwasser würde am nächsten Mittag kommen. Bis dahin musste das Nötigste erledigt sein. Außer dafür zu beten, dass sich der Wind ganz legte oder wenigstens drehte, musste sie zuerst schauen, ob es Verletzte oder sonstwie Hilfsbedürftige gab. Das war aber erst möglich, wenn sie die Haustür öffnen konnte.

Schnell zog sich Clara an und ging wieder nach unten. Sie legte Tücher auf den Küchentisch, sammelte alles auf, was im Nassen stand oder schwamm, und legte es auf die Tücher. Dann begann sie, mit einem Eimer das Wasser durch die Fenster aus dem Haus zu schöpfen. Als sie die Türen öffnen konnte, ohne dass neues Wasser von draußen hereinfloss, fegte sie das Wasser mit einem Reisigbesen aus dem Haus.

Als sie glaubte, dass der Rest nur durch allmähliches Trocknen wieder in Ordnung kommen konnte, bestückte sie den Kasten, den ihr Willem gebaut hatte, mit Arzneien, Verbandszeug und anderen Dingen, die sie in dieser Nacht womöglich brauchen würde. Eilig machte sie sich auf den Weg zu Olsen. Zu gern hätte sie sich das Schiff auf dem Kirchplatz angesehen, doch sie bog in die erste Querstraße zum Markt ein, die auf direktem Weg zu Olsen führte.

Auf dem kurzen Weg sah sie, dass die ganze Stadt auf den Beinen war. Wer nicht dabei war, sein eigenes Haus trocken zu legen, half den Nachbarn oder lief von Haus zu Haus, um zu berichten, welche Schäden anderswo entstanden waren, wo Hilfe gebraucht wurde, dass ein Schiff auf dem Kirchplatz liege und dass durch die vom Sturm aufgepeitschten Wassermassen eine Elbschleuse und zwei Deiche gebrochen seien.

Dann konnte das Mittagshochwasser also wieder ungehindert in die Stadt fließen, dachte Clara und fragte sich, ob sich das Aufräumen und Trockenlegen bis dahin überhaupt lohnten. Aber versuchen musste man es, versuchen und hoffen.

Olsen kam Clara schon auf dem Marktplatz entgegen. Ohne stehen zu bleiben, bedeutete er ihr mitzukommen. «Richtung Hafen und Elbe», sagte er.

Clara nickte und schloss sich ihm an. «Haben Sie schon Verletzte behandelt?»

«Bäcker Mahlmann wurde fast der Arm abgerissen, als er auf die Kirche zuging, um zu schauen, was weiter unten in der Stadt geschehen war, und plötzlich das Schiff angespült kam. Er ist übel dran. Doch ich vermute, auf der anderen Flethseite und Richtung Elbe gibt es noch mehr Verletzte. Davon abgesehen wird in den nächsten Tagen die Kälte das größte Problem sein. Überall dürfte das Feuerholz nass geworden sein. Ich will morgen im Zeughaus, im Provianthaus, im Schloss und bei den größeren Werkstätten fragen, ob genügend Feuerholz da ist, um es an die Leute zu verteilen.»

«Gewiss kann das Willem für Sie übernehmen. Im Speicherhaus gibt es übrigens einen großen Posten herrenloser Decken. Die können womöglich auch verteilt werden. In Häusern, die die Schlafkammern zu ebener Erde haben, werden sie gewiss am dringendsten benötigt.»

«Was Sie alles wissen», sagte Olsen und blickte Clara überrascht an.

Sie hatten den Marktplatz hinter sich gelassen und gingen über die Marktbrücke. Das Wasser des Fleths unter ihnen reichte fast bis zur Brücke. Schiffsmasten ragten weit über die Brücke. Einige Schiffe lagen schräg auf der Uferböschung. Holzplanken, Maststücke, Takelage, Fässer und allerlei andere Gegenstände schwammen auf dem Wasser. Auf der anderen Flethseite war es noch nicht ganz von der Straße abgeflossen. Nur wenige Menschen wateten durch das knöchelhohe Wasser, die anderen waren noch in ihren Häusern und wagten nicht, die Türen zu öffnen.

Dieser Teil der Stadt wirkte noch gespenstischer als der, aus dem sie kamen. Viele Fenster waren beleuchtet, der Schein von Laternen huschte hin und her und spiegelte sich auf der Wasserfläche. Aufgeregte Stimmen drangen aus den Häusern, Wehklagen, laute Anweisungen, von denen auf der Brücke nur einige zu verstehen waren, etwa: «Zuerst die Getreidesäcke!», «Schicke die Kinder wieder hinauf!» oder: «Gib Acht! Der Stuhl schwimmt ans Fenster!» Hilferufe waren nicht zu vernehmen, aber das wollte nichts besagen, denn die Häuser, die weiter zur Elbe hin lagen und wohl die größten Schäden davongetragen hatten, waren nicht in Hörweite.

«Es hat noch gar keinen Sinn, rüberzugehen», sagte Olsen.

«Vielleicht wäre es ohnehin nicht so gut, wenn Sie herumwandern und niemand weiß, wo Sie sind», überlegte Clara. «Vielleicht können wir mit Hilfe des Stadtschreiers oder der Botenjungen ausfindig machen, wo Sie gebraucht werden. Und wenn Sie Leute in ihren Häusern behandeln müssen, können dieselben Boten davon unterrichtet werden, damit man immer weiß, wo Sie sich gerade aufhalten. Denn wer weiß, was die morgige Flut bringt. Womöglich ist es in den nächsten Tagen wichtig, dass Sie jederzeit und überall erreichbar sind.»

Olsen nickte und sah Clara nachdenklich an. «Manchmal sind Sie mir direkt unheimlich», sagte er. «Lassen Sie uns zum Bürgermeister gehen. Möglicherweise weiß er noch mehr Dinge, die zu tun sind.»

Der Bürgermeister saß bereits mit anderen Magistratsmitgliedern in seinem Haus am Fleth gleich hinter der Ecke zum Marktplatz zusammen. Clara konnte nicht viel mehr von dem Raum erkennen als die Männer, die um einen großen Tisch herumsaßen. Ihre ernsten, müden Gesichter wurden von zwei Tischlampen beleuchtet.

Clara und Olsen waren ihnen höchst willkommen, zumal Clara in letzter Zeit Einblicke in die Haushalte der Stadt bekommen hatte. Sie wurde gefragt, wo Alte, Schwache und Kinder wohnten und in welchen Haushalten die Männer noch krank waren. Während sie Auskunft gab, markierte ein Magistratsmitglied auf einem großen Stadtplan, der ausgebreitet auf dem Tisch lag, wo man vermutlich Bedürftige finden würde. Im selben Plan war bereits verzeichnet, in welchen Häusern Soldaten einquartiert waren, die man für die anstehenden Aufräumarbeiten einsetzen konnte. Das nötige Einverständnis des Stadtgouverneurs hatte schon jemand in aller Eile eingeholt. Aufgrund von Claras Angaben zeichnete sich nun nach und nach ab, wie Hilfsbedürftige und Helfer einander zugeordnet werden konnten und wo sich Lücken auftaten. Clara bot an, nach Verletzten und sonstwie Geschädigten zu sehen.

Clara erfuhr, dass ein Trupp von fünfzig Männern, zumeist Soldaten, bereits zusammengestellt und ausgerüstet wurde, um noch in der Nacht mit Ausbesserungsarbeiten an Schleuse und Deichen zu beginnen.

Während der etwas über einstündigen Besprechung kamen vier- oder fünfmal ausgesendete Boten herein, die über die Schäden der Wohnquartiere berichteten. Clara staunte darüber, wie gut und schnell der Magistrat alles Nötige regelte.

Den Rest der Nacht verbrachte Clara mit Hausbesuchen, zunächst auf der östlichen Flethseite, rund um den Marktplatz, dann auf der anderen Seite. Es war so, wie Olsen vermutet hatte: Zwischen Elbe und Fleth waren die Wasserschäden am schlimmsten. Es gab Häuser, in denen das Wasser bis zur Decke des Erdgeschosses gestanden hatte, von wo es im Laufe der Nacht nur langsam abfloss. Clara musste an sich halten, um nicht überall Hand anzulegen, doch sie erklärte den Leuten, dass sie nur gekommen sei, um dem Magistrat noch in der Nacht Bericht zu erstatten. Am nächsten Tag werde dafür gesorgt, dass sie Hilfe bekämen.

Am nächsten Tag – das bedeutete: nach dem Wechsel der Gezeiten und während der nächsten Flut. Überall in der Stadt beteten die Leute, dass bis dahin Schleuse und Deiche wenigstens notdürftig repariert waren und dass die Mittagsflut keine neue Sturmflut brachte.

Clara zählte etliche leicht Verletzte, denen sie Wundverbände anlegte. Es war jedoch – gottlob! – niemand außer dem Bäcker ernstlich an Leib und Leben zu Schaden gekommen.

Als Clara dem Magistrat ihren Bericht vortrug, ergab sich, zusammen mit den Berichten von Olsen und anderen, dennoch ein Schreckensbild: kaum ein Haus, kaum eine Familie, die nicht geschädigt waren.

Jedoch erst, als Schiffe und Händler in den nächsten Tagen Berichte aus dem Umland mitbrachten, begannen die Glückstädter zu begreifen, wie glimpflich sie davongekommen waren. Noch Tage nach der Flut standen, wie es hieß, die Marschen unter Wasser, mancherorts zehn Fuß tief. Überall an der Küste waren Deiche und Dämme gebrochen. Tausende von Menschen waren ertrunken und ein Vielfaches an Vieh. Die Äcker waren verdorben und die Wintersaat erstickt.

Trotzdem gab es auch in Glückstadt tage-, ja wochenlang viel zu tun. Schäden in und an den Häusern mussten behoben, tausend Dinge getrocknet und gereinigt werden. An tiefer gelegenen Stellen der Stadt blieben tagelang Wasserlachen zurück. Olsen fürchtete sie als mögliche Brutstätten für neue Krankheitspartikel, die Stadtoberen als eine Gefährdung der Bausubstanz. Pferde liefen nur noch mit Schlickschuhen umher, und die Verunreinigungen, die das Wasser hinterließ, waren überall zu sehen. Wo immer große Schäden in den Straßen oder im Hafen und am Fleth entstanden waren, konnten sie nicht gleich behoben werden, weil Steine, Mauerwerk und Holz erst austrocknen mussten. Beim Besorgen des benötigten Baumaterials bewies der König wieder seine Verbundenheit mit der Stadt. Kostenlos oder gegen geringe Preise ließ er aus seinen Besitzungen Holz, Sand und Steine anliefern.

Verunreinigtes Wasser und verunreinigte Lebensmittel riefen Magen- und Darmkrankheiten hervor, die aber, besonders zu Olsens Erleichterung, vorübergehender Natur waren.

Auch Hautreizungen traten wieder auf, weil die Leute lange mit kalten und feuchten Gegenständen hantierten, doch die bewährten Salben brachten schnelle Heilung und bannten die Angst vor einem erneuten Ausbrechen der Seuche.

Während Dutzende Männer auf Dächern und Gerüsten hockten, um zu prüfen, welche Reparaturen nötig waren, hier und dort bereits Dachstühle, verzogene Fenster- und Türrahmen ersetzten, Scheiben einsetzten und Wände verputzten, kümmerten sich Clara und Olsen mit Amalies Unterstützung um Kranke und Verletzte.

Besonders sorgte sich Clara um das Wohlergehen der Dirnen. Sie befürchtete, ihr Haus, das ja so nahe am Hafen lag, könnte besonders stark beschädigt oder verunreinigt worden sein. Doch als sie sie besuchte, stellte sie erleichtert fest, dass sie – genau wie Willem – die Flut frühzeitig bemerkt und alle wichtigen Dinge in die oberen Stockwerke getragen hatten. Die Wasserschäden unten im Haus waren deswegen nicht so schlimm ausgefallen, und allen ging es gut. Wieder einmal konnte Clara beobachten, wie hilfsbereit und zupackend die Frauen waren und wie viel sie in den Unterweisungen bei ihr gelernt hatten.

Auch hier, vor dem Hafen, konnte sie die regen Reparaturarbeiten beobachten, die überall im Gange waren. Sonst kamen alle Geschäfte in der Stadt für einige Tage zum Erliegen. Es galt einzig und allein, die Flutschäden zu beheben, ehe an eine Rückkehr zum gewohnten Leben überhaupt zu denken war. Alles in allem konnte sich Glückstadt jedoch wahrhaft glücklich schätzen, vor größerem Leid verschont geblieben zu sein. Und ein ebenso großes Glück war es, dass es bei dieser einen Sturmflut blieb, da die Stadt vor den Fluten der Nordsee und der Elbe für einige Tage nur unzureichend geschützt war. Denn umfangreiche Reparaturen an der Elbschleuse waren nötig, und Teile der anschließenden Deiche waren bis an den Kreuzdeich fortgespült worden. Dutzende Menschen arbeiteten Tag und Nacht an der Behebung der Schäden.

Unter ihnen war ein junges Mädchen. Es erschien Tag für Tag auf der überfluteten Vordeichfläche zwischen Fleth und Elbe am nördlichen Ende der Stadt zum Wasserschöpfen. Vier Tage nach der Sturmflut brach es mitten im Brackwasser zusammen.
Zu den nächstgelegenen Häusern in diesem Teil der Stadt gehörten die, in denen Amalie und Lenka wohnten. Die beiden Frauen machten gerade mit Lenkas drei Kindern einen vorsichtigen Spaziergang in Richtung der Deiche, um zu sehen, wie die Arbeiten voranschritten, als sie schon von weitem eine kleine Gruppe wild gestikulierender Menschen gewahr wurden. An den Rufen hörten sie gleich, dass ein Unglück geschehen sein musste.
Amalie bedeutete Lenka, mit den Kindern zurückzubleiben, und eilte auf die aufgeregten Menschen zu. Im Näherkommen sah sie, dass sie jemanden trugen. Es war das ohnmächtige junge Mädchen. Amalie leitete das Grüppchen in ihr Haus und erklärte, sie werde sich um das arme Ding kümmern, sobald man es auf ihr Bett gelegt habe. Die Leute sagten, niemand kenne das Mädchen, man wisse nicht, zu wem es gehöre oder wo es wohne. Erst als es zum Wasserschöpfen erschienen war, habe man es bemerkt. Es sei aufgefallen, weil es für diese Arbeit viel zu schwach zu sein schien. Amalie dankte den Leuten und ließ sie zu ihrer Arbeit zurückkehren.
Sie wollte das Mädchen gerade in eine Decke hüllen, als es die Augen öffnete, schmerzhaft das blasse, hagere Gesicht verzog, stöhnte und den schmalen, kalten Leib verkrampfte.

Erschrocken hielt Amalie inne und blickte auf die kleine, geschundene Person. Noch ehe der Krampf vorüberging, wurde ihr klar, in welchem Zustand das Mädchen war. Der Krampf selbst und die Wölbung des Bauches an dem sonst ausgemergelten Körper waren ihr Hinweis genug. Da sie das Mädchen nicht allein lassen konnte, schrieb sie hastig eine Nachricht und schickte Lenka damit zu Clara.

Clara war nicht zu Hause, aber Lenka wusste sich zu helfen, zeigte Leuten auf der Straße die Nachricht, und schließlich fand sich jemand, der wusste, wo Clara zu finden war. Zusammen mit Olsen war sie bei einem Tischler, der sich so überarbeitet hatte, dass seine Hände fürchten ließen, es handle sich wieder um die jüngst besiegte Krankheit. Mit der Bemerkung, dass vier Augen mehr sehen als zwei, hatte Olsen Clara gebeten, ihn dorthin zu begleiten.

Clara las Amalies Nachricht. Während Olsen den Tischler vorsorglich mit den Arzneien behandelte, die sie während der Seuche benutzt hatten, ging Clara mit Lenka voraus, um ihren Hebammenkoffer zu holen. Olsen wollte dann folgen.

Das Mädchen war wieder bewusstlos, als Clara und Olsen bei Amalie eintrafen. Es hatte dunkle Ränder unter den Augen und die eingefallenen Wangen einer alten Frau. Kalter Schweiß stand ihm auf der heißen Stirn, und ab und zu stöhnte und zuckte es.

«Dieses Menschenkind ist schon seit vielen Wochen sehr krank», sagte Olsen. «Wer ist sie?»

Amalie sagte, das wisse niemand.

«Von Schiff», meldete sich ganz unerwartet Lenkas Sohn Viktor zu Wort. «Iss mit Schiff gekomm, was in Flut kaputt. Könn nicht weiter. Muss arbeiten gehen. Nicht genug Essen in Schiff. Muss Suppe für Helfer in Stadt essen.»

«Die Leute vom Schiff schicken sie zum Arbeiten, damit sie Essen bekommt?», vergewisserte sich Clara.

Viktor nickte so ernst, dass es keinen Grund gab, seine Worte anzuzweifeln.

«Hast du einmal ihren Namen gehört? Weißt du, wie sie heißt?», fragte Clara den Jungen.

Viktor schüttelte den Kopf. «Immer nur ‹Hörri ab, hörri ab›. Aber das nicht Name, das heißt ‹Schnell, schnell›.» Dazu machte er eine Handbewegung, als ob er jemanden zur Eile antreibe.

«Verstehe», sagte Clara. «Danke, Viktor.» Zu Olsen sagte sie: «Dann ist sie von der englischen Dreimastbark. Wenigstens wissen wir, wen wir verständigen können.»

«Viel Gutes werden wir ihren Leuten nicht sagen können.» Olsen hatte inzwischen den Puls des Mädchens gefühlt, ihm die Augenlider hochgezogen und die Körpertemperatur an verschiedenen Stellen gefühlt. «Sie atmet kaum noch. Amalie, geben Sie mir noch etwas Melisse.»

Amalie reichte ihm ein Fläschchen, das er dem Mädchen unter die Nase hielt, aber man konnte ihm schon ansehen, dass er nicht mit einer Wirkung rechnete.

Ratlos standen alle vor dem Bett, bis sich die junge Frau in einem Krampf zu winden begann, der heftiger war als alle zuvor.

Clara beugte sich vor und legte dem Mädchen die Hand auf den Bauch. «Eine Wehe! Die Bauchdecke wird hart wie Stein.»

Olsen trat nahe an Clara heran und fragte leise: «Haben Sie schon einmal erlebt ...» Er brach ab und räusperte sich, ehe er fortfuhr: «... dass eine leblose Frau ein Kind zur Welt bringt?»

Clara drehte sich erschrocken zu Olsen um, als sie begriff,

was er meinte: Die junge Frau lag im Sterben, und das Kind würde mit ihr sterben. «Nein!», stieß sie hervor und fuhr sich mit den Händen an die Wangen. Es war ein Ausruf des Entsetzens, aber Olsen nahm es als Antwort.

«Gibt es eine Möglichkeit, das Kind zu retten?», fragte er.

«Ich wüsste nicht, wie», flüsterte Clara und legte dem Mädchen wieder die Hände auf die flache Leibeswölbung. «Sie trägt eine Frucht, noch kein zu gebärendes Kind.» Verzagt blickte sie zu Amalie hinüber.

Olsen, Lenka und die Kinder verließen das Zimmer, ehe Clara mit der Untersuchung begann. Was sie ertastete, bestätigte ihre Vermutung. Es mussten vorzeitige Wehen sein, die das Mädchen schüttelten.

«Andererseits», sagte Amalie, die nicht wahrhaben wollte, dass hier zwei Menschen starben, «ist nicht auszuschließen, dass sich in diesem halb verhungerten Persönchen ein besonders winziges Kind gebildet hat.»

Clara schüttelte den Kopf. «Der Muttermund ist fast geschlossen.»

«Fast», wiederholte Amalie. «Es gibt Mittel, ihn zu weiten. Wir müssen dem Kind helfen, wenn die Mutter es nicht mehr kann.»

«Amalie!» Clara sah die gute Frau mitleidsvoll an. «Du weißt selbst, dass der Muttermund zumindest ein Stück weit geöffnet sein muss, ehe man ihn weiter dehnen kann. Hier aber tut sich nichts, fast nichts.»

«Du sagst ja selbst ‹fast›. Das heißt doch, ein Anfang ist da! Versuche es wenigstens! Ich bitte dich!»

«Da kann ich nichts tun», sagte Clara und senkte den Kopf.

«Und die Zange? Du hast doch diese Geburtszange, mit der du Kinder holen kannst, die nicht von allein kommen.»

«Gewiss, Amalie. Aber auch die kann ich erst einführen, wenn eine Öffnung dafür da ist.» Clara hatte selbst einen Augenblick lang an die Zange gedacht und den Gedanken sofort wieder verworfen – aus dem genannten Grund und weil sie die Zange ohnehin nicht benutzen wollte, solange sie nicht mehr über ihre Gefahren wusste.

«Dann mache ich dir die Öffnung», sagte Amalie ganz verzweifelt.

Clara wusste, dass Amalie noch keine Frau leiblich berührt hatte, noch nicht einmal, um sie bloß zu untersuchen. Es war die schiere Not, die aus ihr sprach. Clara fasste sie hart bei den Schultern, denn was sie zu sagen hatte, war grausam, und ihre Worte galten nicht nur Amalie, sondern auch ihrer eigenen Vergewisserung. «Amalie, diese junge Frau stirbt. Und das ungeborene Kind stirbt mit ihr. Und es gibt nichts, das wir dagegen tun könnten. Dieses Kind kann vermutlich überhaupt noch nicht geboren werden. Selbst wenn, dann bezweifle ich sehr, dass es leben könnte. Genau weiß ich es nicht. Ich weiß nur, dass die Geburt noch nicht einmal angefangen hat, und den Anfang müssen Mutter und Kind machen, nicht wir.»

Amalie wand sich aus Claras Griff. «Das glaube ich nicht!», stieß sie zornig hervor. «Wie viele Kinder werden geboren und leben prächtig, obwohl ihre Mütter bei der Geburt schon tot sind? Man muss sie nur holen. Was bist du für eine Hebamme, die sich weigert, ein Kind zu holen?»

«Ich bin jedenfalls keine, die einen Kaiserschnitt macht. Und alles andere hülfe hier nicht.» Clara biss sich auf die Lippen, schloss die Augen und schwieg.

Die Vorstellung von einem Kaiserschnitt war auch für Amalie zu viel. Sie stöhnte auf und fragte: «Können wir denn wirklich nichts tun?»

Clara schüttelte den Kopf, öffnete die Augen und erschrak. Bei all der Erregung hatte sie gar nicht mehr auf das Mädchen geachtet. Wie versteinert lag es da. Clara beugte sich vor, legte den Kopf auf den Bauch des Mädchens und die Hände daneben. Sie spürte nichts, keine Verhärtung, keine Bewegung. Dann blickte sie auf, sah dem Mädchen ins Gesicht und hielt den Atem an. Dann fasste sie sich und sagte zu Amalie: «Schnell, hole Olsen!»

«Soll er den Kaiser...» Amalie erstarb das Wort auf den Lippen, als sie erst Clara und dann das Mädchen ansah. «Ist sie ...?»

«Hol Olsen!»

Olsen hatte Recht gehabt mit seiner Bemerkung, man werde den Leuten auf dem englischen Dreimaster nichts Gutes berichten können. Umso befremdlicher fanden Clara und Olsen die Reaktion des Kapitäns, nachdem sie den traurigen Gang zum Hafen gemeinsam angetreten hatten. Er blickte die beiden düster an, kam von Bord des beschädigten Schiffes und warf nur einen kurzen Blick auf das mit einem Tuch bedeckte tote Mädchen, das auf einem Karren in der Hafenstraße lag. Dann ging er wieder an Bord und rief einen barschen Befehl in Richtung Bug, wo Männer die Wandten ausbesserten. Zwei von ihnen legten Bretter und Sägen aus der Hand, liefen über die Planke an Land, holten die Tote und verschwanden mit ihr unter Deck.

Clara begann, auf Englisch zu erklären, was geschehen war, doch der Kapitän winkte ab, machte eine knappe Bemerkung in einer Sprache, die weder Clara noch Olsen verstanden, deutete einen knappen Gruß an, drehte sich um und verschwand ebenfalls unter Deck.

Clara und Olsen schauten sich sprachlos an und warteten

noch eine Weile ab, ob jemand anders von Bord kommen und mit ihnen sprechen würde. Doch nichts geschah. Überall auf dem Schiff wurde gesägt, gehobelt und gehämmert. Alles wirkte äußerst verwahrlost. Überall blätterte Farbe ab, und die Männer trugen nicht viel mehr als Lumpen. Ab und zu warf einer einen verstohlenen Blick auf Clara und Olsen. Sonst geschah nichts.

«Kommen Sie», sagte Olsen schließlich. «Leider gibt es keine Vorschriften darüber, wie die Menschen mit ihren Toten umzugehen haben.»

«Aber man kann doch nicht ...», begann Clara.

«Man kann», sagte Olsen. «Ich werde mich beim Hafenmeister erkundigen, ob es Regularien für Tote auf Schiffen im Hafen gibt. Mehr können wir jetzt nicht tun.»

«Vorschriften, Regularien ...», sagte Clara. «Das alles meine ich nicht. Ich dachte an eine Aussegnung, ein Begräbnis, eine Untersuchung, warum das Mädchen sterben musste.»

«Ich werde mich erkundigen», wiederholte Olsen. «Doch ich glaube nicht, dass hier etwas zu machen ist. Im Übrigen: Schauen Sie sich nur um!» Er machte eine ausladende Bewegung in Richtung auf die Stadt. Überall standen Fenster und Türen offen, um die wärmende Herbstsonne hereinzulassen, überall waren Menschen mit Instandsetzungsarbeiten beschäftigt. Karren mit durchfaultem Holz, durchweichtem Mauerwerk, Schlickhaufen, angespültem Unrat wurden in die eine, Karren mit frischem Baumaterial in die andere Richtung gezogen. «Wer hat jetzt Zeit für ein schlecht behandeltes Mädchen von einem schlecht geführten Schiff?»

Langsam setzten sie sich in Bewegung.

«Die Leute haben zu tun, Clara, und nicht alle vernachlässigen ihre eigenen Belange so wie Sie. Oder haben Sie bei sich schon alles gereinigt, getrocknet und neu geordnet?»

«Für das Nötigste ist gesorgt», sagte Clara knapp.

«Nur für das Allernötigste, vermute ich», erwiderte Olsen. «Nichts verglichen mit dem, was Sie in den letzten Tagen in den Häusern anderer Leute tun. Oder irre ich mich da?»

«Aber gerade jetzt ist es doch wichtig, den Leuten dabei zu helfen, die jüngst gewonnenen Erkenntnisse über Reinlichkeit zu befolgen», sagte sie überzeugt. «Sonst würden sie doch zuerst das angelaufene Silber, Spiegel und die Truhenknäufe putzen, statt ihre Stoffe aus den Truhen zu nehmen und sie zu trocknen oder modrigen Schlick von den Böden zu entfernen.»

«Richtig», räumte Olsen ein. «Aber müssen Sie überall mit Hand anlegen? Vergessen Sie sich selbst nicht bei all der Arbeit! Wenn Sie es zu weit treiben, nützen Sie am Ende niemandem mehr.»

Kurz vor der Ecke zum Fleth kam ihnen Willem entgegen. Er zog einen Karren mit beschädigten Geräten – etliche Flinten, ein Blasebalg, eine Drehbank und noch allerlei, was Clara nicht kannte.

«Die Geschäfte laufen bestens», sagte er schon auf etliche Schritt Entfernung. «Die Flut war für manchen ein Segen nach den flauen Geschäften dieses Jahr. Das alles», er zeigte mit der freien Hand auf den Karren, «soll ich reparieren. Und das ist längst nicht alles.» Er blieb stehen und sah die beiden an. «Wie seht ihr denn aus? Was ist euch widerfahren?»

Clara war noch so ergriffen davon, wie schnell das Mädchen gestorben und wie lieblos ihr Tod von den eigenen Leuten aufgenommen worden war, dass sie nicht gleich die rechten Worte fand.

«Nimm sie mit, Willem, und gib ihr etwas Stärkendes», sagte Olsen. «Ich habe zu tun.»

«Wollen Sie nach dem Arm des Bäckers sehen?», fragte Clara, und als Olsen nickte, sagte sie schnell: «Ich komme mit.»

«Das werden Sie nicht tun. Sie ruhen sich jetzt aus und erzählen Willem alles. Vor morgen früh will ich Sie nicht wieder sehen.» Olsen tauschte einen viel sagenden Blick mit Willem, worauf dieser Clara bei den Schultern nahm, ihren Protest ignorierte und zu seinem Haus führte.

Als Clara auf Willems Drängen hin im Garten mit hochgelegten Beinen und einem Kissen im Rücken etwas Hühnerbrühe zu sich genommen und ihm erzählt hatte, was geschehen war, sagte Willem, er habe schon manches Mal gedacht, dass verboten gehöre, was er bisweilen auf den Schiffen beobachte.

«Aber das entzieht sich unseren Gesetzen», sagte er. «Das war schon immer so und wird wohl auch so bleiben. Jedenfalls hast du dir nichts vorzuwerfen. Du konntest für die Frau nichts mehr tun.» Clara sah so unglücklich aus, dass er hinzufügte: «Und für das Kind auch nicht. Oder meinst du, du hättest doch noch die Zange einsetzen sollen?»

Clara schüttelte den Kopf. «In diesem Fall gewiss nicht. Und ich wollte ohnehin noch einmal mit dir über die Zange sprechen. Möglicherweise fallen uns noch Verbesserungen ein. Ich hoffe übrigens, demnächst in London mehr darüber zu erfahren.»

«Du gehst also wieder auf große Fahrt?»

«Ich muss», sagte Clara und seufzte. «Wie soll ich sonst in Erfahrung bringen, was ich wissen muss? Überall blühen die Wissenschaften, und ob man etwas davon erfährt, ist purer Zufall. Da ist es doch das Mindeste, wenigstens dahin zu fahren, wo bekanntermaßen Wissen zu holen ist.»

Hatte Clara mit einer scherzhaften Erwiderung gerechnet,

ihre Reiselust oder ihren Wissensdrang betreffend, blickte Willem zu ihrem Erstaunen nur ernst und versonnen in die Büsche am Rande des Gartens und nickte. «Ich habe schon manchmal gedacht, ich hätte nicht übel Lust, zu studieren. Allein schon die Vorstellung, an einer Universität von lauter klugen Köpfen in vielerlei Wissensgebieten umgeben zu sein ...» Ohne den Satz zu beenden, hing er seinem Gedanken offenbar noch einen Augenblick nach. Dann bildete sich plötzlich eine Zornesfalte über seiner Nase, und er blickte Clara an. «Vor allem, wenn ich sehe, wie viele Menschen ihr Heil in Unwissenheit, Demut und Furcht vor Bestrafung suchen. Hast du von den Bettagen in der Kirche gehört?»

«Ja», sagte Clara überrascht. «Was hast du daran auszusetzen? Ich glaube, die Menschen ziehen Kraft daraus.»

Willem schnaubte verächtlich. «Weißt du auch, welche Bibelstellen dabei im Mittelpunkt stehen?»

«Nein. Welche denn?»

Willem antwortete mit einer Gegenfrage. «Kennst du Genesis achtzehn und neunzehn?»

«Sodom und Gomorra?»

«Richtig. Abrahams Fürbitte für die sündigen Städte und wie Gott sie dann doch untergehen lässt.»

«Diesen Bibelstellen sind die Bettage gewidmet?», fragte Clara aufgebracht.

«Genau diesen.»

Clara schüttelte ungläubig den Kopf. «Das hieße ja, die Sturmflut wäre eine gerechte Strafe für Glückstadt gewesen. Das kann ich gar nicht glauben.»

«Dann geh und schau selber nach. Es steht in der Kirche angeschlagen.»

«Steht auch dabei, worum es sich bei Glückstadt handelt? Sodom oder Gomorra?»

«Da gibt es noch mehr Möglichkeiten», sagte Willem grimmig. «Du weißt, es sind drei Bettage. Beim dritten geht es um Lukas dreizehn, wie Gott in seinem Zorn die achtzehn von Siloah erschlug: *Ich sage euch: Wenn ihr nicht Buße tut, werdet ihr alle auch so umkommen.*»

«Welche furchtbaren Sünden gibt es denn zu büßen? Haben die Ertrunkenen in den Marschen und auf den Inseln alle etwas zu büßen gehabt? Das ist nicht gerecht, Willem! Ich hatte gedacht, Pastor Wördemann würde sich nach dem Streit mit derlei zurückhalten.»

«Ganz recht», sagte Willem, stand auf und räumte das Geschirr vom Gartentisch. «Gerade jetzt, da die Leute sich so ins Zeug legen, um die Stadt wieder herzurichten. Einer hilft dem anderen. Wenn du mich fragst, befolgen die Leute die zehn Gebote derzeit stärker als sonst.»

Mit dem Suppentopf in den Händen folgte Clara Willem in die Küche. Als Willem sich zu ihr umdrehte, um ihr den Topf abzunehmen, grinste er breit. «Na, immerhin sind deine Wangen wieder rot. Geht es dir jetzt besser als vorhin?»

Clara schaute verlegen zu Boden. «Ja, und das, obwohl du nichts Erheiterndes zu berichten wusstest.»

«Dabei wolltest du gar nicht mitkommen. Wann wirst du lernen, besser auf dich Acht zu geben?» Und als er sah, wie schuldbewusst Clara immer noch dastand, sagte er: «Lass gut sein! Dann gebe *ich* eben besser auf dich Acht.»

Nachdenklich, aber viel ruhiger kehrte Clara zwei Stunden später nach Hause zurück. Sie schaute sich in Diele, Küche, Arbeits- und Gartenzimmer um und musste zugeben, dass Olsen und Willem Recht hatten. Hier gab es viel zu tun. Zum Schluss stellte sie sich an die offene Gartentür. Noch immer war der Boden im Garten so durchnässt, dass sie ihn nicht betreten konnte, ohne einzusinken. Das Wasser war aber schon so weit abgesickert, dass besser zu erkennen war, wie viele Pflanzen entwurzelt, abgeknickt oder ausgerissen waren: praktisch alle. Schlick und Unrat bedeckten den größten Teil des Bodens und waren mit ihrem Salzgehalt just das, was der ohnehin viel zu schwere Boden am wenigsten vertrug. Clara würde den Garten ganz neu anlegen müssen. Zuerst sollte sie den Boden bestellen. Sie bezweifelte, dass sich der Wasserpegel noch rechtzeitig vor den ersten Frösten absenken würde. Womöglich konnte sie erst im Frühjahr neu beginnen. Und ich dachte, schon das Missgeschick im Frühling sei eine Katastrophe gewesen, dachte sie bitter. Wie gut, dass ich wenigstens die Kräuter von den Groots habe! Und dass ich wegen der Zange bald nach London fahre. Dann kann ich gute Pflanzen aus dem Holborner Kräutergarten mitbringen. Ich muss sie bitten, eine Vorsaat für mich anzulegen, dachte sie, damit ich im Frühjahr kräftige Pflanzen eingraben kann. Ich kann doch im nächsten Jahr nicht wieder so anfangen wie vor drei Jahren! Und vielleicht sollte ich Twietemeier tatsächlich bitten, mir einen Teil des königlichen Gartens abzutreten.

Clara ging in das Zimmer vorne im Haus, notierte, was sie nach London schreiben und mit dem königlichen Gärtner klären wollte, und blickte über ihre Vorräte an Kräutern und Arzneien. Die meisten hatten keinen direkten Schaden erlitten, aber die Wände waren noch feucht, und es war nur eine Frage der Zeit, wann die Dinge, die nach einer trockenen Lagerung verlangten, verderben würden. Also musste Clara auch Johanna schreiben und um weitere Lieferungen bitten.

Um das naheliegendere Vorhaben, sich mit dem Glückstädter Apotheker ins Benehmen zu setzen, drückte sie sich fast den ganzen Nachmittag herum. Er hatte sich während der Seuche hilfsbereit und aufgeschlossen gezeigt, und zumindest Olsen hatte er in der Zeit sehr zu schätzen gelernt. Dennoch ließ seine Art, die Apotheke zu führen, nach wie vor zu wünschen übrig.

Erst am nächsten Morgen ging sie zu ihm. Sein Haus gehörte zu den höchstgelegenen, oben in der Kremper Straße, und entsprechend wenig hatte die Flut ihm anhaben können. Ganz verschont war er nicht geblieben, aber er lehnte Claras Angebot ab, Kräuter und Arzneien für ihn mitzubestellen. Das sei nicht nötig, sagte er, er habe seine eigenen Bezugsquellen. Claras Frage, ob er ihr eventuell im Bedarfsfall aushelfen könne, beschied er mit den Worten: «Sie sind hier genauso willkommen wie jeder andere Kunde. Meine Preise kennen Sie ja.»

Claras Miene versteinerte. Wie konnte der Mann bloß an seine Bezahlung denken, wenn sie von Notfällen sprach, die schnelle Hilfe erforderten? Sie musste an sich halten, um keinen Streit vom Zaun zu brechen, der kein gutes Ende haben konnte. Trotzdem war sie so wütend, dass sie im Hinausgehen sagte: «Wenn Sie die Flut weitgehend verschont hat, was riecht dann hier so muffig-faulig?»

«Ehe Sie kamen, war alles in Ordnung», rief ihr der Apotheker frech nach.

Anschließend hatte sie ohnehin zu Olsen gehen wollen. Schnellen Schrittes überquerte sie den Marktplatz, der schon gänzlich von allem gereinigt war, was die Flut angespült hatte. Reste des angelandeten Schiffs lagen jedoch immer noch auf dem Kirchplatz. Es war so zerstört, dass sich eine Reparatur nicht lohnte, und so wurde es nach und nach abgebaut. Was davon noch zu gebrauchen war, wurde als Baumaterial weiterverwendet.

«Haben Sie in Erfahrung gebracht, was mit der Toten geschehen soll?», fragte Clara als Erstes, nachdem die alte Inken sie zu Olsen in die Studierstube geführt hatte.

Olsen sah Clara erstaunt an. «Sie wissen es noch nicht?», sagte er. «Sonst sind Sie doch immer die Erste bei solchen Dingen.»

«Welche Dinge? Was gibt es denn?»

«Die Dreimastbark ist fort, bei Nacht, ohne Papiere und ohne Hafengebühr davongesegelt, beladen mit gestohlenen Waren aus dem Speicherhaus.»

«Nein!» Clara schlug sich die Hand vor den Mund. «Das Schiff sah doch noch gar nicht seetüchtig aus! Und es hat die herrenlosen Sachen an Bord, nach deren Herkunft und Bestimmungsort geforscht wird?»

Olsen lachte. «Na sehen Sie, Sie wissen ja doch Bescheid!»

«Und ich glaube, ich weiß auch, welche anderen Waren gestohlen wurden», sagte Clara grimmig. «Sind es Safran und Seide?»

Olsen nickte und sah Clara prüfend an. Sie war ganz blass geworden. «Was nimmt Sie so mit?», fragte er. «Selbstverständlich sind Betrügereien jedweder Art der Stadt nicht zuträglich, aber blass wird wohl kaum jemand, der nicht direkt geschädigt wurde.»

Clara setzte sich unaufgefordert in einen Sessel am Fenster und starrte auf den Marktplatz hinaus. Sie wusste, wovon sie blass geworden war, denn sie hatte wieder jene merkwürdige Begegnung mit Roselius vor Augen. Schnell überlegte sie, wie sie Olsen etwas über die Betrügereien erzählen sollte, ohne Roselius zu erwähnen, und dachte, das sei unmöglich. Aber dann machte sie sich klar, dass Roselius nichts weiter war als ein Gespenst aus ihrer Vergangenheit. Nur in ihren ureigensten Gedanken gab es eine Verbindung zwischen dem jüngsten Betrug und Roselius. Sie wandte den Blick vom Fenster und begann, Olsen zu erzählen, was sie in Hamburg erlebt und später von Heinrich Peters in Erfahrung gebracht hatte: dass es eine Verbindung nach London gab und dass Beamte des Königs und das Hafenamt eine Investigation durchführten.

Olsen stieß einen leisen Pfiff aus. «Das gibt der Sache allerdings ein anderes Gewicht.» Schmunzelnd fügte er hinzu: «Und Sie wieder mittendrin!»

«Ich wünschte, ich wäre es», murmelte Clara. «Dann könnte ich wenigstens helfen, Klarheit in die Sache zu bringen. So aber sitze ich genauso da wie alle anderen und muss abwarten, ob die zuständigen Leute die Sache klären können.»

«Ganz richtig», sagte Olsen. «Genau das sollten Sie tun. Allerdings brauchen Sie dabei nicht zu sitzen. Oder muss ich Sie etwa daran erinnern, dass es noch reichlich zu tun gibt?»

Clara blickte wieder aus dem Fenster. Das Treiben auf dem Marktplatz, an und in den umliegenden Häusern bot dasselbe Bild wie an den Tagen zuvor. Überall hingen Sachen zum Trocknen aus den Fenstern, Möbel standen im Freien, Unrat wurde durch die Straßen und über den Platz gekarrt, und überall waren die Menschen mit Instandsetzungsarbeiten beschäftigt.

«Was ist es heute?», fragte Clara. «Hat Inken Ihnen schon gesagt, wo wir heute gebraucht werden?»

Olsen fügte eine letzte Notiz auf der Liste an, die auf seinem Stehpult vor ihm lag, und reichte sie dann zu Clara hinüber.

«Ehe ich es vergesse», sagte Clara, bevor sie sich der Liste widmete, «die Zustände in der Apotheke werden nicht besser. Inzwischen kann ich mit Rumpf aber gar nicht mehr reden. Deshalb möchte ich Sie bitten, sich seiner anzunehmen. Ihnen kann er sich schlecht verweigern.»

Olsen nickte, nahm seine Tasche und sagte: «Das hatte ich ohnehin vor. Kommen Sie!»

Im Hinausgehen erzählte Clara von ihrem Gedanken, Twietemeier zu bitten, ihr ein Stück vom Heilkräuterbeet des Königlichen Gartens zu überlassen. «Und was die Stammpflanzen dafür angeht, wie auch unsere Vorräte insgesamt nach dieser schlimmen Zeit: Ich bereite eine Bestellung für Holborn vor und wollte Sie fragen, ob ich etwas für Sie mitbestellen soll.»

Olsen antwortete nicht sofort, dann aber umso begeisterter und geradezu gerührt. Clara hatte den Eindruck, dass er manchmal immer noch ganz überwältigt war von der Kollegialität zwischen ihnen. Als sie über den Marktplatz gingen, dachte sie daran, wie sie diesen Platz vor zwei Jahren zum ersten Mal auf dem Weg zu ihm überquert hatte und dabei ganz in Gedanken über den alten Hagestolz versunken war, als den man ihn ihr geschildert hatte – und der er damals tatsächlich war. Verstohlen blickte sie ihn von der Seite an, und ihr wurde ganz warm ums Herz.

Zehn

GLÜCKSTADT
Ende Oktober 1634

Zehn Tage nach der Flut konnte man mit den großen Arbeiten an den Häusern, am Fleth, im Hafen, an den Schleusen und an den Bastionen beginnen. Wenn Clara jetzt durch die Stadt ging, wähnte sie sich auf einer großen Baustelle. Willem hatte Recht, dachte sie, als er sagte, die Flut habe der Stadt zu einem Aufschwung verholfen. Handwerker aller Art machten zufriedene Gesichter, auf dem Markt und am Fleth begann der Handel wieder zu florieren. So verschwanden die sichtbaren Folgen der Flut überraschend schnell, und Clara fand, manches Haus profitiere gar von der unverhofften Bautätigkeit. Doch wo sie auch hinkam, merkte sie, dass der Schrecken tief saß, und als er nachließ, blieb die Angst – Angst vor neuen Fluten und Stürmen – und Angst vor Gottesstrafen.

Auch als niemand mehr eine Wundbehandlung brauchte, ging Clara noch tagelang von Haus zu Haus, um die Leute weiter davon zu überzeugen, dass der Reinlichkeitserlass nun erst recht ernst genommen werden musste. Nach und nach glaubten sie Clara, und ihre Furcht vor einer neuen Naturkatastrophe machte sie aufgeschlossener als vorher.

Als Claras Schrift über die Reinlichkeit endlich fertig war und der Drucker Koch seine Botenjungen damit in die Stadt schickte, zeigten die Leute ein reges Interesse. Wie genau sie die Dinge nahmen, die sie darin lasen, merkte Clara unter anderem daran, dass viele Haushalte sie nun endlich nach den Mitteln fragten, die man für das Abtöten von Keimen benötigte. Während ihr Alkohol in ausreichender Menge zur Verfügung stand, ging der Kampfer, um den die Leute sie baten, jedoch bald zur Neige.

Wohl oder übel musste Clara den Apotheker ansprechen, denn die Vernunft gebot, seine Destillieranlage zu benutzen. Widerstrebte ihr dieser Schritt zuerst, so sagte sie sich schon bald, dass es ohnehin nicht gut war, wenn sich die Hebamme und der Apotheker einer Stadt Spinnefeind waren – und in der gegenwärtigen Lage erst recht. Überdies wollte sie gern sehen, ob Olsen schon etwas erreicht hatte und die Apotheke in einem besseren Zustand war.

Als vom echten Kampfer kaum noch etwas übrig war, brachte Clara Ende Oktober eine größere Menge Rainfarn- und Mutterkrautblätter in die Apotheke und bat darum, sie aufzubereiten, damit die Leute das Destillat zum Keimabtöten benutzen konnten. Der anfängliche Unwille des Apothekers legte sich schnell, als Clara sagte, sie habe schon überall in der Stadt erzählt, die Leute sollten das Nötigste in den nächsten Tagen bei ihm kaufen. Die Aussicht auf eine gefüllte Ladenkasse besänftigte den Apotheker, und als er Clara verabschiedete, brachte er gar einen brummigen Dank zustande.

Mit Genugtuung bemerkte Clara, dass es nicht mehr gar so unangenehm roch. Zudem hatte die Feuchtigkeit – oder Olsen – den Apotheker offenbar gezwungen, etliche Kräuter, die vorher offen und in luftigen Körben gelagert waren, in geschlossene Töpfe zu tun. Ein erster Schritt war getan.

«Selbstverständlich hast du dir diese Kampfer-Geschichte nicht bezahlen lassen», sagte Willem, als Clara ihm auf einem

Spaziergang zu den reparierten Deichen von ihrem Gang zum Apotheker berichtete. «Es war ja alles für einen guten Zweck.»

«Das wirst du wohl nicht bezweifeln wollen», sagte Clara abwehrend.

Willem wusste, dass er Clara auf eine harte Probe stellte. «Ich will dein Tun keineswegs in Frage stellen. Aber du darfst nicht immer nur an andere denken, Clara, du musst auch für dich selbst sorgen.»

«Das tue ich doch», sagte Clara trotzig und schritt kräftig aus, als hinter einem grasbewachsenen alten Deichabschnitt der reparierte zu sehen war, ein brauner, grob zusammengeklopfter Erdhaufen. Doch sie hatte kaum einen Blick dafür und schaute über den breiten Strom, der behäbig dahinfloss, als könne er niemandem ein Leid zufügen.

«Nein, das tust du nicht», widersprach Willem. «Alles, was du tust, ist ein Segen für die Stadt. Aber dass du das meiste unentgeltlich tust, ist falsch, falsch und nochmal falsch. Denn sobald du am Ende deiner Kräfte oder deines Vermögens angekommen bist, kannst du nicht mehr helfen.»

Clara blickte betreten zu Boden.

Willem hakte sie unter und zeigte mit der freien Hand nach vorne. «Sieh nur, die Bruchstellen sind wieder zu. Kein Mensch ist mehr zu sehen, das heißt, die Arbeiten müssen beendet sein. Das ist doch beruhigend zu wissen, findest du nicht?»

«Lenke nicht vom Thema ab», sagte Clara. «Was soll ich denn tun, wenn ich ungebeten zu den Leuten gehe und ihnen Ratschläge erteile, die sie zuerst gar nicht hören wollen? Dafür kann ich schwerlich einen Lohn von ihnen fordern. Überdies hat mich Olsen immer bezahlt, wenn ich ihm geholfen habe, genau wie Amalie.»

«Das habe ich auch nicht anders erwartet, aber abgesehen von der Zeit, als wir die Seuche bekämpften, arbeitest du kaum für ihn, folglich kannst du von seinem Lohn nicht leben.»

«Ich weiß», sagte Clara kleinlaut. «Trotzdem kann ich nicht einfach aufhören zu arbeiten.»

«Das verlangt ja auch niemand.» Willem klang jetzt viel sanfter, offenbar überrascht über Claras rasches Einlenken.

Sie kamen an die Stelle, wo der neu aufgeschüttete Deich begann. Sie blieben stehen, denn solange sich das Erdreich noch setzte, war es verboten, ihn zu betreten. Sie blickten über die nun wieder durchgehende Deichlinie, die sich ein Stück weiter elbanwärts nach Osten wand. Dort begannen die Wälle und Bastionen, die sich rund um die Stadt schlossen, bis zum Hafen zurück, der hinter Clara und Willem lag. Langsam drehten sie sich, und ihre Blicke folgten dem Auf und Ab der Stadtsilhouette, bis sie auf den Hafen blickten und den Rückweg antraten.

«Das alles hier», begann Willem und machte eine ausladende Geste zur Stadt hin, «wurde von Menschen geschaffen, die nicht aus Eigennutz tätig waren und doch angemessen entlohnt wurden. Und es gibt keinen Grund, mit dir anders zu verfahren. Deswegen habe ich eine Eingabe beim Magistrat gemacht, ergänzt durch eine Expertise von Olsen, dass die Stadt dir einen Grundlohn zahlen soll.»

Clara blieb stehen und wusste zunächst nicht, was sie sagen sollte. Mit aufgerissenen Augen sah sie Willem an und sagte schließlich: «Willem, wie konntest du nur …! Und Olsen beteiligt sich noch daran!»

«Genau. Komm, lass uns weitergehen! Und nach genau hundert Schritten nennst du mir einen Grund, warum es so verwerflich ist, wenn sich die Stadt eine medizinische Versorgung leistet, ohne die sie heute recht erbärmlich dastünde. Ich zähle mit.»

Schweigend gingen sie auf die Hafenmündung zu, doch sosehr Clara auch nachdachte, fiel ihr ein solcher Grund nicht ein. Im Übrigen war die Eingabe bereits gemacht, und sie konnte schwerlich zu den Herren gehen und sie darum bitten, ihre Arbeit nicht zu bezahlen. Unangenehm war ihr Willems Vorpreschen dennoch. Doch je näher sie auf die neuen Wohnquartiere zwischen Hafen und Fleth zukamen, in denen immer noch gebaut und eine Stadterweiterung bereits jetzt sichtbar wurde, desto leichter fühlte sie sich. Das alles – sie blickte auf die alten und neuen Häuser diesseits und jenseits des Hafenbeckens – sollte ein Gemeinwesen sein, dem sie durch direkte Weisung und Bezahlung durch den Magistrat verbunden sein sollte? Mit einer Mischung aus Dankbarkeit und Verlegenheit blickte sie schließlich nach den hundert Schritten zu Willem auf, der stehen geblieben war und sie gespannt aus den Augenwinkeln beobachtete. Als sich ihre Blicke trafen, setzte Clara zu einem zaghaften Lächeln an.

«Bist du stolz auf dich?», fragte Willem. «Wenigstens ein klein wenig?»

Clara senkte den Blick. Schweigend gingen sie ein Stück weiter und hatten fast schon die Elbschleuse erreicht, als Clara leise sagte: «Ein *ganz* klein wenig.» Schließlich rang sie sich dazu durch, ihm kurz den Arm zu drücken und «Danke» zu sagen.

«Was heißt hier: danke?», fragte Willem. «Du willst es ja nicht anders. Andere Frauen werden durch ihre Männer versorgt, doch das kommt für dich ja offenbar nicht in Frage. So setzte ich mich eben auf diesem Wege für dich ein.»

Einen Moment lang war Clara, als bliebe ihr das Herz

stehen. Was hatte Willem da gesagt? Er – ihr Mann? Sie – eine Frau, die sich weigerte, die seine zu sein? Sie fuhr sich mit den Händen an die Wangen und wagte nicht, ihn anzusehen, wusste nicht, was sie denken oder fühlen sollte. Auch Willem sagte nichts, als sie die Stufen zur Hafenstraße hinabstiegen.

Sie waren schon fast bei seinem Haus angekommen, als er sagte:

«Hast du noch etwas Zeit? Ich würde dir gern etwas zeigen.»

«Was denn?» Clara merkte, dass ihre Stimme dünn und brüchig klang.

«Wart's ab», sagte Willem und öffnete die Haustür. «Gehe nur gleich bis zur Werkstatt durch.»

Hatte sich Clara an der Elbschleuse gerade noch von Willem überrumpelt gefühlt, so ging ihr jetzt in seiner Werkstatt das Herz auf. Vor einigen Tagen hatten sie eingehend über die Zange und mögliche Verbesserungen geredet, und nun präsentierte er ihr ein Modell, das stark dem ihren glich, nur dass die Greifarme mit weichem Schweinsleder umspannt waren, sodass sie einem länglichen Löffel ähnelten.

«Genau das ist es!», rief Clara begeistert aus und griff nach der Zange, öffnete und schloss sie und merkte, dass sie sich noch geschmeidiger bewegte als die erste Zange, die Willem ihr gefertigt hatte. «Wie wunderbar! Damit entstehen gewiss keine Druckstellen! O Willem, ich danke dir!»

«Wie oft du heute ‹danke› sagst», bemerkte Willem, und es bildete sich ein melancholischer Zug um seinen Mund, als er Clara ansah. «Und dieses Mal viel inniger als eben.»

Clara blickte abwechselnd auf die Zange in ihrer Hand und auf Willem. «Ich ... du ...», begann sie. Doch da sie einfach nicht wusste, was sie sagen sollte oder wollte, brach sie wieder ab und blickte verlegen zu Boden.

«Genau», sagte Willem. «Genau darum geht es: Ich und du. Bist du damit zufrieden, dass wir ein Ich und Du sind?»

Clara blickte unbehaglich zu ihm auf. «Ja … nein … Ich weiß nicht», sagte sie und senkte wieder den Blick.

Willem seufzte tief. «Na, immerhin scheinst du zu wissen, wovon ich rede, und lehnst es nicht rundheraus ab», sagte er. «Damit muss ich mich einstweilen wohl zufrieden geben. Du hast eine schwere Zeit hinter dir. Wir alle. Willst du darüber nachdenken, wenn du etwas zur Ruhe gekommen bist?»

Dankbar hob Clara den Blick. «Das will ich wohl», sagte sie leise, blickte dann wieder auf die Zange in ihrer Hand und öffnete und schloss sie noch einmal langsam.

Willem schüttelte den Kopf und lachte kurz auf. «Nicht auszudenken, was für ein Niemand ich für dich wäre, wären wir nicht durch die Arbeit verbunden.»

«Ach, Willem!» Nun seufzte Clara. «Nicht nur durch die Arbeit.»

«Oho!» Willem zog die Stirn kraus und schlug sich auf den Schenkel. «Das ist mehr, als ich heute zu hören hoffte.»

Als Clara kurz darauf nach Hause ging, die neue Zange in einem weichen Lederkasten wie einen Schatz vor sich hertragend, fühlte sie, wie sie sich mit jedem Schritt, den sie sich weiter von Willems Haus entfernte, stärker dahin zurück wünschte. Sie merkte auch, dass Willem Recht hatte, wenn er sagte, sie habe sich in letzter Zeit sehr vernachlässigt – und nicht nur in finanzieller Hinsicht. Sie blickte zum Himmel und dachte: Keine neuen Katastrophen, bitte!

Kurz nach der Flut hatte Clara einen langen Brief von Johanna bekommen. Sie fragte besorgt nach Claras Wohlergehen und ob die Grootsche Apotheke irgendetwas zur Milderung der Flutfolgen tun könne. Sie berichtete auch ausführlich über Constanze. Das erste Vierteljahr habe sie am meisten gefürchtet und gedacht, wenn Constanze es gesund überstehe, werde ihr nichts mehr passieren. Noch beruhigter werde sie in einem weiteren Vierteljahr sein, aber gänzlich erst an Constanzes erstem Geburtstag. Clara würde das Kind nicht wieder erkennen, könnte sie es jetzt sehen. Mit dem zerbrechlichen, zarten Wesen, das sie noch kannte, habe es keinerlei Ähnlichkeit mehr. Constanze sei fast einen Fuß gewachsen, wiege fast das Doppelte, und ihr Kopf sei rund und schön. Leider seien ihr die Haare ausgegangen, aber Clara habe ihr ja gesagt, das sei oft so. Dafür könne man nun umso deutlicher sehen, dass sich die Spuren der Zange ganz zurückgebildet hätten. Das Wunderbarste aber sei, dass Constanze nicht mehr dieses in sich selbst versunkene Wesen sei, das nur schlafe, esse, schreie und in die Windeln mache. *Du solltest einmal sehen*, schrieb Johanna, *wie sie einen anguckt! Und ihr Lächeln erst! Erst dachte ich, es gelte mir, aber sie lächelt genauso, wenn mein Vater an ihr Körbchen tritt und Peters oder die Käufer in der Apotheke. Und wenn sie wach ist, ist sie ständig in Bewegung, führt mit ihren Fingerchen Tänze auf, die sie neugierig betrachtet, und wenn die Tänzer müde sind, dürfen sie sich in ihrem Mund ausruhen. Constanze leckt und schleckt und saugt dann so lange daran, bis sie weitertanzen mögen – oder nach etwas greifen. Denk nur: Seit zwei Tagen greift sie nach allem, was sie sieht! Gestern hat sie meinen Zeigefinger eine ganze Zeit lang festgehalten. Ich kann dir gar nicht sagen, wie schön das war!*

So war es immer weitergegangen, und Clara hatte amüsiert gedacht, dass Mütter – und offenbar selbst Ziehmütter – doch immer wieder maßlos stolz auf die Entwicklung ihrer Kinder waren. In diesem Fall war Clara aber froh über Johannas Erzählfreude, denn Berichte über dieses besondere Kind konnten ihr gar nicht ausführlich genug sein.

Noch größere Bedeutung bekam Johannas Brief für sie, als Ende Oktober ein Brief von Doktor Plimsoll aus London eintraf. Er entschuldigte sich für den ersten, doch sehr kurzen Brief, er habe nun ein wenig mehr Zeit, um die Schilderungen über Fehlentwicklungen bei zangengeborenen Kindern ausführlicher zu gestalten. Und dann berichtete er über das Ausbleiben und das verzögerte Auftreten von just den Dingen, die Johanna im Brief so freudig beschrieben hatte: Greifen, Schauen und Horchen. Doktor Plimsoll schloss seinen Brief mit einer herzlichen Einladung an Clara und teilte ihr mit, wie gern er die wissbegierige Nachfolgerin einer Henriette Cordes in seinem Haus beherbergen würde, genauso wie weiland sein Kollege John Gerard Henriette aufgenommen habe. Im Übrigen sei die Zeit dafür günstig, da auch die Londoner Hebammen begonnen hätten, sich zusammenzutun und ihr Wissen auszutauschen. Er selbst habe bei einer dieser Zusammenkünfte kürzlich einen Vortrag gehalten, bei dem es auch um die Geburtszange gegangen sei, die zum Leidwesen aller Geburtshelfer immer noch eifersüchtig von ihrem Erfinder, Doktor Chamberlen, unter Verschluss gehalten werde. Es kursierten aber Zeichnungen davon, die unterschiedliche Vorstellungen beinhalteten, und zwei seien sogar nach den Berichten von Hebammen angefertigt worden, die einen heimlichen Blick auf die Chamberlen'sche Zange erhascht hatten. Allerdings wiesen diese Zeichnungen starke Unterschiede auf. Die Londoner Hebammen seien – genau wie er selbst – auch aus diesem Grund sehr erpicht auf Claras Erfahrungen.

Als Clara von den verschiedenen Zeichnungen las, dachte sie an Willem und überlegte, ob sie ihm vorschlagen sollte, sie auf die Studienreise nach London zu begleiten. Diese Vorstellung behagte ihr sehr, und sie fragte sich, ob es nicht eine Antwort auf die Frage war, die sie Willem noch schuldete. Am Abend würde sie ihn in Lenes Wirtshaus treffen. Ob sie sich wohl traute, es ihm dann zu sagen?

Lene hatte Clara erzählt, dass eine Gauklertruppe aus dem Oldenburgischen im Wirtshaus logiere. Sie war auf der Durchreise nach Kopenhagen. Die Gaukler hätten gern auch hier ihre Späße vorgeführt, doch ihr Vater habe ihnen das ausgeredet, weil derlei nicht in die allgemeine Stimmung passe und man sich nicht gar so vergnügungswütig geben wolle wie die Sodomiter. Dann aber habe der Pferdeknecht vorgeschlagen, die Männer könnten doch im Hinterzimmer für Freunde des Hauses ein paar harmlose Gaukeleien zum Besten geben. Er habe auch gesagt, man könne davon sogar etwas lernen, weil die Gaukler mit optischen Täuschungen und allerlei neuem Gerät arbeiteten. Da habe ihr Vater schließlich zugestimmt und Lene erlaubt, einige Freunde und Vertraute zu der kleinen Vorführung einzuladen.

Als Clara am Abend zusammen mit Olsen das Hinterzimmer der Wirtschaft betrat, fielen ihr zwischen den Kerzen und allerlei Instrumenten auf den Tischen zunächst merkwürdig bunte Pflanzen auf. Auf den ersten Blick erkannte sie nicht, dass es sich um Sellerie handelte, denn die Pflanzen waren nicht grün, sondern auf einer Seite blau und auf der anderen rot. Ihre Stängel waren gespalten, und eine Hälfte steckte in blauer, die andere in roter Tinte.

Willem betrat den Raum kurz darauf, stutzte und rief dann aus: «Ah, der physikalische Beweis für aufsteigendes Wasser. Sehr schön!» Dann nickte er den Versammelten als Begrüßung zu, trat neben Clara und Olsen und fragte, ob er sich neben Clara setzen dürfe. Er durfte.

Noch ein paar Leute kamen ins Zimmer, und als alle zwölf Plätze am Tisch besetzt waren, kamen drei Männer herein, deren bäuerliche Lederschurze sie als Fremdlinge auswiesen. Obwohl dieses Gewand nichts Komisches an sich hatte, stand es doch in einem komischen Kontrast zu ihrer gauklerischen Profession.

Einer der Männer schöpfte nun so viel Wasser aus einem Eimer, der am Boden stand, bis ein Becher randvoll war. Er stellte den Becher vorsichtig auf den Tisch, bat einen Zuschauer um einige Münzen, ließ sie in den Becher gleiten, und alle konnten sehen, dass der Becher keineswegs überlief. Stattdessen bildete das Wasser eine Wölbung, die sich über den Becherrand erhob.

«Ah!», raunte es unter den Zuschauern, und Clara sah Willem fragend an.

«Die Oberfläche von Wasser ist wie eine Haut», flüsterte er. «Sie kann sich nicht endlos dehnen, aber so viel, wie du dort siehst, allemal.»

Doch schon legte ein anderer Gaukler einen Besenstiel in einen mit Seifenlauge gefüllten Schlachtkrog, der neben der Tür stand. An beiden Enden des Besenstiels hing eine mit einem Gewicht beschwerte Schnur. Langsam zog der Gaukler nun den Besenstiel nach oben, und in dem Viereck zwischen Stiel, Schnüren und Wasseroberfläche im Trog entstand ein bunt schillerndes, durchsichtiges Seifenbild.

Dieser Anblick rief noch mehr «Ah!» und «Oh!» hervor, während ein anderer Gaukler Lupen herumreichte, durch die die Zuschauer das schimmernde Seifenbild verkehrt herum sahen, und das Staunen wurde noch größer.

«Sich brechende Lichtstrahlen», murmelte Willem mehr für sich. «Fantastisch!»

Die Zuschauer staunten, und immer mehr Fragen wurden

laut. Clara blickte Willem anerkennend an, als die Gaukler nun die Hintergründe erklärten, denn was sie sagten, hatte er ihr längst leise erzählt.

Während sich die Leute unterhielten, gab es noch mehr zu schauen: bunte Papierstreifen, die die Farbe zu wechseln, Stöcke, die sich zu krümmen schienen, und dergleichen mehr.

Jedermann begriff, dass es sich um Täuschungen handelte, aber sie waren doch eindrucksvoll und lösten wiederum Erstaunen aus.

Zum Schluss wurden weiße Papierbögen verteilt, auf denen nichts zu erkennen war. Die Gaukler sagten, man solle sie vor die Kerzen halten, auf dass sie sich erwärmten. Daraufhin wurden bräunliche Figuren, Wörter und Zahlen sichtbar. Die Zuschauer wollten kaum glauben, dass sie mit einfachem Zitronensaft gezeichnet waren. Die Gaukler waren das Staunen gewohnt und verteilten Papier, Federn und Schüsseln mit Zitronensaft, auf dass die Zuschauer es selbst probieren und sich gegenseitig «Geheimbotschaften» zuschicken konnten.

«Wie war es?», fragte Lene zu Clara gebeugt, als sie nach der Vorstellung mit Bier und Wein ins Hinterzimmer kam. «Doch wohl nicht gar zu arg?»

«Keine Sorge», erwiderte Clara. «Es ähnelte mehr einer wissenschaftlichen Experimentierstunde als einer Jahrmarktsvorführung. Und es wird eher darüber geredet als gelacht. Sage deinem Vater, er hat nichts zu fürchten.»

Etliche Zuschauer blieben noch im Hinterzimmer sitzen, aber Clara zog Willem ungeduldig nach vorn in den Schankraum. Was sie mit ihm zu bereden hatte, ging nur sie beide etwas an.

«Sehr gern begleite ich dich nach London», sagte Willem überrascht und hoch erfreut, als Clara ihm in der lärmenden

Schankstube ihren Vorschlag unterbreitet hatte. «Die Stadt interessiert mich schon lange, und alles die Zange Betreffende ohnehin. Aber findest du es schicklich, wenn wir gemeinsam auf Reisen gehen?»

Ein feines Lächeln umspielte Claras vollen Mund. «Es muss ja nicht unschicklich sein», sagte sie geheimnisvoll. «Nicht, wenn wir ...» Verwirrt blickte Clara Willem an, der plötzlich ein ganz verärgertes Gesicht zog.

«Mist! Schau, Clara, der Schreiber des Königs kommt geradewegs auf unseren Tisch zu. Du solltest besser, ich meine, wir sollten besser später ...»

«Ist es gestattet?» Schon stand der Schreiber direkt vor ihnen.

«Aber gern, bitte setzen Sie sich», erwiderte Clara, um Fassung bemüht, und schob ihm einen Stuhl hin.

«Ich weiß gar nicht, ob ich es Ihnen sagen darf ...» Er sprach sehr leise und blickte zweifelnd zu Willem hinüber. «Ach was, es ist ja kein Geheimnis. Morgen wird es ohnehin proklamiert. Bis dahin darf ich den Herrn Büchsenschmied vielleicht bitten, es für sich zu behalten. Und Sie», er blickte Clara respektvoll an, «Sie hätten es wahrscheinlich ohnehin als Erste erfahren.»

Mit vorgebeugten Köpfen saßen die drei da, und dass sie etwas Geheimes besprachen, war so offensichtlich, dass sie gewiss Aufsehen erregt hätten, wenn an diesem Abend nicht in allen Räumen des Wirtshauses ein reges und lautes Treiben geherrscht hätte – zum ersten Mal seit der Flut vor drei Wochen und dem Auftreten der Seuche vor drei Monaten. Später sagte Lene, es sei ihr vorgekommen, als hätten die Gaukler einen Bann gebrochen.

Der Schreiber berichtete, der König habe ihm soeben eine Verlautbarung diktiert. In allen Städten und Häfen im

Machtbereich Christians unterliege die Einfuhr von Bettfedern, Safran und Seide ab sofort strengsten Kontrollen. Niemand dürfe diese Waren kaufen und verkaufen, ohne allerlei amtliche Dokumente vorzulegen. Schlupflöcher im nichtdänischen Umland solle es nicht geben. Der König habe alle Herrscher über einen ungeheuerlichen Handelsbetrug mit diesen Waren benachrichtigt, und die untereinander verbundenen Handelsvereinigungen hätten sich bereits untereinander verständigt. Jeder, der Hinweise auf diese Geschäfte und ihre Akteure geben könne, sei verpflichtet, sich an die zuständigen Ämter in seiner Gemeinde zu wenden.

Als Lene den Beerenschnaps brachte, den sich der Schreiber bestellt hatte, orderte er als Dank für Clara, die das Ganze ans Tageslicht gebracht hatte, und ihren Begleiter noch je einen dazu. Als sie angestoßen und ausgetrunken hatten, verabschiedete sich der Schreiber mit einer leichten Verbeugung und entschuldigte sich nochmals für die Störung.

«Ich weiß nicht, ob ich mich mit dir nach London traue, Clara», sagte Willem und zwinkerte ihr vergnügt zu. «Sie Stadt soll ja ohnehin ein Hort der Verderbnis sein. Mit dir an meiner Seite und deinem Hang zu solchen Dingen lande ich dort womöglich im größten Verbrechen des Jahrhunderts. Aber du wolltest eben etwas ganz anderes sagen, nämlich ...»

«Darf ich mich zu euch gesellen?», hörten sie nun Olsens Stimme, der sich so willkommen wähnte, dass er sich setzte, ohne eine Antwort abzuwarten. «Was für ein überaus anregender Abend», sagte er und bemerkte offenbar nicht, wie amüsiert sich Clara und Willem anschauten. «Ich glaube, jetzt kehrt das gewohnte Leben in die Stadt zurück.»

«Wenn nicht gar ein viel besseres», sagte Willem und warf Clara einen kurzen, aber viel sagenden Blick zu.

Als Clara, Willem und Olsen das Wirtshaus verließen, näherte sich lautes Hufgetrappel, und sie traten beiseite, um einige Reiter passieren zu lassen. Zu ihrer Überraschung hielt einer sein Pferd jedoch so abrupt an, dass es sich wiehernd aufbäumte.

Erst jetzt erkannten sie in der Dunkelheit den König, der über den Schreck lachte, den er den dreien eingejagt hatte. Während seine Begleiter ein Stückchen weiter zum Stehen kamen, blickte er auf Clara hinab, lüftete kurz den Hut und sagte: «Ich hätte wissen müssen, dass Sie mir eines Tages auf der Tasche liegen würden. Ich weiß nur noch nicht, wie ich Ihren Lohn deklarieren soll: als Ausgaben für die gesundheitliche Versorgung der Bürger, für die Stadtreinigung oder für den Kriminaldienst. Oder bezahle ich Sie am Ende gar dafür, dass Sie sich in meinem Garten ausbreiten? Ich sag's ja immer wieder: Weiber!» Vergnügt schüttelte er den Kopf, gab seinem Pferd die Sporen und galoppierte davon.

Danksagung

Mein besonderer Dank gilt der Leiterin des Glückstädter Detlefsen-Museums, Dr. Tatjana Ceynowa, und ihrer Mitarbeiterin, Corinna Schmidt, die mir Archivmaterial zur Verfügung stellten und mich in Ruhe recherchieren ließen.

Dank auch an den Vorsitzenden der Glückstädter Detlefsen-Gesellschaft, Klaus Lorenzen-Schmidt, der mir als Mitarbeiter des Hamburger Staatsarchivs insbesondere über Hamburgensien Auskunft gab.

Für medizinhistorische Beratung danke ich Dr. Frank Hartmann und Sabine Mangold-Hartmann, für Hebammenwissen Hanne Tolksdorf.

Beim Übertragen der Informationen in eine Romanhandlung fiktiver Art können sich Fehler einschleichen. Sollte das geschehen sein, so sind es meine Fehler, nicht die der Informanten.

Historische Unterhaltung bei rororo:
Große Liebe, unvergleichliche Schicksale, fremde Welten

Charlotte Link
Wenn die Liebe nicht endet
Roman 3-499-23232-4
Bayern im Dreißigjährigen Krieg: Charlotte Links großer Roman einer Frau, die ihr Schicksal selbst in die Hand nimmt.

Charlotte Link
Cromwells Traum oder
Die schöne Helena
Roman 3-499-23015-1

Magdalena Lasala
Die Schmetterlinge von Córdoba
Roman 3-499-23257-X
Ein Schmöker inmitten der orientalischen Atmosphäre aus 1001 Nacht.

Fidelis Morgan
Die Alchemie der Wünsche
Roman 3-499-23337-1
Liebe, Verbrechen und die geheime Kunst der Magier im England des 17. Jahrhunderts.

Daniel Picouly
Der Leopardenjunge
Roman 3-499-23262-6
Das große Geheimnis der Marie Antoinette. Ein historischer Thriller voller Charme und Esprit.

Edith Beleites
Die Hebamme von Glückstadt
Roman
Das Schickal einer jungen Hebamme im Kampf gegen Angst und Vorurteile.

3-499-22674-X